K

aufbau taschenbuch

KATHARINA PETERS, Jahrgang 1960, wurde in Wolfsburg geboren. Sie lebt heute als freie Autorin in Berlin und auf Rügen.

Aus der Serie um Romy Beccare sind bisher »Hafenmord«, »Dünenmord«, »Klippenmord« und »Bernsteinmord« erschienen. Daneben sind von Katharina Peters zwei Thriller mit der Kriminalpsychologin Hannah Jakobs lieferbar: »Herztod« und »Wachkoma«.

Eine Tote am Strand von Göhren, deren Identität die Kommissarin Romy Beccare schnell geklärt hat. Die ermordete Monika Sänger hatte Papiere und Handy bei sich. Doch andere Umstände geben Rätsel auf. Offensichtlich ist Monika Sänger nach einer heftigen Auseinandersetzung ins Wasser geschleift worden und ertrunken. Die Tote war verheiratet und leitete einen Kindergarten in Bergen. Bei den ersten Ermittlungen in ihrem Umfeld stößt Romy auf Fassungslosigkeit. Niemand kann sich erklären, wer einen Grund gehabt haben könnte, die Frau derart brutal zuzurichten und zu töten. Doch dann stößt Romy Beccare auf etwas, das sie stutzig macht. Monika Sänger hat sich zuletzt intensiv mit der Geschichte des Seebades Prora beschäftigt, jenem gigantischen Komplex, den die Nazis erbaut hatten. Dort ist ihr Bruder als Bausoldat unter ungeklärten Umständen ums Leben gekommen.

Katharina Peters

# DÜNEN-MORD

*Ein Rügen-Krimi*

atb aufbau taschenbuch

MIX
Papier aus verantwor-
tungsvollen Quellen
FSC
www.fsc.org
FSC® C083411

ISBN 978-3-7466-2923-0

Aufbau Taschenbuch ist eine Marke
der Aufbau Verlag GmbH & Co. KG

4. Auflage 2015
© Aufbau Verlag GmbH & Co. KG, Berlin
Bei Aufbau Taschenbuch erstmals 2013 erschienen
Umschlaggestaltung capa design, Anke Fesel
unter Verwendung eines Fotos von Chris Keller/bobsairport
Druck und Binden CPI books GmbH, Leck, Germany
Printed in Germany

www.aufbau-verlag.de

Für Marianne

# PROLOG

Der Wind stach mit tausend Nadelspitzen auf ihn ein. David kniff die Augen zusammen und lachte mit weit geöffnetem Mund, aber man hörte nichts – eine Böe entriss ihm das Lachen und schleuderte es übers Meer. Jeder Atemzug tat weh. Er zog die Mütze tief ins Gesicht und stapfte hinunter zum Strand. Der Schnee leuchtete in der Dunkelheit, und David war froh, sich heimlich auf den Weg gemacht zu haben. Hätte er gefragt, hätte seine Mutter ihm den Ausflug verboten oder darauf bestanden, ihn auf einen anderen Abend zu verschieben, um ihn dann begleiten zu können. Und nun hatte er alles für sich: die winterliche Ostsee, das Zischen der Wellen, hin und wieder inmitten der vorbeihetzenden Wolken auch den freien Blick zu den Sternen und den vereisten Strand, auf dem sich im Sommer die Urlauber und Kurgäste in der Sonne und im Wasser vergnügten. Und manchmal auch er – etwas abseits oder zu späterer Stunde, wenn es nicht mehr so voll war.

Er lief in Richtung Göhren und lauschte dem Spiel des Wassers. Weit würde er nicht kommen bei der Kälte, dabei hätte er sich so gerne die *Luise* angesehen, den Küstenmotorsegler, der schon seit Ewigkeiten an Land lag und um den sich in den Ferienmonaten die Leute scharten, um etwas über die Fischerei zu erfahren und sich die Zeit zu vertreiben. Manchmal war jemand vom Museum da und erklärte den Leuten die Seezeichen und die Utensilien, die ein Fischer benötigte, und alle lauschten gebannt oder begutachteten mit Kennermiene die aufgespannten Netze, als wüssten sie sehr genau, worauf es beim Fischen ankam. Die *Luise* war 19,41 Meter lang, referierte David in Gedanken und lachte erneut. Das konnte er sich gut merken und vieles andere auch.

Er pustete in die Hände und wollte sich gerade umdrehen und den Rückweg antreten, als er die beiden Gestalten sah. Schwarzgraue Schatten, an denen der Wind riss wie an den mageren Bäumen, die sich mit letzter Kraft an die Steilküsten klammerten. David konnte nicht sagen, ob sie bereits länger dort standen und er sie erst jetzt wahrnahm, weil er ganz und gar in seine Gedanken versunken gewesen war – das passierte ihm häufig –, oder ob sie gerade aufgetaucht waren, um wie er den winterlichen Strand von Göhren zu genießen. Aber es sah nicht danach aus, als würden sie etwas genießen.

Einzelne Stimmfetzen drangen zu ihm herüber, doch David verstand kein Wort, weil der Wind sie durcheinander wirbelte. Besser so, dachte er. Mama sagte immer: Halt dich im Hintergrund und misch dich nicht ungefragt ein. Er machte sich klein und hockte sich auf den Boden. Ein Zittern durchfuhr ihn. Er mochte nicht, wenn Menschen stritten – mehr noch, es machte ihm Angst –, und die beiden taten genau das, da war er sicher. Ihre Gesten wirkten zornig.

Plötzlich rangen sie miteinander, und David wimmerte leise. Hört doch auf, flehte er stumm und biss in seine zusammengeballte Hand. Sein Herzpochen klang wie der Rasende Roland, wenn er es besonders eilig hatte. David liebte den Rasenden Roland und seinen schönen Namen. Keine Zeit für schöne Gedanken. Eine der beiden Gestalten stürzte zu Boden, und dann geschah etwas, was David noch mehr verstörte. Die andere Person sah einen Moment auf die gestürzte Gestalt herab und begann dann jäh, auf sie einzutreten. Mit ganzer Kraft und böser Wucht. Schreie wurden laut, die wie Möwen klangen, die um Fischreste stritten, ein Splittern – als würde sich eine Eisscholle an der anderen reiben.

David riss den Kopf herum, verschluckte sein Wimmern, dass der Hals eng wurde, und kniff die Augen zusammen.

Manchmal half das gegen böse Geräusche, gegen Schärfe und Wut. Er bebte am ganzen Körper. Vielleicht ist es nur ein böser Traum, dachte er. Und ich träume einen bösen Traum, weil ich nicht auf Mama gehört habe. Ein Mongo hat nun mal keine eigenen Wege zu gehen – so hatte Manfred vor einiger Zeit zu seiner Mutter gesagt, Manfred mit den harten Händen, und dann hatten sie auch gestritten, aber David hatte kein Wort verstanden, weil er sich schnell die Ohren zugehalten hatte.

Zwischen einem Windstoß und dem nächsten blieb es für einen Moment so still, dass David seinen eigenen Atem hörte. Er konnte nicht einschätzen, wie viel Zeit vergangen war, vielleicht so viel, dass die gespenstische Szene vorbei war oder sich in Luft aufgelöst hatte oder in Wind und Wellen. Leise Zuversicht durchströmte ihn, er wagte es, die Augen wieder zu öffnen und sich langsam aufzurichten.

Für den Bruchteil einer Sekunde hatte er das Gefühl, dass gar keine Zeit vergangen war oder aber sehr viel, zu viel. Mit dem nächsten Windstoß und im Schutz des dunklen Mondes setzte er sich in Bewegung und rannte davon, ohne auch nur noch einen einzigen Blick zurückzuwerfen.

# 1

Die Schneewolken hingen bedrohlich tief, und der Wind war ein einziges frostiges Versprechen. Kommissarin Ramona Beccare, genannt Romy, war heilfroh, ihren geliebten Motorroller gegen den kleinen, robusten Jeep eingetauscht zu haben, als sie vor einigen Tagen aus dem verlängerten Weihnachtsurlaub aus München zurückgekehrt war. Manche Rüganer behaupteten, es würde wieder einen von diesen späten, aber heftigen Wintern geben, die die Insel alle paar Jahre heimsuchten, um sie dann mit wochenlangen Schneefällen und arktischen Temperaturen in Schach zu halten, bei denen sich Eisschollen und Schneeberge zu futuristisch anmutenden Gebilden am Strand auftürmten. Andere winkten mit der landestypischen Gelassenheit ab. Alles halb so wild. Viel schlimmer war, dass man das kleine Mädchen nicht gefunden hatte, das Weihnachten bei einem Abbruch der Steilküste am Kap Arkona verschüttet worden war, und die Suche nach zwei Wochen eingestellt werden musste.

Romy war nach Kasper Schneiders Anruf am frühen Morgen mit gemischten Gefühlen von ihrer Wohnung in Binz nach Göhren aufgebrochen, und das lag nicht nur daran, dass am Südstrand eine Leiche gefunden worden war. Die Halbinsel Mönchgut, der Südosten von Rügen mit seiner ursprünglichen Schönheit, den sanften Wiesenhügeln und seinem ganz eigenen Charakter lag ihr besonders am Herzen. In der gotischen Backsteinkirche von Groß Zicker hatten Moritz und sie heiraten wollen. Romy konnte sich schmerzhaft intensiv daran erinnern, wie Moritz sie lachend darauf hingewiesen hatte, dass es sich um eine evangelische Kirche handelte und Romys Eltern katholisch waren – was sonst, musste man hinzufügen, denn Romys Vater war gebürtiger Neapolitaner und überzeugter Katholik. Er würde selbstverständlich niemals eine evangelische Kirche betreten, auch nicht, um seine Tochter zum Traualtar zu geleiten.

Dass Romy nach Zwischenstationen in Köln, Schwerin und Rostock als leitende Kommissarin in Bergen auf Rügen gelandet war, statt nach Moritz' Tod im Sommer vor zwei Jahren in den Schoß der Familie oder zumindest in den Süden des Landes zurückzukehren, würde er wohl nie akzeptieren. Er machte nicht einmal den Versuch, seine Tochter zu verstehen, sondern spielte ständig den beleidigten Patriarchen; das hatte sich in den letzten Wochen wieder in aller Deutlichkeit gezeigt, während Romys Mutter stets händeringend nach einer Möglichkeit suchte, den Familienfrieden wenigstens über die Feiertage aufrechtzuerhalten. Manchmal wusste Romy nicht, was sie mehr nervte: die jähzornige Selbstherrlichkeit ihres Vaters oder die wehleidige Heuchelei ihrer Mutter.

Ihr könnt mich alle mal, dachte sie schließlich, während sie behutsam abbremste und kurz vor der Reha-Klinik am Südstrand hinter Kasper Schneiders Wagen und mehreren Polizeifahrzeugen anhielt. Diese ganze Familensoße geht mir dermaßen auf die Nerven; nächstes Jahr bleibe ich hier, und ihr dürft euch unterm Weihnachtsbaum dafür gegenseitig die Schuld in die Schuhe schieben, während ich mich von Kasper bekochen lasse oder in Middelhagen Heringe essen gehe! Damit schob sie das unerfreuliche Thema beiseite und öffnete die Wagentür.

Ein eisiger Windstoß fegte über ihr Gesicht, als sie über einen schmalen Dünenpfad, vorbei an einer niedrigen, schneebedeckten Fischerhütte, zum Strand hinunterging. Es herrschte mäßiger Wellengang. Schaumkronen aus Schnee und Eis züngelten über den Strand. Kommissar Kasper Schneider kam ihr entgegen.

Der Kollege war gut über sechzig, auf Rügen geboren und aufgewachsen und ein ebenso erfahrener wie besonnener Ermittler, der schon viel gesehen hatte und es in den Jahren vor seinem Ruhestand, hätte man ihn gefragt, gerne etwas ruhiger angehen lassen würde.

»Moin.« Er zog sich die Wollmütze tief über die Ohren. »Eine Frau«, erklärte er gewohnt knapp. »Monika Sänger aus Bergen, Mitte fünfzig. Hatte Papiere, Handy und Schlüssel bei sich, ihr Auto steht oben an der Straße. Ist gestern Abend vom Ehemann vermisst gemeldet worden.«

»Weiß man schon Genaueres über die Todesumstände?«

»Ja – die waren unerfreulich.«

»Kein Unfall oder natürlicher Tod?«

»Nö.« Kasper schüttelte den Kopf. »Und kein schöner Anblick«, fügte er noch hinzu, während sie auf den abgesperrten Bereich zugingen, in dem Kriminaltechniker unter der Leitung von Marko Buhl Spuren sicherten und fotografierten.

Buhl kniete neben der toten Frau, die bereits in einen Leichensack gebettet worden war, und hob kurz den Kopf, als er Romy bemerkte. Er winkte sie heran, während er den Reißverschluss ungefähr bis Hüfthöhe herunterzog.

Bei ihrem ersten großen Fall auf Rügen im letzten Frühjahr, bei dem der ermordete Geschäftsmann Kai Richardt als Serientäter entlarvt werden konnte, hatte Romy einige Anlaufschwierigkeiten gehabt, bis sie mit dem hageren Cheftechniker und seiner unwirschen, manchmal zynischen Art klargekommen war. Um genau zu sein, hatte er sie mehrmals fast bis zur Weißglut getrieben. Aber zum einen war es nicht ganz so schwer, Romys südländisches Temperament zum Kochen zu bringen, auch wenn sie es in den letzten Jahren im hohen Norden zu zügeln gelernt hatte. Zum anderen hatte Kasper letztlich mit seiner unerschütterlichen Ansicht, dass Marko ein guter Mann in seinem Fach sei, unbedingt Recht behalten. Und umgekehrt dürfte Buhl inzwischen davon überzeugt sein, dass »die Italienerin« eine ganz passable Ermittlerin war, wenn auch ein bisschen hitzköpfig und ungeduldig.

Romy hatte normalerweise keine Berührungsängste, wenn es darum ging, eine Leiche in Augenschein zu nehmen. Sie konzentrierte sich stets auf den Fall und die Untersuchung der Besonderheiten, die diesen Menschen das Leben gekostet hatten – sie ließ das Grauen und Leiden, das dem Tod vorausgegangen war, emotional so wenig wie möglich an sich heran. Ohne die innere Distanzierung hätte sie ihren Job nicht machen können. Doch diese Leiche war durchaus etwas Besonderes.

»Sie hat mit dem Gesicht im Wasser gelegen«, erläuterte Buhl, während Romy den vereisten Oberkörper der toten Frau betrachtete und kurz den Atem anhielt, als ihr Blick das entstellte Antlitz erfasste. Stirn, Nase und Augenpartie wiesen großflächige Verletzungen auf, die umso schockierender wirkten, als sie von bizarr schönen Eiskristallen übersät waren. Der Unterkiefer war verzogen, das Jochbein des rechten Auges sah zertrümmert aus.

»Ein paar Grad weniger heute Nacht, und wir hätten sie aus dem Eis schlagen müssen.« Buhl blickte kurz hoch. »Dürfte bald soweit sein, schätze ich mal.«

Schaurige Vorstellung, eine Leiche der zugefrorenen Ostsee entreißen oder aus Schneebergen freischaufeln zu müssen, dachte Romy. »Sie ist also totgeprügelt worden«, stellte sie dann in leisem Ton fest.

»Im Augenblick schwer zu sagen«, entgegnete Buhl. »Fest steht, dass sie heftig geschlagen wurde, bis zur Bewusstlosigkeit, denke ich, wahrscheinlich auch getreten – das wird Möller später genauer sagen können, wenn er sie auf dem Tisch hat. Eine Tatwaffe haben wir bislang jedenfalls nicht gefunden. Die Verletzungen sind übel, und falls sie zu Schädelbruch und Hirntraumata geführt haben, dürften sie todesursächlich gewesen sein. Das ist aber im Moment rein hypothetisch, zumal sie im Wasser lag und unter Umständen ertrunken ist.«

Dr. Ulrich Möller war der zuständige Rechtsmediziner vom Greifswalder Institut, und wie Romy ihn kannte, würde er sich sehr schnell mit einer ersten Einschätzung melden.

»Weitere offenkundige Verletzungen am Körper?«

»Das nicht, aber ihre Hände sehen genauso scheußlich aus«, erläuterte der Techniker weiter und öffnete den Leichensack um ein weiteres Stück. »Da hat sich jemand ähnlich ausgetobt wie im Gesicht.«

»Hände und Gesicht«, murmelte Romy nachdenklich, während sie die malträtierten Finger der Frau begutachtete. »Vielleicht wollte der Täter ganz sichergehen und hat sie nach der Prügelattacke ins Wasser gezogen und liegengelassen, damit sie ertrinkt.«

»Gut möglich«, stimmte Buhl zu. »Es hat in der zweiten Nachthälfte zwar ein bisschen geschneit, aber wir haben trotzdem einige Schleifspuren sichern können, die ihre Stiefelabsätze hinterlassen haben dürften. Dort gibt es auch Blutspuren.« Er machte eine unbestimmte Handbewegung in Richtung Dünen. »Wir haben das natürlich dokumentiert. Kriegen Sie so schnell wie möglich auf den Schreibtisch.«

»Könnte es sein, dass sie bereits verletzt an den Strand gebracht wurde?«

»Die bisherige Spurenlage gibt das zwar nicht her, aber unter Umständen kann ich mehr dazu sagen, wenn wir uns ihren Wagen genauer angesehen haben«, antwortete Buhl.

»Tipp, was den Todeszeitpunkt betrifft?«

»Bei der Kälte ist viel möglich, hab ich Kasper auch schon gesagt – gestern Abend, irgendwann heute Nacht, ganz früh morgens … Das macht es nicht einfacher für euch, ist mir klar, aber mehr kann ich im Moment nicht sagen. Ihr müsst Euch gedulden und auf Möllers Einschätzung warten.«

Romy erhob sich wieder. »Verstehe, danke.« Seine Erläuterungen waren vergleichsweise ausführlich gewesen. »Ach, bevor ich es vergesse – die Frau muss identifiziert werden. Dazu brauche ich erst mal ein Foto …«

»Hat Kasper schon gemacht, mit dem Handy.« Buhl wies beiläufig in Schneiders Richtung, der einige Schritte hinter ihr stehengeblieben war – offenbar alles andere als erpicht darauf, die tote Frau ein zweites Mal genauer in Augenschein zu nehmen. »Besser, man sieht nicht ganz so viel.«

»Wo Sie recht haben, haben Sie recht.«

Dazu sagte Buhl nichts mehr, sondern wandte sich wieder der Leiche zu. Romy trat neben Kasper. »Wer hat sie eigentlich gefunden?«

»Ein junger Mann aus der Rehaklinik. Er hat heute früh einen Spaziergang am Strand gemacht.«

»Was ist mit ihrem Handy?«

»Hat sich ausgestellt. Einer der Techniker meinte, dass der Akku leer ist – das geht bei den eisigen Temperaturen ziemlich flott. Max könnte sich nachher gleich mal mit dem Teil beschäftigen und versuchen, die Daten auszulesen.«

»Gute Idee«, stimmte Romy zu.

Maximilian Breder war im Kai-Richardt-Fall als Verstärkung aus Stralsund zu ihnen gestoßen und gehörte seitdem zum Team. Der junge, adrette Kommissar mit dem seidigen langen Haar war ein Recherchespezialist, der sich für Datenbanken und jegliche computergestützte Ermittlungen begeistern konnte wie kein anderer, er musste jedoch für den Außendienst als völlig untauglich eingestuft werden – und das war noch schmeichelhaft ausgedrückt.

Max konnte weder mit Verdächtigen noch mit Zeugen sinnvoll kommunizieren, geschweige denn geschickt verhören. Riskante Situationen irritierten ihn, und spontan intuitives Handeln gehörte auch nicht zu seinen Eigenschaften. Er war glücklich, wenn sein Schreibtisch unter Akten und Papieren, Anfragen und Tabellen begraben war, um ihn herum Computer und Laptops summten, wenn Telefone schrillten und kein Mensch auf die Idee kam, ihn zu einem Einsatz mitzunehmen. In der Regel kümmerte er sich gemeinsam mit Fine Rohlbart, die seit einem Vierteljahrhundert die Geschicke der Berger Polizei entscheidend mitprägte und stets eine schützende Hand über ihn hielt, um das sinnvolle Zusammenspiel von Außen- und Innendienst sowie Kriminaltechnik und den zügigen Kontakt zur Staatsanwaltschaft in Stralsund. Zudem war er gerne bereit, seine speziellen Kenntnisse und Nachforschungen im Kollegenkreis in für Rüganer ungewohnt ausschweifender Art und Weise darzulegen.

Romy fröstelte. »Wie geht es weiter? Hast du schon was in die Wege geleitet?« Das war eher eine rhetorische Frage. Kasper war der perfekte Organisator, noch dazu einer, der sich eines hervorragenden Gedächtnisses rühmen dürfte.

»Ich habe ein paar Leute losgeschickt, um in den anliegenden Häusern und auch in der Rehaklinik nachzufragen, ob jemand gestern Abend oder in der Nacht etwas bemerkt hat – Streit, Motorengeräusche, Türschlagen und so weiter.«

»Wie es aussieht, hat sie ihr Auto oben abgestellt und ist zum Strand hinuntergegangen«, überlegte Romy. »Einer der Techniker sieht ihn sich gleich genauer an, auch um abzuklären, ob die Frau vielleicht in ihrem eigenen Fahrzeug verletzt transportiert wurde.«

»Kann man nicht ausschließen.«

»Haben wir schon ihre Adresse?«

Kasper tippte auf sein Handy. »Hat Max mir eben per SMS geschickt. Östliches Bergen stadtauswärts, Putbuser Chaussee.«

»Gut.« Romy warf einen langen Blick auf das ungewohnte Treiben am Strand. Der langgezogene Schrei einer Möwe, die sich vom milchig schimmernden Himmel herabstürzte, ließ sie zusammenzucken. »Lass uns gemeinsam fahren, um mit dem Witwer zu reden«, schob sie schließlich hinterher. Sie machte keinen Hehl daraus, dass die Überbringung der Todesnachricht nicht zu ihren Lieblingsaufgaben zählte. Außerdem kam Kasper mit seiner umsichtigen Art häufig besser bei den Leuten an als Romy.

»Klar doch.« Kasper rieb sich das Kinn. »Was hat sie da unten gewollt – gestern Abend oder heute Nacht? Mitten im Winter. Touristen sind ja manchmal so verrückt, aber …« Er brach ab.

Romy wäre jede Wette eingegangen, dass er an das kleine Mädchen dachte und die so häufig unterschätzte Gefahr, die an den Steilküsten herrschte. »Wenn wir das in Erfahrung gebracht haben, dürften wir ein ganzes Stück vorangekommen sein«, meinte sie.

Das Ehepaar Sänger wohnte in einem Einfamilienhaus in schönster Ortsrandlage, abseits der L 301, mit freiem Blick über Felder und Wiesen, die in frostiger Stille verharrten. Michael Sänger war ein großer, massiger Mann Ende fünfzig, dessen volles Haar stark ergraut war. Unter anderen Umständen hätte er wohl ein freundliches Begrüßungslächeln parat gehabt. Nun aber streifte sein fragender Blick Romy nur flüchtig und blieb an Kasper hängen, bevor er die beiden Beamten hereinbat und ins Wohnzimmer führte. Er erwartete keine guten Nachrichten – jedenfalls nichts, was man an der Haustür besprach.

Romy hatte während der Fahrt nach Bergen mit Max telefoniert, der ihr auf die Schnelle ein paar allgemeine Informationen durchgegeben hatte. Monika Sänger hatte eine Kindertagesstätte geleitet, ihr Mann war Lehrer am Ernst-Moritz-Arndt-Gymnasium in Bergen. Nicht auszuschließen, dass Kasper, dessen Ex-Frau auch dort unterrichtet hatte, und er sich kannten oder zumindest mal über den Weg gelaufen waren. Für beide Sängers war es die zweite Ehe. Michael hatte mit seiner ersten Frau, die früh verstorben war, eine Tochter, Lotte, zweiundzwanzig Jahre alt.

Michael Sänger war mitten im Raum stehen geblieben und breitete kurz die Arme aus. »Möchten Sie sich setzen?« Erneut traf Romy lediglich ein Seitenblick.

»Ja, gerne«, ergriff sie das Wort.

Er wies auf eine Essecke, hinter der eine offene Durchreiche zur Küche zu sehen war. Auf dem Tisch stand eine Kanne Kaffee, im offenen Kaminofen am anderen Ende des Raumes züngelte ein Feuer, Scheite knackten. Es hätte gemütlich sein können.

Kasper räusperte sich umständlich, als er Platz genommen hatte. »Sie haben Ihre Frau gestern Abend vermisst gemeldet, Herr Sänger.«

»Ja, habe ich. Sie wollte eigentlich gegen acht, spätestens neun zu Hause sein. Ich habe mir erst nichts dabei gedacht, aber als sie um zehn nicht zurück war und ich sie über ihr Handy auch nicht erreichen konnte, fing ich an, mir Sorgen zu machen. Bei dem Wetter hätte sie einen Unfall haben können.« Er legte die Hände auf den Tisch – klobige Hände, die den massigen Eindruck des Mannes unterstrichen. Die Fingerspitzen zitterten. Er verschränkte sie, als er Romys Blick bemerkte. »Haben Sie Neuigkeiten?« Die Frage quälte sich aus seinem Mund.

Kasper nickte. »Wir sind ziemlich sicher, dass wir Ihre Frau gefunden haben«, erwiderte er leise.

»Ziemlich sicher«, wiederholte Sänger leise. »Sie ist tot, nicht wahr?«

Kasper zog sein Handy aus der Jackentasche, und Romy hoffte inständig, dass die Aufnahme so wenig wie möglich von den grausamen Verletzungen zeigte. »Ich kann Ihnen das nicht ersparen – würden Sie sich bitte diese Bilder ansehen?«

Sänger atmete tief ein und beugte sich übers Display. Seine

Frau war im Dreiviertelprofil erfasst, das ihre linke Gesichtshälfte, die weniger stark betroffen war, in den Vordergrund rückte. Es war keine Nahaufnahme, wie Romy augenblicklich erleichtert feststellte, außerdem wies sie Unschärfen auf. Die dunkelroten Locken fielen am deutlichsten ins Auge. Romy registrierte sie erst jetzt bewusst. Weitere Fotos zeigten aus noch größerem Abstand die Gestalt der Frau, ihre Kleidung und Schuhe sowie das Auto. Kasper war es gelungen, beim Fotografieren das brutale Geschehen weitestgehend in den Hintergrund zu drängen.

Michael Sänger starrte einen Moment stumm aufs Handy. »Das ist sie«, sagte er plötzlich. »Ja, natürlich ist sie das! Es gibt keinen Zweifel. Die Jacke, die Stiefel – sie hat sie noch morgens eingewachst, auch meine und die von Lotte, sogar unsere Handschuhe«, fuhr er eilig fort. »Wenn erst mal Feuchtigkeit ins Material eingedrungen ist, halten das die teuersten Stiefel nicht aus, hat sie immer gesagt, und der Winter fängt ja gerade erst an. Und damit hat sie recht, nicht wahr?« Sänger starrte erneut aufs Display, atmete schwer. »Was ist passiert?«, flüsterte er plötzlich.

»Wir wissen es noch nicht genau ...«

Der Witwer sprang abrupt auf. Er stellte sich hinter seinen Stuhl, stützte sich mit beiden Händen an der Rückenlehne ab und beugte den Kopf zum Fußboden. Als würde er sich für einen langen Lauf die Achillessehne dehnen wollen, schoss es Romy absurderweise durch den Kopf. Sängers Schultern bebten, und er stöhnte auf wie ein verletztes Tier. So habe ich auch gestöhnt, dachte Romy. Bei Kilometer sechsunddreißig. Moritz war Marathonläufer gewesen und aus dem Nichts heraus tot zusammengebrochen. Das Bild seines auf dem Asphalt aufschlagenden Kopfes hatte sich für den Rest ihres Lebens in ihr eingebrannt, davon war sie überzeugt.

Kasper warf Romy einen fragenden Blick zu. Sie nickte. Monika Sänger war alles andere als aus dem Nichts heraus zusammengebrochen und gestorben. Sie war brutal nieder-geschlagen und ermordet worden – diesen Schluss ließen jedenfalls die bisherigen Ermittlungen zu.

»Herr Sänger, es mag herzlos wirken, aber wir müssen Ihnen einige Fragen stellen«, sagte Romy ruhig, aber bestimmt.

Er hob ruckartig den Kopf. »Warum?«

»Ihre Frau ist keines natürlichen Todes gestorben, und sie hatte auch keinen Unfall.«

»Wie? Wovon reden Sie? Und hören Sie auf, um den heißen Brei herumzureden!«

»Die Einzelheiten kennen wir noch nicht, aber ...«

»Ich will wissen, was passiert ist!«, brüllte Sänger sie jäh an.

Romy zuckte mit keiner Wimper. »Die Einzelheiten kennen wir noch nicht«, wiederholte sie. »Aber sie ist am Strand von Göhren überfallen worden, soviel steht fest.«

Der Witwer schluckte und wischte sich über den Mund, bevor er sich wieder auf seinen Stuhl fallen ließ. »Verzeihen Sie, aber ...«

Die Kommissarin winkte ab. »Sie brauchen sich nicht zu entschuldigen. Es wäre jedoch sehr hilfreich, wenn Sie uns einige Fragen beantworten würden, damit wir so schnell wie möglich mit den Ermittlungen beginnen können.«

Er schloss für einen Moment die Augen. »Ich werde mir Mühe geben. Sie ist überfallen worden, sagten Sie? Aber warum? Sie hatte nichts Besonderes bei sich, ich meine ...« Er fasste Kasper ins Auge. »Oder hat man sie ...?«

»Wir gehen nicht von einer Vergewaltigung oder einem Raubüberfall aus, Herr Sänger.«

»Wie darf ich das verstehen?«

»Es wurde nichts gestohlen. Jemand hatte es auf Ihre Frau abgesehen«, ergriff Romy wieder das Wort.

»Das ist nicht Ihr Ernst!«

»Doch. Die bisher festgestellten Umstände sprechen dafür,

dass jemand Ihre Frau niedergeschlagen und so im Wasser abgelegt hat, dass sie ertrank.« Das war eine sehr geschönte Umschreibung, doch deutlichere Worte hielt sie zum jetzigen Zeitpunkt für völlig unangemessen.

Sänger sagte sekundenlang kein Wort. Sein Blick wanderte mehrfach zwischen Kasper und Romy hin und her. »Sie meinen, dass meine Frau das Opfer irgendeines irren Gewalttäters geworden ist?«

»Das ist vorstellbar. Haben Sie eine Ahnung, was sie gestern Abend in Göhren vorhatte?«

Der Witwer schüttelte den Kopf. »Nein, nicht die geringste. Wir haben dort weder Freunde noch Verwandte … Am Strand von Göhren, mitten im Winter? Es ist mir vollkommen schleierhaft, was sie da wollte.«

»Könnte sie verabredet gewesen sein?«, schob Romy behutsam nach.

»Ich weiß nichts von einer Verabredung am späteren Abend«, entgegnete Sänger ein wenig brüsk. »Sie hatte bis zum frühen Nachmittag in der Kita zu tun. Danach wollte sie nach Binz fahren, zu einer Besprechung in die Prora, die bis ungefähr acht Uhr dauern würde – so schätzte sie, als wir am Morgen darüber sprachen.«

Der Koloss von Rügen, fuhr es Romy durch den Kopf, Mahnmal und Schandmal zugleich – das kilometerlange Monstrum, mit dem die Nazis das »KdF-Seebad Rügen« hatten erschaffen wollen – Urlaub und Spaß für zwanzigtausend Menschen, gleichzeitig, versteht sich. Architekt war Clemens Klotz gewesen. Selten hatten Name und Programm so gut zusammengepasst. Wenn Romy es richtig in Erinnerung hatte, waren neben Rügen noch vier weitere KdF-Seebäder in Planung gewesen. Doch mit Beginn des Zweiten Weltkrieges hatte sich die Idee mit dem Urlaub für die Massen erledigt, und der Prora-Bau blieb unvollendet. In den folgenden Jahrzehnten war er weitgehend militärisch genutzt worden, manche Teile waren in stummer Anklage verfallen.

»Worum ging es bei der Besprechung?«, wollte Kasper wissen.

»Monika hat sich im Prora-Verein engagiert, ehrenamtlich. Es geht um die historische und politische Aufarbeitung der Anlage, und zwar nicht nur, was die Nazis betrifft.«

Kasper hob eine Braue. Er sah aus, als fiele ihm zu dem Thema eine ganze Menge ein, schätzte Romy. Im letzten Sommer hatte in der Prora die größte Jugendherberge Mecklenburg-Vorpommerns Eröffnung gefeiert, erinnerte sie sich. Der Gedanke des bunten Treibens in dem düsteren Bauwerk gefiel ihr gut, die zahlreichen Ausstellungen und Projekte, die das Nazi-Machwerk und seine spätere Nutzung beleuchteten, auch.

»Haben Sie sich vergewissert, dass Ihre Frau den Termin auch tatsächlich wahrgenommen hat?«, hob Romy wieder an.

»Ja, natürlich. Monika war sogar nur bis circa Viertel nach sechs, halb sieben dort, wie man mir gestern Abend sagte. Die Besprechung war schneller als erwartet beendet …«

»Können Sie uns einen Ansprechpartner nennen?«

»Ja, fragen Sie Dieter Keil. Der arbeitet in der Jugendherberge.«

Romy registrierte, dass Kasper sich den Namen notierte. Einen Moment herrschte Schweigen. »Herr Sänger, ich muss Sie fragen, was Sie gestern Abend gemacht haben und ob es Zeugen dafür gibt.«

Der Mann nickte müde. »Ich war zu Hause. Gegen sechs kam mein Schachfreund Olaf Leihm – wir treffen uns seit zwanzig Jahren einmal im Monat, manchmal auch zweimal. Um kurz nach acht Uhr ist er wieder aufgebrochen. Ach ja, und meine Tochter Lotte war auch hier.«

»Ihre Tochter lebt noch bei Ihnen?«

»Nein, nein.« Sänger schüttelte den Kopf. »Sie studiert in Neubrandenburg und bereitet sich zurzeit auf Prüfungen vor. In ihrem Studentenwohnheim wird gerade renoviert, und ich habe ihr vorgeschlagen, ihr altes Kinderzimmer für ein paar Wochen zu beziehen. Wir haben ja genug Platz hier … und viel Ruhe, und bei all der Lernerei tut ihr die Seeluft gut.«

»Und wo ist Ihre Tochter jetzt?«

»Sie schläft noch, es ging ihr gestern nicht gut …«

Ein Geräusch an der Tür erregte Romys Aufmerksamkeit. Eine junge Frau im Bademantel, die ganz offensichtlich gerade erst aufgestanden war, sah ihnen entgegen. Das dunkle volle Haar war zerwühlt, der Schmollmund leicht geöffnet. Michael Sänger stand auf und eilte zu ihr. Er legte die Arme um sie. »Es ist etwas Fürchterliches passiert«, flüsterte er.

Romy wandte den Blick ab. Kasper setzte ein fragendes Gesicht auf. »Wir können später noch einmal wiederkommen, oder?«

Sie standen gleichzeitig auf und verließen das Haus.

Fine hatte für frischen, starken Kaffee und Honigkuchen vom Blech gesorgt. Es war erst später Vormittag, doch Romy hatte das Gefühl, bereits einen ganzen Tag im Einsatz zu sein. Sie nahm am Besprechungstisch Platz und lauschte Kaspers zusammenfassendem Bericht, den er mit sonorer Stimme vortrug. Max hatte sich mit seinem Laptop dazugesetzt und schrieb die wesentlichen Informationen in einem Memo mit. Wie immer glänzte sein langes, seidiges Haar, als sei es poliert worden. Romy war sicher, dass er den Grundriss der Datenbank, die für diesen Fall in Frage kam, längst im Kopf hatte.

Obwohl sie sich am Anfang durchaus darüber amüsiert hatte, dass Max seinen Fokus derartig einseitig ausrichtete, und immer wieder verblüfft war, wie er in die Strukturen eintauchte, mit deren Hilfe er Informationen sammelte und bündelte, war sie weit davon entfernt, sich lustig über ihn zu machen. Im Kai-Richardt-Fall hatte genau dieser Fokus Sachverhalte zutage gefördert, ohne die sich der entscheidende Zusammenhang gar nicht erst erschlossen hätte. Oder ohne die ihr die folgenschwersten Fragen nicht eingefallen wären. In diesem Team hat jeder seine ganz persönliche Stärke, dachte sie und blickte auf, als Fine ihr einen Teller mit einem üppigen Stück Kuchen unter die Nase hielt. »Iss! Bei der Kälte braucht man was im Magen.«

Fine war grundsätzlich der Meinung, dass man etwas im Magen brauchte, egal, welche Großwetterlage gerade herrschte, doch Romy hielt es für keine gute Idee, ihr diese Einschätzung unter die Nase zu reiben. Fine mochte es auch nicht, wenn sie aufgrund ihrer großen wuchtigen Gestalt und resoluten Persönlichkeit sowie ihres rotblonden Teints mit einer Wikingerfrau verglichen wurde, obschon sich dieser Eindruck förmlich aufdrängte, nicht nur bei Romy.

»Wir haben es also mit einem richtig fiesen Gewaltverbrechen zu tun«, resümierte Kasper. »Ich hoffe sehr, dass wir ein paar Hinweise aus der unmittelbaren Umgebung bekommen. Die Wahrscheinlichkeit, dass Buhls Leute eindeutige Täterspuren sichern können, halte ich für ziemlich gering.« Er biss von seinem Kuchen ab. »Die Blutspuren am Strand stammen mit großer Wahrscheinlichkeit vom Opfer.«

»Lass uns nicht vorgreifen, solange Möller sich nicht gemeldet hat und zudem auch noch unklar ist, welche weiteren Verletzungen sie unter Umständen davongetragen hat«, wandte Romy ein. »Im Moment sieht es so aus, als hätte jemand ausschließlich auf Gesicht und Hände der Frau eingeschlagen, getreten, was auch immer, um die bewusstlose Frau dann ins Wasser zu schleifen. Klingt hasserfüllt, oder?«

Kasper nickte kauend. Max tippte eifrig mit.

»Und sehr persönlich«, fuhr Romy fort.

»Du meinst, dass sie den Täter kannte?«, fragte Kasper.

»Würde ich annehmen, oder kannst du dir vorstellen, dass sie einen späten winterlichen Strandspaziergang unternommen hat, bei dem sie zufälligerweise auf einen Typen traf, der sie derart zurichtete? ... Ach, was ist eigentlich mit dem Handy?«, wandte sie sich an Max.

»Das hab ich gerade an den Strom gehängt. Es dauert ein paar Minuten, bis es genug Saft hat.«

»Aber das Gerät ist doch ausgeschaltet. Was ist mit Ihrer PIN?«

»Brauche ich nicht. Ich hab ein nettes Programm aus der Forensik, das es mir ermöglicht, eine Clone-SIM zu verwenden, die dem Handy eine gültige SIM vorspielt, ohne ...«

»Oder du rufst zunächst Michael Sänger an, um ihn nach der PIN zu fragen«, unterbrach Romy eilig den drohenden technischen Exkurs über forensische Feinheiten in der Handy-Datenauswertung.

»Ja, das könnte man ja auch erst mal versuchen.«

»Außerdem sind wir damit rechtlich auf der ganz sicheren Seite und können in aller Ruhe die Daten sichten.«

»Stimmt.« Max lächelte verlegen.

Fine stellte ihre Tasse ab und erhob sich. »Ich mach das schon, hab eh drüben was vergessen.«

Romy hob kurz den Blick zur Decke, während Kasper sich in sein Notizheft vertiefte. Fine kehrte wenige Minuten später zurück. »1803«, sagte sie. »Geburtstag ihres Bruders.«

Im gleichen Augenblick klingelte Kaspers Handy. Er lauschte einen Moment. »Wir sollen rauskommen zur Reha-klinik. Ein Kollege meint, dass er einen interessanten Wink erhalten hätte.«

Romy seufzte. »Kann er den Wink nicht herbringen oder deutlicher werden?«

Kasper schmunzelte und stand auf. »Wir müssen ohnehin getrennt losfahren, um die Ermittlungen ein bisschen zu beschleunigen. Übernimmst du die Kita? Dann mache ich mich gleich noch mal auf den Weg nach Göhren.«

»Gute Idee.« Sie sah auf die Uhr und dann in Fines Richtung, während sie sich ebenfalls erhob. »Bitte überprüft in der Zwischenzeit schon mal die Angaben von Michael Sänger – also den Besuch des Schachfreunds und den Termin mit dem Mann aus der Prora.« Sie wandte sich an Max. »Und falls das Handy was Interessantes ausspuckt, meldest du dich sofort, okay?«

»Na klar.«

Was bedeutete es, einem Menschen Gesicht und Hände fast zu zerschmettern, überlegte Romy, als sie kurz darauf in ihren Jeep stieg und darauf wartete, dass Kasper vor ihr vom Parkplatz fuhr. Man zerstörte seine Identität und seine Handlungsfähigkeit. Sie war plötzlich fest davon überzeugt, dass der Fall eine ausschließlich persönliche Dimension hatte und ihm in keiner Hinsicht etwas Zufälliges anhaftete.

Die Bestätigung erhielt sie wenige Minuten später, während sie in der Weststadt auf der Ruschwitzstraße langsam am DRK-Altenheim vorbeifuhr, vor dessen Tür ein Mann in rotem Arbeitsdress Sand streute. Max teilte ihr mit, dass Monika am Tag vor ihrem Tod eine SMS erhalten hatte: »Donnerstag, 19 Uhr, am Südstrand von Rügen. Sie wissen wo«, las er zweimal hintereinander langsam vor.

Romy ließ die Mitteilung nachklingen. Sie wissen wo.

»Und noch was«, fügte Max mit gewichtiger Stimme hinzu. »Die SMS war gelöscht, sie befand sich jedoch noch im Ordner gelöschte Objekte.«

»Okay – versuch so schnell wie möglich herauszukriegen, wer die Nachricht gesendet hat, und schick Kasper den Text.«

»Bin schon dabei.«

»Dachte ich mir. Guck dir bitte sehr genau an, was das Handy sonst noch zu bieten hat, bevor du es an die Techniker weiterleitest – natürlich auch so schnell wie möglich.«

»Verstanden.« Das klang sehr vergnügt. Das Zuordnen und Auswerten von Telefonverbindungen gehörte zu Max' Lieblingsbeschäftigungen. Romy hätte eine Krise bekommen, wenn sie sich mit solchen Aufgaben hätte herumschlagen müssen.

# 2

Der junge uniformierte Polizist war einer von mehreren Beamten, die aus Baabe und Putbus hinzugezogen worden waren, um die Umgebung abzuklappern und Leute zu befragen. Er wartete am Eingang der Rehaklinik auf Kasper. Die roten Flecken auf seinen Wangen konnten von der Kälte stammen oder waren Zeichen seiner Aufregung. Kasper tippte auf Letzteres, als der Mann ihm beflissen entgegeneilte. Seine Aufgaben beschränkten sich wohl normalerweise auf Verkehrs-, allenfalls Einbruchsdelikte oder Streitereien unter Touristen. Bei einer Mordermittlung war er garantiert noch nie dabei gewesen.

»Ich habe als Erstes mit dem Hausmeister gesprochen«, erklärte Florian Schäfer in deutlich hektischem Ton, nachdem er sich vorgestellt hatte. »Und der meinte, wir sollten uns mal mit Anna Corhardt unterhalten. Sie arbeitet hier in der Klinik als Krankengymnastin.«

»Und warum könnte ein solches Gespräch sinnvoll sein?«

Schäfer verzog den Mund. »Der Mann meinte, dass die Corhardt einen Sohn hat, der … ungewöhnlich ist.«

Kasper runzelte die Stirn. »Das bin ich auch – geht das etwas genauer?«

Schäfers Wangen färbten sich um zwei weitere Nuancen und nahmen nun ein fröhliches Flammenrot an. »Das ist es ja – mehr wollte er nicht sagen. Ich habe aber gleich mal nachgefragt, wo Frau Corhardt anzutreffen ist. Sie hat gerade Mittagspause. Die verbringt sie immer in ihrer Wohnung, die sich hier auf dem Gelände befindet.«

»Wie praktisch, dann gehen wir doch gleich mal dahin.«

Schäfer nickte und eilte voran. Durch das Hauptgebäude

gelangten sie über einen Innenhof auf das weitläufige Klinikgelände, auf dem sich mehrere Gebäudekomplexe in einer gepflegten Parkanlage verteilten und dessen Wege sorgsam von Eis und Schnee befreit worden waren. Mittlerweile stahl sich die Sonne hervor. Einige Spaziergänger waren dick eingemummelt unterwegs und sahen ihnen neugierig hinterher, manche tuschelten miteinander. Polizei dürfte hier selten zu Besuch sein, aber das Geschehen am Strand und die Ermittlungen, in die auch die Klinik einbezogen wurde, hatten sich natürlich längst herumgesprochen.

»Ganz hinten auf dem Gelände befindet sich ein Haus mit mehreren Wohnungen für Klinikmitarbeiter«, erläuterte der Polizist und stiefelte schweigend weiter, als Kasper nicht antwortete, sondern sein Handy hervorzog, um ein weiteres Mal die SMS zu lesen, die Max ihm neben einem Foto von Monika Sänger von der Homepage der Kindertagesstätte weitergeleitet hatte.

Sie wissen wo, wiederholte er stumm. Ganz offensichtlich hatte sich Monika Sänger mit ihrem Mörder verabredet, und wenn alles glatt lief, dürften die Techniker bald herausgefunden haben, wer die Nachricht verschickt hatte. Kasper seufzte unterdrückt. Aber seit wann lief alles glatt? Wer anonym einen Prepaidtarif buchen wollte, dem gelang das auch. Kasper wischte alle weiterführenden Gedanken beiseite, die zum jetzigen Zeitpunkt ohnehin nichts als Spekulationen darstellten, und trat neben Schäfer, der vor einem Mehrfamilienhaus in kräftigem Ockerton stehengeblieben war und den Klingelknopf über einem bunten Namensschild im Erdgeschoss drückte.

Eine schlanke, dunkelhaarige Frau um die fünfzig öffnete die Tür. Sie hatte sich ein Geschirrtuch über die Schulter geworfen; ihr blasses grobporiges Gesicht drückte Eile aus. Im Hintergrund war Musik zu hören. Sie runzelte die Stirn, während ihr Blick Schäfers Uniform streifte.

»Guten Tag, Frau Corhardt«, ergriff Kasper sofort das Wort und stellte sich und den Kollegen vor. »Sie haben sicherlich davon gehört, dass heute Morgen unten am Strand eine Leiche gefunden wurde.«

»Natürlich. Es war das einzige Gesprächsthema beim Frühstück«, entgegnete sie.

»Wir haben in dem Zusammenhang einige Fragen.«

»An mich? Warum?«

Kasper lächelte höflich. »Wir versuchen mit allen zu reden, die Tag und Nacht auf dem Gelände der Klinik sind und theoretisch etwas vom Geschehen am Strand mitbekommen haben könnten.«

»Ach? Dann haben Sie aber einiges zu tun – wenn Sie alle Patienten befragen wollen.«

Schäfer kratzte sich am Hinterkopf.

»Dürfen wir hereinkommen, Frau Corhardt?«, fragte Kasper.

Sie zögerte einen Moment, bevor sie die Tür freigab. »Na gut, bitte, treten Sie ein. Ich koche gerade eine Kleinigkeit. Wenn es Sie nicht stört …«

Kasper spürte einen zarten Stich in der Herzgegend. Er hatte gerne zugesehen, wenn seine Frau in der Küche gewerkelt hatte, obwohl er immer der bessere Koch gewesen war. Dafür war ihre Sanddornmarmelade unschlagbar gewesen, und bei Kuchen und Gebäck hatte er ihr nicht das Wasser reichen können. Seine Exfrau hieß auch Anna, und zwischen ihr und der Corhardt gab es darüber hinaus tatsächlich einige Ähnlichkeiten – der prüfende Blick, die schlanke Figur, der dunkle Teint –, aber das war noch lange keine Grund für Sentimentalitäten, schalt er sich lautlos und folgte der Hausherrin in die Küche.

Seit er die sechzig überschritten hatte, wurde er häufiger sentimental, als ihm lieb war. Dabei hatte er angenommen, dass im sechsten Lebensjahrzehnt die Weisheit des Alters die

Regie übernehmen würde, zumindest, wenn es um berufliche Belange ging. Anna war vor zwölf Jahren gegangen, weil ihr alles zu eintönig geworden war: das Leben auf der Insel, die Ehe, der beschauliche Alltag, in dem zwei prächtige Kinder groß geworden waren und der sie verlässlich wie die See im Wechsel vor große und kleine Aufgaben gestellt hatte, die sie ganz passabel gemeistert hatten, wie er fand. Kasper verstand es immer noch nicht. Der lodernde Schmerz gehörte der Vergangenheit an, natürlich, aber die Wunde würde nie ganz verheilen. Und er vermisste sie immer noch.

»Nehmen Sie Platz«, sagte Anna Corhardt und wandte sich zum Herd um, auf dem ein Eintopf köchelte – Schmorkohl mit Speck und Knackwürsten, wenn Kasper nicht alles täuschte. Eines seiner Leibgerichte. Die Musik war plötzlich nur noch gedämpft zu hören, als sei die Lautstärke herabgedreht oder eine Tür geschlossen worden.

An dem kleinen Esstisch hatten vier Leute Platz, auch wenn es dann eng wurde – im Moment lagen zwei Sets mit Segelschiff-Motiven bereit, wie sie in der Regel von Urlaubern gekauft wurden. Eine tiefhängende Lampe verströmte warmes Licht.

Anna Corhardt drehte sich um, blieb aber stehen. »Stellen Sie Ihre Fragen«, sagte sie und blickte Kasper an. Plötzlich flog ein Lächeln über ihr Gesicht. »Falls ich ein Alibi benötigen sollte – ich hatte gestern Spätdienst. Den letzten Patienten habe ich gegen acht verabschiedet. Eine Viertelstunde später war ich zu Hause, vielleicht auch zwanzig Minuten. Eine Stunde darauf bin ich vor dem Fernseher eingeschlafen, wie häufig nach langen anstrengenden Arbeitstagen.«

»Geht mir oft ganz genauso.« Kasper erwiderte das Lächeln, dann sah er auf die beiden Tischsets. »Und Ihr Sohn, wo war der?«

Sie zuckte zusammen und verschränkte die Arme vor der Brust. Ihr Blick wanderte zum Fenster und wieder zurück zu

Kasper. »Hätte ich es mir doch denken können«, meinte sie leise und schüttelte den Kopf. »Wer hat Sie zu mir geschickt?«

Kasper war verblüfft.

»Nun sagen Sie schon!«

»Ich verstehe Ihre Reaktion nicht«, erwiderte Kasper irritiert. »Wir wissen nur, dass Sie …«

Anna Corhardt wandte sich abrupt zur Tür um und stieß sie auf. »David? Kommst du bitte mal?«

Keine Antwort.

»David!«

Schließlich war das zaghafte Geräusch leiser Schritte zu hören. Ein Junge trat ein: groß, kräftig, dunkles Haar, ungefähr zwölf-, dreizehn Jahre alt, vielleicht auch schon vierzehn. Ein Kind mit Down-Syndrom.

»Hallo, ich bin David«, sagte er mit deutlich nuschelnder Stimme und streckte die Hand aus. Er lächelte nicht und war sehr blass.

Kasper ergriff sie. »Mein Name ist Kasper Schneider, ich bin Polizeibeamter.«

»Ohne Uniform«, stellte der Junge fest und wandte den Blick kurz zu Schäfer. »Er hat aber eine.«

»So ist es.«

Ein ungewöhnlicher Junge, hatte der Hausmeister gesagt, erinnerte Kasper sich an Schäfers Schilderung. Vielleicht war das ein schlichter, neutraler Hinweis gewesen, doch Kasper glaubte nicht daran.

»David lag schon im Bett, als ich vom Dienst kam«, hob seine Mutter plötzlich an. »Oder hat irgendjemand etwas anderes behauptet?« Die Schärfe in ihrer Stimme war unüberhörbar. Ihr Sohn kniff die Augen zusammen.

»Nein«, entgegnete Kasper schlicht. »Haben Sie etwas dagegen, wenn ich ihn frage, ob er etwas Ungewöhnliches bemerkt hat?«

»Bitte, fragen Sie. Deswegen sind Sie ja hier, oder?«

»Weiß er, was …«

»Ja, so ungefähr.«

Kasper wandte sich an David, der neben ihm Platz nahm. »Gestern Abend ist unten am Strand ein Verbrechen geschehen.«

David nickte. »Eine Frau ist tot.«

»Ja. Ich will herausfinden, wer das war und was genau passiert ist. Darum frage ich alle möglichen Leute, ob sie etwas bemerkt haben.«

»Und mich auch?« Der Junge schüttelte den Kopf. »Ich darf doch abends gar nicht mehr an den Strand runter – im Dunklen. Man fällt leicht hin, es ist rutschig, sagt Mama … Aber der Schnee schimmert so schön, und der Wind braust ganz laut.« Er lachte fröhlich.

»Du magst den Winter?«

»Ja.« Ein verschmitztes Lächeln. »Aber abends darf ich nicht mehr alleine raus, auch nicht im Sommer. Nicht herumstromern – hat Manfred auch immer gesagt. Stromern ist ein komisches Wort. Aber Manfred ist nicht mehr da.«

Anna Corhardt atmete hörbar ein. »Manfred ist mein Exfreund«, erklärte sie eilig.

»Und die *Luise* mag ich«, ergänzte David.

»Luise?«

»Der Küstenmotorsegler – sie liegt oben am Strand und ist wie ein Museum. Die Touristen kommen und gucken und lernen was übers Fischen. *Luise* ist neunzehn Komma einundvierzig Meter lang.« David nickte eifrig. »Im Sommer will ich Boot fahren und fischen. Mir wird nicht schlecht auf dem Wasser.«

»Wenn du da draußen am Strand etwas gesehen hättest, würdest du es mir sagen, oder?«, fragte Kasper leise. Anna Corhardts scharfer Blick wunderte ihn nicht im Mindesten, aber er musste diese Frage stellen. Romy hätte sie längst gestellt.

»Im Dunklen kann man doch gar nicht viel sehen«, entgegnete David. »Nur Schatten.«

»Hast du Schatten gesehen?«

David runzelte die Stirn, dann blickte er zu seiner Mutter hoch.

»Er war gestern Abend nicht unten am Strand«, warf Corhardt ein. »Aber wenn Sie noch lange auf ihn einreden, weiß er selbst nicht mehr, was gestern oder vorgestern war und ob er nicht doch etwas gesehen hat. Sie dürfen ihm keine Worte in den Mund legen. Das verunsichert ihn nur und bringt Ihre Ermittlungen auch nicht voran.«

»Verstehe.« Kasper erhob sich so abrupt, dass Schäfer zusammenzuckte. »Trotzdem, danke für Ihre Hilfe.« Er fasste David noch mal ins Auge und zwinkerte ihm zu, bevor er die Küche verließ.

»Was erwarten Sie eigentlich von der Aussage eines Down-Syndrom-Kindes?«, fragte Anna Corhardt mit leiser Stimme, als sie aus der Wohnung traten.

»Nicht mehr oder weniger als von jeder anderen Aussage auch«, erwiderte Kasper. »Hinweise, denen ich dann nachgehen, die ich prüfen kann.«

»David hat sehr viel Fantasie.«

»Wie andere Kinder auch. Wenn er da unten herumgestromert ist, bevor Sie nach Hause kamen, und irgendwelche Schatten gesehen hat, über die ich ihm etwas entlocken könnte, wäre das unter Umständen ein interessanter Hinweis bezüglich des Todeszeitpunktes des Opfers.«

Davids Mutter schwieg.

»Vielleicht fragen Sie ihn noch mal, ob er nicht doch etwas beobachtet hat«, setzte Kasper nach. »Sie können jederzeit auf dem Kommissariat in Bergen anrufen. Ach, noch was – der Frau ist übel mitgespielt worden.« Damit verabschiedete er sich.

Schäfer lief stumm neben ihm her. Als sie den Haupteingang erreicht hatten, sah er Kasper an. »Möchten Sie auch noch mit dem Hausmeister sprechen?«

»Ja, möchte ich.«

Romy hatte gut zwanzig Minuten auf das Gespräch mit dem stellvertretenden Kindertagesstättenleiter Reiner Mickel warten müssen, der in einer wichtigen Besprechung mit einem Stadtvertreter saß, als sie eintraf. Eine Unterredung, die er trotz des tragischen Ereignisses nicht hatte absagen können, wie ihr die Sekretärin versicherte. Da die junge Frau erst seit wenigen Tagen in der Kita beschäftigt war, verzichtete Romy auf ihre Befragung und tröstete sich mit einem Kaffee, während sie der Geräuschkulisse spielender Kinder lauschte.

Schließlich bat Mickel sie herein. Der Mann ging auf die vierzig zu, schätzte Romy, wobei das schüttere Haar und seine kleine, rundliche Statur ihn älter wirken ließ. »Tut mir leid, dass Sie warten mussten – ich hätte den Termin liebend gern verschoben, aber ...«

»Keine Ursache.«

Er bot ihr einen Platz an einem runden Besprechungstisch an, nachdem er Tassen und Notizzettel weggeräumt hatte. Auf dem Fensterbrett schlängelte sich eine vergessene Lichterkette. Die Nachricht von Monika Sängers Tod hatte ihn sichtlich erschüttert.

»Seit wann wissen Sie davon?«, fragte Romy und legte ihren Notizblock bereit.

»Wir haben bei ihr zu Hause angerufen, als sie um neun Uhr nicht hier war – sonst sitzt sie meist schon vor acht an ihrem Schreibtisch. Ihr Mann sagte uns, dass sie seit dem Vorabend verschwunden war ... Später informierte er uns dann über das schreckliche Geschehen.« Mickel brach ab und knetete seine Hände. »Ich kann das kaum begreifen – wer tut denn so was?«

Romy ließ ihm einen Moment Zeit, seine Fassung zurückzugewinnen. »Herr Mickel, Sie können sich wahrscheinlich gut vorstellen, dass es für unsere Ermittlungen sehr wichtig ist, uns so schnell und umfassend wie möglich ein Bild über Monika Sänger zu machen«, begann sie. »Wie war sie als Leiterin der Einrichtung? Gab es Probleme oder Konflikte? Ist Ihnen in den letzten Tagen etwas Besonderes aufgefallen?« Drei Fragen sind zwei zuviel, dachte Romy, als der Mann sie irritiert ansah – noch dazu bei einem Menschen, der emotional verstört war.

»Mir ist nichts bekannt von Problemen oder Ärger. Sie wirkte höchstens etwas angespannt in letzter Zeit«, meinte Mickel schließlich.

»Können Sie das genauer beschreiben?«

»Na ja, etwas überarbeitet würde ich sagen, zu viele Termine vielleicht, konkreter kann ich es nicht formulieren. Ansonsten ist sie … war sie eine faire Vorgesetzte, engagiert in ihrem Beruf und bei allem, was sie so anpackte. Privat weiß ich nicht viel von ihr«, er zuckte die Achseln und starrte einen Moment ins Leere. »Ich kenne sie allerdings auch noch nicht lange, da ich erst seit zwei Jahren in Bergen bin.«

»War sie mit jemandem aus dem Kollegium enger befreundet?«

Er schüttelte den Kopf. »Ich glaube nicht. Als Leiterin hat sie sich privat immer zurückgehalten. Man kann nicht dick befreundet und gleichzeitig Vorgesetzte sein – zumindest ist das ziemlich schwierig, weil man ja auch mal unpopuläre Entscheidungen treffen muss.«

»Wann war denn die letzte unpopuläre Entscheidung zu treffen?«

Mickel winkte ab. »Na ja, das war jetzt mehr eine allgemeine Beschreibung.«

»Ach so.«

»Seitdem Monika sich in der Prora engagiert, vertrete ich

sie häufiger mal und weiß, dass es gar nicht so einfach ist, alle Seiten zu berücksichtigen und die richtige Entscheidung zu treffen«, fügte er hinzu.

Romy schlug ein Bein über das andere. »Sind Sie eigentlich genauer darüber im Bilde, wie Monikas Engagement dort zustande gekommen ist?«

»Soweit ich weiß, wurde das Thema aktuell, als es mit dem Bau der Jugendherberge losging – und das ist ja eine richtig große Sache geworden, die schon im Vorfeld viele Diskussionen und Fragen ausgelöst hat«, erklärte Mickel und wirkte nun gefasster.

»Zum Beispiel?«

»Zum Beispiel ist diskutiert worden, ob es so schlau ist, die Idee des billigen Massentourismus neu zu beleben, die die KdF-Planer ja seinerzeit auch im Blick hatten …«

Romy spitzte die Lippen.

Mickel nickte eifrig. »Monika erwähnte mal, dass rechte Gruppierungen kurz vor der Eröffnung im letzten Sommer diesen Aspekt im Internet lobend erwähnt hätten. Das müssen Sie sich mal vorstellen!«

»Ach du Scheiße.«

»Ja, genau. Wie dem auch sei – Monika fand das alles ziemlich spannend und hat darüber Kontakt zum Dokumentationszentrum bekommen. Seitdem war sie regelmäßig dort, interessierte sich für die Ausstellungen, Pläne und Projekte und in diesem Zusammenhang natürlich auch für die Kinder- und Jugendarbeit. Es gibt Leute, die die Prora und ihre lange Geschichte aufregend finden, andere verabscheuen sowohl die Anlage als auch das ständige Erinnern und Rückbesinnen. Irgendwann muss mal Schluss sein, sagen sie.« Er hob die Hände. »Als touristische Attraktion taugt das Ganze allemal.«

Wenige Minuten später ließ Romy die Befragung ausklingen. Auf ihre Bitte händigte Mickel ihr Monika Sängers Terminkalender aus, während die Sekretärin Kopien des Mailverkehrs der letzten Wochen auf einem Stick speicherte. Max wird sich freuen, dachte Romy und entschloss sich spontan, nicht auf Kasper zu warten, sondern gleich noch einmal bei den Sängers vorbeizufahren. Ihr Handy klingelte, als sie im Auto saß und sich gerade angeschnallt hatte.

Dr. Möller verbreitete wie immer schon bei der Begrüßung gute Laune, und die schien noch besser zu werden, als Romy ihr Erstaunen darüber bekundete, wie rasend schnell er mal wieder mit seinem Vorab-Bericht zur Stelle war.

»Man tut, was man kann«, entgegnete er fröhlich. »Soviel ist klar: Sie hatte Wasser in der Lunge«, kam er sofort zur Sache. »Nicht viel, aber nachweisbar.«

»Was bedeutet, dass sie ertrunken ist.«

»So ist es.«

»Können Sie schon was zu den Verletzungen sagen?«

»Ich bin noch auf der Suche nach Faserspuren. Im Moment schätze ich, dass die Frau zusammengetreten wurde, was zu massiven Verletzungen führte – auch im Hirnbereich. Aber gestorben wäre sie daran wahrscheinlich nicht, hätte man sie rechtzeitig ins Krankenhaus gebracht.«

Romy schluckte. Blinde Zerstörungswut, unbändiger Hass. »Hatte sie noch andere Verletzungen außer im Gesicht und an den Händen?«

»Nein.«

»Merkwürdig, finden Sie nicht?«, fragte Romy.

»Durchaus ein bemerkenswerter Aspekt, der bei Ihrer Motivsuche wohl eine Rolle spielen dürfte. Den Todeszeitpunkt würde ich übrigens zwischen neunzehn und zwanzig Uhr eingrenzen, wobei die Annahme noch nicht hundertprozentig sicher ist. Die Beschaffenheit ihrer Haut im aufgetauten Zustand und die Entwicklung der Todesflecken lassen diese erste Einschätzung aber zu. Alles Weitere braucht noch ein bisschen Zeit.«

»Ich danke Ihnen erst mal, Doktor.«

»Keine Ursache. Ich schicke gleich noch eine Mail mit den ersten vorläufigen Ergebnissen nach Bergen.«

»Sehr schön. Bis die Tage.« Romy unterbrach die Verbindung und wählte anschließend sofort Kaspers Nummer. Der Kollege meldete sich nach dem zweiten Klingeln. »Störe ich?«, fragte sie.

»Nein. Ich komme gerade aus der Rehaklinik und will noch mal runter zu Buhls Leuten.«

»Was Besonderes?«

»Wie man's nimmt – ein Junge könnte etwas beobachtet haben«, berichtete Kasper. »Die Mutter arbeitet und wohnt in der Klinik beziehungsweise auf dem Klinikgelände, und sie behauptet zwar, dass ihr Sohn zu Hause war, als sie um kurz nach acht vom Dienst kam, aber …«

»Kurz nach acht klingt interessant. Möller hat mich gerade informiert, dass der Todeszeitpunkt sehr wahrscheinlich zwischen sieben und acht Uhr abends war«, unterbrach Romy ihn.

»Ist das hundertprozentig?«

»›Sehr wahrscheinlich‹ würde ich bei Möller mit achtundneunzigprozentig einstufen. Was ist mit diesem Jungen?«

»Na ja, ich könnte mir vorstellen, dass er doch am Strand war«, meinte Kasper. »Verbotenerweise. Der Hausmeister der Klinik, mit dem ich auch gerade noch gesprochen habe, meinte, der Junge sei häufig unten am Wasser, bei Wind und Wetter. Außerdem sei er ein Träumer und Herumstreuner, worüber seine Mutter alles andere als glücklich ist.«

»Vielleicht sollten wir ihn noch mal in Bergen befragen.«

»Ja, vielleicht.«

»Warum zögerst du?«

»Der Junge hat das Down-Syndrom. Seine Aussagen sind so oder so mit Vorsicht zu genießen«, erklärte Kasper. »Zu einer Vernehmung können wir ihn nicht ohne weiteres verdonnern, wenn die Mutter nicht mitspielt – und die versteckt ihren Sohn ganz gern.«

»Verstehe, aber die Uhrzeit ist natürlich interessant. Wir sollten da auf jeden Fall noch mal nachhaken.«

»Tun wir. Lass den beiden ein paar Stunden Zeit«, wandte Kasper ein. »Ich könnte mir vorstellen, dass das mehr bringt.«

»Okay«, schloss Romy sich kurzerhand Kaspers Einschätzung an. »Ich mache mich noch mal auf den Weg zu den Sängers. Wir sehen uns dann später im Kommissariat und tragen die Ergebnisse zusammen.«

Es begann zu schneien, als sie den Motor startete. Sie hatte während ihrer Polizeiarbeit noch nie mit einem Menschen zu tun gehabt, der mit dem Down-Syndrom zur Welt gekommen war. Aus dem Biologieunterricht erinnerte sie sich noch an die Bezeichnung Trisomie 21, und sie wusste, dass die geistige Entwicklung der Betroffenen eingeschränkt war. Und es gab dieses Schimpfwort: Mongo.

# 3

Erst der Junge und nun Monika. Dazwischen lagen viele Jahre, Jahrzehnte, aber das machte es nicht einfacher. Konrad Arnolt wusste nicht, wie lange er bereits aus dem Fenster starrte, ohne etwas wahrzunehmen. Er hörte im Hintergrund Schritte und die leise Stimme des Arztes, der sich um seine Frau kümmerte, nachdem der Schwiegersohn angerufen hatte. Die Geräusche verdichteten sich zu einem entfernten Rauschen, und Konrad war dankbar dafür.

Zwei Kinder. Beide waren vor den Eltern und im Streit gegangen. Margot würde daran zerbrechen, davon war er überzeugt. Als 1984 der NVA-Feldwebel vor der Tür gestanden hatte, um ihnen mitzuteilen, dass ihr Sohn bei einem Unfall im Hafen Mukran ums Leben gekommen war, hatte Margot das Haus zusammengeschrien.

Rolf Arnolt war zwanzig Jahre alt gewesen. Konrad erinnerte sich noch sehr genau daran, wie er den Feldwebel angestarrt hatte. »Niemals hätte er zu den Spatis gehen dürfen, unter keinen Umständen«, hatte er geflüstert und dabei seine eigene Stimme kaum wiedererkannt. Der Feldwebel hatte geschwiegen.

Konrad war von Anfang an dagegen gewesen, und zwar keineswegs, weil er und Rolf grundsätzlich nie einen gemeinsamen Nenner fanden, egal, worum es ging, und schon gar nicht bei politischen Diskussionen. Wer in der DDR den Dienst an der Waffe verweigert hatte, um als Spatensoldat bei großen Bauprojekten eingesetzt zu werden, musste mit Repressalien rechnen – Familie und Freunde ebenfalls. Das wussten alle, aber Rolf war es egal gewesen. »Ich nehme keine Waffe in die Hand«, hatte er immer wieder betont. »Dieser

Staat zwingt mich nicht dazu. Und du auch nicht. Du schon lange nicht.«

Konrads Ohrfeige quittierte er mit einem Lächeln, wie nur Zwanzigjährige lächeln konnten, die meinten, ihnen gehöre die Welt und die Zukunft sowieso. Die davon überzeugt waren, sie hätten die Freiheit erfunden, die Liebe ohnehin, und Autoritäten seien dazu da, in Frage gestellt zu werden. An Rolfs Grab hatte Konrad geschworen, nie wieder über die Entscheidung und das Ende seines Sohnes zu sprechen.

Konrad schrak zusammen, als sich eine Hand auf seine Schulter legte.

»Sie schläft jetzt«, sagte der Arzt. »Ich habe ihr ein starkes Beruhigungsmittel gespritzt und schaue später noch mal rein.«

Konrad nickte.

»Kann ich etwas für Sie tun?«

Gib mir meine Kinder wieder. Dreh die Zeit zurück, vielleicht kann ich etwas ändern. Ja, was denn? Was würde ich anders machen, wenn ich die Macht dazu hätte? Etwa das versöhnende Gespräch suchen? Konrad schüttelte den Kopf. Wie banal.

»Herr Arnolt?«

Konrad zwinkerte. »Ja.«

»Sie sollten jetzt nicht alleine bleiben.«

»Mein Schwiegersohn kommt nachher vorbei.«

»Nachher?«

»Gehen Sie, Doktor, bitte. Ich will meine Ruhe haben.«

Es dauerte noch etliche Minuten, bis der Arzt sich davon überzeugen ließ, dass Konrad auf sich alleine aufpassen konnte, und die Haustür hinter ihm ins Schloss fiel. Konrad lehnte sich einen Moment erschöpft dagegen. Dann ging er zurück ins Wohnzimmer. Es war schon einige Zeit her, dass er Monika zum letzten Mal in Greifswald gesehen hatte, an irgendeinem kühlen Sonntagnachmittag, den er nun niemals vergessen würde. Sie hatte nach Rolf gefragt, nach seinem Tod. Im Nachhinein wirkte das wie ein böses Omen.

»Es gibt nichts zu reden«, hatte er erwidert. »1984 ist eine Ewigkeit her. Lass uns in Ruhe damit.« Margot war zusammengezuckt, aber Margot zuckte immer zusammen, um dann den Blick zu senken und ihre Finger zu kneten. Wie er das hasste! Seit beinahe sechzig Jahren schrak sie zusammen und senkte den Blick, sobald es kritisch wurde, um dann an ihren Händen herumzuspielen.

»Ich will wissen, was damals passiert ist, Papa«, hatte Monika beharrt.

»Er ist ins Hafenbecken gestürzt, in Mukran. Dein Bruder hat den Dienst an der Waffe verweigert und das mit dem Tod bezahlt. Das weißt du, mehr gibt es dazu nicht zu sagen, und mehr will ich dazu auch nicht sagen. Wie kommst du auf einmal auf dieses leidige Thema?«

»Leidig ist ein gutes, ein passendes Wort und Verschweigen keine Lösung. Hast du je einen Unfallbericht zu lesen bekommen?«, entgegnete Monika, ohne auf seine Frage einzugehen und in einem Ton, der Konrad gar nicht gefiel. »Und weißt du, wie viele junge Männer in Block V der Prora schikaniert und als billige Arbeitskräfte in Mukran missbraucht wurden? Wie viele Unfälle und Suizide es gab? Moderne Sklaverei im sozialistischen Einheitsstaat könnte man das nennen, und dabei habt ihr euch noch damit geschmückt, dass die jungen Männer in der DDR, im Gegensatz zu den Gepflogenheiten in anderen Bruderstaaten, einen Ersatzdienst leisten durften. Was für eine schreckliche Heuchelei! Und die nimmt kein Ende, wenn man nichts dagegen tut, auch jetzt nicht.«

Konrad war für einen Augenblick erstarrt, als könnte er nicht glauben, dass seine Tochter so mit ihm sprach, und hatte dann mit der Faust auf den Tisch geschlagen, dass seine Hand noch Tage danach schmerzte.

»Das ist auch eine Antwort«, hatte Monika gesagt, war aufgestanden und ohne ein weiteres Wort gegangen. Soweit er wusste, hatte sie ihre Mutter noch einige Male besucht, aber Konrad hatte seine Tochter nicht mehr wiedergesehen.

Lotte Sänger hatte Tee gekocht und goss ihrem Vater und sich selbst eine Tasse ein, nachdem Romy höflich abgelehnt hatte. Sie saßen erneut am Esstisch im Wohnzimmer, und für eine Weile war nur das Geräusch des Löffels zu hören, mit dem Lotte ihren Tee umrührte. Vater und Tochter Sänger schienen gleichermaßen in Gedanken versunken zu sein.

»Wie ging es Ihrer Frau in letzter Zeit, Herr Sänger?«, hob Romy schließlich an.

»Wie immer … das heißt, nicht ganz. Sie fühlte sich nicht hundertprozentig fit und war ein wenig angespannt.«

»Kannten Sie die Ursache?«

»Ich tippte auf Überarbeitung, und sie bestätigte das vor einigen Tagen und meinte, es sei in der Kita gerade sehr viel los«, antwortete Sänger. Seine Stimme klang kraftlos.

»Sie haben nicht noch mal nachgehakt, um genauer zu erfahren, was sie beschäftigte?«

»Nein. Solche Phasen sind doch nichts Besonderes, wenn man einen anspruchsvollen Alltag bewältigen muss. Mir geht es häufig ganz ähnlich.«

Romy wandte sich an Lotte Sänger. »Können Sie den Eindruck Ihres Vaters bestätigen?«

»Unbedingt. Anspannung trifft es sehr gut. Sie hatte eine Menge Termine am Hals, soweit ich das mitbekommen habe.«

»Verstehe. Frau Sänger, Ihr Vater sagte uns vorhin, dass Sie gestern zu Hause waren und sich hingelegt hatten, weil Ihnen nicht wohl war«, wechselte Romy schließlich das Thema.

Lotte legte den Löffel auf den Unterteller. »Ja, ich hatte heftige Kopfschmerzen und habe mich zurückgezogen. Ich leide hin und wieder unter Migräneattacken und muss rechtzeitig Tabletten nehmen, damit sie wirken, und ein paar Stunden schlafen.«

»Wann war das ungefähr?«

»Am späten Nachmittag, es war schon dunkel«, Lotte sah ihren Vater an. »Ungefähr um fünf?«

Michael Sänger nickte. »Ja, fünf, halb sechs vielleicht. Als Olaf kam, hattest du dich bereits zurückgezogen, und vielleicht eine halbe Stunde nachdem er sich verabschiedet hatte, bist du kurz aufgestanden.«

»Richtig. Ich habe geduscht und eine Kleinigkeit gegessen und mich wieder hingelegt«, erläuterte die junge Frau. »Schlaf ist das beste Mittel bei Migräne.«

»Das heißt, Sie haben gar nicht mitbekommen, dass Ihr Vater sich sorgte, weil Ihre Mutter ...«

»Monika – sie war nicht meine Mutter.«

»Ach ja, das hatte ich vergessen.«

Lotte trank einen Schluck Tee. »Nun, er sagte etwas in der Richtung, dass Monika eigentlich längst zurück sein wollte und sich auf dem Handy nur die Mobilbox meldete. Und ich meinte, dass sie wohl noch in ihrer Besprechung sitzen und sicherlich demnächst kommen würde ...« Sie zuckte mit den Achseln. »Eine Stunde früher oder später fand ich nicht so besorgniserregend.«

»Sie haben demnach geschlafen, während Ihr Vater«, Romy wandte sich an Michael Sänger, »noch eine Weile gewartet, schließlich herumtelefoniert und letztlich die Polizei benachrichtigt hat. Richtig?«

Beide Sängers nickten.

Romy runzelte die Stirn. »Sie haben Ihre Tochter nicht geweckt, als Ihre Frau auch Stunden später nicht zu erreichen war?«

»Nein.« Michael Sänger schüttelte den Kopf. »Sorgen machen konnte ich mir auch alleine. Lottes Migräneattacken sind fürchterlich, und ich wollte sie schlafen lassen. Gegen drei Uhr morgens bin ich dann selbst hier auf dem Sofa eingenickt …«

Ein sehr rücksichtsvoller Vater, der darüber hinaus nicht ausschloss, dass seine Frau plötzlich in der Tür stehen und eine simple Erklärung für ihre Verspätung parat haben könnte.

»Und heute früh?«, hob Romy wieder an.

»Was meinen Sie?«

»Sie sind wach geworden, Ihre Frau war immer noch nicht aufgetaucht, und niemand wusste, wo sie abgeblieben sein könnte«, erläuterte die Kommissarin. »Ihre Sorge war absolut berechtigt. Bis mein Kollege und ich vor der Tür standen, sind sicherlich noch ein, zwei Stunden vergangen, oder?«

»Ja, und?«

»Und Ihre Tochter haben Sie damit immer noch nicht behelligen wollen?«

»Nein. Sie schlief tief und fest. Die schreckliche Nachricht kam früh genug, oder?«, erwiderte Sänger nun deutlich genervt. »Was sollen diese seltsamen Fragen eigentlich? Es ist doch völlig nebensächlich, wann ich …«

»Es ein grausames Verbrechen geschehen«, unterbrach Romy ihn in bestimmtem Ton. »Und ich stelle Fragen, alle möglichen Fragen. Das ist meine Aufgabe. Manche mögen Ihnen unberechtigt oder hartherzig, unverständlich oder völlig unangemessen erscheinen – das tut mir leid und liegt nicht in meiner Absicht. Ich suche nach Spuren und Hinweisen, die mir dabei helfen, einen Mord aufzuklären.«

Lotte goss sich frischen Tee nach. Romy spürte ihren forschenden Seitenblick, erwiderte ihn aber nicht. »Herr Sänger, meine folgende Frage empört Sie unter Umständen ganz besonders, aber ich muss sie trotzdem stellen: Hatte Ihre Frau eine außereheliche Beziehung, oder vermuteten Sie eine Affäre?«

Michael Sänger schnappte nach Luft. »Ach, daher weht der Wind!« Seine Tochter legte ihm rasch eine Hand auf den

Unterarm. »Natürlich muss die Polizei danach fragen, Papa«, sagte sie.

Sänger drückte die Hand seiner Tochter und atmete einmal tief durch. »Schon gut … Nein, sie hat mich nicht betrogen und ich sie auch nicht – unsere Ehe war gut, sieht man einmal von den üblichen Reibereien und Konflikten ab, wie sie in jeder langjährigen Beziehung vorkommen. Wir sind seit sechzehn Jahren verheiratet, da haben sich die rosaroten Wolken natürlich längst verflüchtigt, aber die Partnerschaft hat sich bewährt …« Er brach ab.

Romy fasste Lotte ins Auge. »Und Sie? Wie haben Sie sich mit Ihrer Stiefmutter verstanden?«

»Ich nehme an, Sie erwarten eine ehrliche Antwort.«

»Das wäre klasse. Mit Schönfärberei kommen wir nicht weiter.«

»Mittelmäßig gut«, entgegnete Lotte nach kurzem Überlegen. »Als die beiden heirateten, war ich sechs Jahre alt. Ich habe meine Mutter vermisst, die zwei Jahre zuvor gestorben war, und wollte nicht, dass eine andere Frau diesen Platz einnimmt. Das ist eine normale Reaktion, oder?«

»Aber mit der Zeit sind wir als Familie zusammengewachsen«, ergänzte Michael Sänger rasch. »Es braucht halt alles seine Zeit.« Er wischte sich über die Stirn. »Frau Kommissarin, ich verstehe, dass Sie Nachforschungen anstellen und Ihre Arbeit machen müssen, aber ich bin ziemlich …«

»Ich weiß«, beeilte Romy sich zu versichern. »Nur noch ein paar Kleinigkeiten, dann lasse ich Sie in Ruhe.« Fürs Erste, schob sie in Gedanken nach. »Besaß Monika ein eigenes Arbeitszimmer und einen Computer?«

»Wir haben uns einen Raum und auch einen PC geteilt.«

»Dürfte ich mal einen Blick in das Zimmer werfen?«

Sänger erhob sich und ging voran in einen vom Wohnzimmer abzweigenden Flur, der in einem geräumigen Arbeitszimmer mündete. In der Mitte waren zwei Schreibtische längsseitig zusammengestellt, so dass die Sängers einander zugewandt hatten arbeiten können. Der Computer thronte samt Drucker auf einem Rolltisch, der vor ein hohes Bücherregal geschoben war.

»Wir müssen uns den E-Mail-Verkehr Ihrer Frau ansehen«, erklärte Romy, während ihr Blick durch den Raum schweifte und für Momente an einer Fotowand mit Urlaubsbildern hängenblieb – die Sängers beim Camping, auf dem Segelboot, am Strand, beim Wandern. Stets hielt Lotte die Hand ihres Vaters oder lehnte sich mit verschmitztem Lächeln an ihn. Mit halbem Ohr bekam sie mit, dass die junge Frau die Teetassen abräumte.

»Warum ist das nötig?«, fragte Sänger.

Bei Mord will ich alles über das Opfer wissen, bei so einem Mord erst recht, dachte Romy, aber sie behielt die Antwort für sich. »Ihre Frau hat eine SMS erhalten, die uns zu denken gibt«, erläuterte sie stattdessen.

»Was für eine SMS?«

Romy schüttelte den Kopf. »Dazu kann ich noch nichts sagen«, wich sie aus. »Fest steht, dass wir nach Übereinstimmungen suchen müssen.«

»Aber ich brauche den PC für meine Arbeit, und außerdem hat meine Frau Mails auch in der Kita abgerufen«, gab Sänger ungehalten zurück.

»Darüber sind wir im Bilde – dennoch: Die Kriminaltechnik muss die Festplatte untersuchen«, beharrte Romy. »Darf ich Sie bitten, ihn mir gleich mitzugeben? Ich werde mich dafür einsetzen, dass Sie Ihren Rechner so schnell wie möglich zurückbekommen.«

Sänger schloss kurz die Augen, bevor er sich mit einer abrupten Bewegung zum Rolltisch umwandte, den Netzstecker zog und den Computer auf einem der Schreibtische abstellte. Er drehte sich zu ihr um. »Apropos PC – haben Sie eigentlich Monikas Netbook gefunden?«

Romy hob die Brauen. »Sie hatte ein Netbook?«

»Sie hat es sich im Herbst zugelegt, weil sie für ihre Prora-Recherchen doch eine Menge zu notieren hat ... hatte.«

Romy spürte auf einmal, dass Lotte hinter ihr stand. »Und sie hatte es gestern dabei?« Der Atem der jungen Frau streifte ihren Nacken. Romy trat zwei Schritte zur Seite.

»Ich bin ziemlich sicher.« Der Witwer wandte sich um und öffnete eine Schreibtischschublade. »Ja, ihr Notizheft ist hier. Eines von beiden hatte sie immer dabei – in letzter Zeit in der Regel das Netbook. Sie konnte ganz flott tippen.«

Romy streckte die Hand aus. »Würden Sie mir das Heft bitte auch überlassen?«

»Wofür brauchen Sie das denn?«

»Ich weiß es nicht. Vielleicht entdecken wir einen Anhaltspunkt, vielleicht auch nicht. Das wird sich zeigen.«

Sänger wirkte nicht überzeugt, aber er reichte ihr das schmale Heft. »Na schön. Brauchen Sie noch mehr Unterlagen?«

»Es würde unsere Ermittlungen erheblich erleichtern und beschleunigen, wenn Sie uns die Kontaktdaten von Freunden und Verwandten sowie Unterlagen zum beruflichen Werdegang Ihrer Frau zur Verfügung stellen könnten«, ergriff Romy sofort die Gelegenheit beim Schopf, zügig und aus erster Hand an Informationen zu gelangen.

Michael Sänger sah sich einen Moment grübelnd um und griff schließlich einen Aktenordner aus dem Regal. »Zeugnisse und Bewerbungen«, erklärte er. »Alles andere finden Sie wahrscheinlich im Computer ...« Er rieb sich die Schläfen. »Ich möchte jetzt allein sein, bitte respektieren Sie das. Ich kann einfach nicht mehr, und es gibt noch einiges zu erledigen, wie Sie sich denken können.«

»Natürlich. Eine allerletzte Frage noch«, schob Romy hinterher. Sie wusste, dass der Mann am Ende seiner Kräfte war, und sie sich beeilen musste, aber sie konnte ihm diese Tortur nicht ersparen.«Der stellvertretende Kitaleiter sagte mir, dass Monikas Engagement in der Prora durch ihr Interesse an der neuen Jugendherberge ausgelöst worden sei.«

Sänger nickte nachdenklich. »Ja, das ist richtig, aber längst nicht alles. Ihr Bruder Rolf war Bausoldat und ist 1984 bei einem Unfall im Mukraner Hafen ums Leben gekommen.« Er zeigte auf das Notizheft. »Einige Ihrer Stichpunkte dazu können Sie dort nachlesen, alles andere hat sie im Netbook gespeichert, davon gehe ich zumindest aus. Rolf war in Block V untergebracht – dort, wo sich jetzt die Jugendherberge befindet. Das Thema ist in ihrer Familie stets totgeschwiegen worden, und Monika hatte die Nase voll davon. Sie wollte genau wissen, was damals passiert war, wie es zu dem Unfall gekommen war und so weiter. Das war aber gar nicht so einfach, wie sich herausstellte, und ziemlich aufwendig.« Sänger schüttelte den Kopf. »Ich habe in letzter Zeit auch so manches Mal gedacht, sie sollte die Geschichte allmählich begraben. Es gibt ja kaum noch Unterlagen … Aber über all das kann Ihnen Dieter Keil ganz sicher mehr erzählen.« Er schluckte. »Rolf war erst zwanzig, die Eltern haben das nie verwunden … und nun auch noch Monika. Das ist unfassbar.« Er brach ab.

Kurz darauf saß Romy in ihrem Jeep und notierte rasch einige Stichpunkte, bevor sie Kasper Schneider anrief, der auch den Rückweg ins Kommissariat angetreten hatte. Auf die Information über Sängers toten Bruder reagierte er mit längerem Schweigen. »Meine Güte, so viel Leid in einer Familie«, sagte er dann bestürzt.

Zu Monika Sängers Auto berichtete er, dass es inzwischen zumindest oberflächlich untersucht worden sei. Dabei waren weder Blutspuren noch Anzeichen eines Einbruchs festgestellt worden, und ein Netbook hatte sich auch nicht angefunden. Die Möglichkeit, dass Monika es in der Prora zurückgelassen oder gar in der Kita vergessen hatte, hielt Romy für sehr unwahrscheinlich, und Fines telefonische Nachfrage bestätigte wenige Minuten später ihre Annahme. Das Netbook blieb verschwunden.

Max lächelte glücklich, als Romy ihm den Rechner, Ordner und Notizen auf den Schreibtisch packte. In das Prora-Heft wollte sie zunächst einen Blick werfen, bevor sie es zur Datenauswertung an ihn weitergab. »Ich denke, mit den Unterlagen kannst du Monika Sängers Leben schon mal zu einem wesentlichen Teil rekonstruieren. Und vielleicht findet sich ein Stichpunkt, der uns weiterhilft.«

»Davon bin ich überzeugt. Ich nehme an, dass der Rechner in die Forensik soll.«

»Das nimmst du völlig richtig an. Wir machen es wie mit dem Handy – guck erst mal, ob du an die Mails und die persönlichen Ordner herankommst, und übergib das Teil dann den Technikern. Mich würde zum Beispiel brennend interessieren, ob Monika Dateien von dem verschwundenen Netbook auf den Rechner kopiert hat oder auch umgekehrt. Ich hoffe sehr, dass sie das getan hat. Hast du bezüglich des SMS-Absenders eigentlich schon etwas herausgekriegt?«

Max nickte eifrig und wies auf seinen Monitor. »Ich habe es sehr eilig gemacht. Name und Adressdaten sind vor zehn Minuten hereingekommen.«

Romy wollte sich gerade die Hände reiben, als Max abwinkte. »Falls du einen Wagen losschicken willst, um einen Verdächtigen festzunehmen – vergiss es. Würde mich jedenfalls sehr wundern, wenn das gelänge.«

Romy seufzte. »Lass mich raten – ein Fantasiename?«

»Und ob, allerdings nicht uninteressant, wenn du mich fragst: Bella Wassernixe, Am Strand 3, Spiegelland.«

Romy sah Max über die Schulter. Wasser, Strand, Sie wissen wo. »Ja, das passt zum Tatort«, murmelte sie. »Ein verschmähter Liebhaber mit versteckten Hinweisen, die nur die

Sänger verstehen kann? Aber ein Mord aus Leidenschaft und Eifersucht sieht anders aus. Hm, mal sehen … auf jeden Fall kennen die beiden sich. Sie wird wohl kaum zu dem Treffen gefahren sein, ohne zu wissen, mit wem sie es zu tun hat, oder?«

»Sehe ich auch so.«

»Gib die Info bitte auch an Kasper weiter.«

»Selbstverständlich. Mach ich doch immer.«

Fine steckte den Kopf zur Tür herein. »Die Alibis sind dicht. Ich habe gerade den Schachfreund von Michael Sänger erreicht«, berichtete sie munter. »Olaf Leihm bestätigt die Angaben: Zwischen achtzehn und zwanzig Uhr haben die beiden eine Partie gespielt, es können auch zwei gewesen sein. Und mit Dieter Keil aus der Jugendherberge hatte ich ja vorhin schon mal wegen des Netbooks Kontakt aufgenommen. Der Mann ist fix und alle, der kann es gar nicht fassen …«

»Ich möchte ihn befragen, am liebsten hier«, ergriff Romy das Wort, bevor Fines Empathie wie ein Tsunami auf sie überschwappen konnte. »Und am liebsten heute noch.« Sie sah auf die Uhr. Der Nachmittag war längst angebrochen.

»Ich kümmere mich darum«, versprach Fine.

»Bestens. Sag mal, wollte Kasper nicht längst hier sein?«

»Der kommt gleich rein – die Straßen sind verdammt eisig, und auf der 196 hat es hinter Zirkow einen Auffahrunfall gegeben«, entgegnete Fine. »Magst du erst mal einen Kaffee und einen Imbiss?«

»Gute Idee. Hatte ich eigentlich schon erwähnt, dass wir am Wochenende arbeiten müssen?«

Darauf mochten ihr weder Fine noch Max antworten. Kurze Zeit später saß Romy in ihrem Büro und vertilgte mit großem Appetit ein Heringsbrötchen, während sie Monika Sängers Notizen durchblätterte. Glücklicherweise hatte die Frau über eine gut leserliche Handschrift verfügt. Die ersten

Seiten stellten eine eher ermüdende Aneinanderreihung von stichpunktartig erfassten Angaben, Daten, allgemeinen Informationen und Terminen bezüglich der Jugendherberge dar und begannen Anfang letzten Jahres: Diskussionen mit Vertretern des Landkreises und des Landestourismusverbandes sowie des Jugendherbergswerks fanden ebenso Erwähnung wie Fragen der Finanzierung, Werbung und möglichen Einbettung des Projekts in die Kinder- und Jugendarbeit auf Rügen, gefolgt von den Vorbereitungen zur Eröffnungsfeier im Sommer sowie der Erörterung der zukünftigen Aufgaben der geplanten Bildungsstätte und dergleichen mehr. Die Besprechungen mit Mitgliedern des alten und neuen Prora-Vereins und dem Leiter des Dokumentationszentrums ließen durchblicken, dass die historische Aufarbeitung der Anlage jede Menge politischen Zündstoff barg.

Romy wischte sich die Hände ab und trank einen Schluck von ihrem Kaffee, bevor sie weiterblätterte. Der Ton wurde plötzlich deutlich persönlicher. »In Block V waren Hunderte von Spatis untergebracht«, las sie. »Zwischen 82 und 89 wurden sie beim Ausbau des Fährhafens von Mukran eingesetzt, einem Mammutprojekt der DDR. Die jungen Männer wurden achtzehn Monate lang ausgebeutet, schikaniert und gedemütigt. Rolf war einer von ihnen. Mein Bruder starb 1984, mit zwanzig Jahren. Ein Unfall am Hafen, wie es so viele gab. Warum ist dieses Thema zu Hause tabu? Schämt Vater sich immer noch? Und wofür genau schämt er sich? Es ist allerhöchste Zeit, dass er sich meinen Fragen stellt.«

Romy setzte ihre Tasse ab und blickte hoch. 1984 war sie acht Jahre alt gewesen. Sie hatte im Schwabinger Restaurant der Eltern die ersten Abendgäste begrüßen dürfen und war mit ihren dunklen Locken und dem frechen Mundwerk der ganze Stolz ihres Vaters gewesen. Was für eine schöne und unbeschwerte Kindheit!

Romy schüttelte die eindringlichen Erinnerungen ab und

konzentrierte sich wieder auf das Heft. Die regelmäßigen und ausführlichen Aufzeichnungen endeten im Spätsommer, und sie schätzte, dass Monika Sänger kurze Zeit darauf begonnen hatte, vorrangig ihr Netbook zu nutzen. Danach waren lediglich noch einige Termine und Hinweise notiert. Die letzte Eintragung datierte von Ende Oktober und ließ den Schluss zu, dass Monika mit ihrer Mutter über den Tod des Bruders gesprochen hatte: »Hatte er wirklich einen Unfall? Warum sind die Unterlagen verschwunden? Ex-Spatis befragen!« Ein kleiner Pfeil wies auf zwei Namen: Stefan Heise und Jochen Bäsler.

Es klopfte, und Kasper trat ein. »Störe ich?«

Romy sah langsam auf und schüttelte den Kopf. »Sind in den achtziger Jahren häufiger Spatis bei Unfällen in der Prora oder beim Hafenbau in Mukran zu Schaden gekommen?«

Kasper starrte sie perplex an. »Ist das unser Thema?«

Romy wies auf Monika Sängers Heft. »Gut möglich. Du solltest das unbedingt lesen.«

»Jetzt gleich?«

»Ja – und danach sollte sich Max damit beschäftigen. Außerdem möchte ich, dass du die Vernehmung von Dieter Keil leitest. Ich glaube, mir fehlt der nötige Background, um die richtigen Fragen zu stellen.«

Dazu sagte Kasper nichts.

# 4

Monikas Eltern wohnten in Greifswald. Die beiden waren gut über achtzig Jahre alt, und Romy hielt es für keine gute Idee, ihnen ohne Vorankündigung einen Besuch abzustatten, um über ihre toten Kinder zu sprechen. Als auch bei ihrem dritten Versuch innerhalb einer Stunde niemand ans Telefon ging, wurde sie allerdings unruhig. Noch einmal lasse ich durchklingeln, dachte sie, wenn sich dann niemand meldet, schicke ich die Kollegen vorbei ...

»Arnolt?« Die Stimme war leise und dunkel, eine Männerstimme. Eine alte Männerstimme.

»Guten Abend, Herr Arnolt, mein Name ist Ramona Beccare, ich bin die leitende Ermittlerin des Kriminalkommissariats in Bergen auf Rügen«, stellte Romy sich vor. »Es geht um Ihre Tochter ...«

»Was wollen Sie?«

Romy stöhnte innerlich auf. »Wir ermitteln ...«

»Monika ist tot.«

»Ihre Tochter ist einem Verbrechen zum Opfer gefallen – wir müssen ermitteln.«

»Tun Sie das, aber lassen Sie uns in Ruhe.«

»Herr Arnolt ...«

»Hören Sie, Frau Kommissarin – meine Frau und ich begraben das zweite unserer beiden Kinder. Das ist kaum zu begreifen, wie Sie sich vielleicht denken können. Wir sind nicht in der Lage, zu reden, Fragen zu beantworten oder was auch immer Sie von uns wollen. Respektieren Sie das!«

Damit legte er auf, und Romy konnte ihn sogar verstehen. Dennoch musste sie in den nächsten Tagen erneut versuchen, mit den Eltern ins Gespräch zu kommen.

Wenig später sagte Kasper Bescheid, dass Dieter Keil eingetroffen sei. »Kommst du gleich mit rüber in den Vernehmungsraum?«

Keil war Anfang fünfzig. Normalerweise dürfte er als sportlich agiler und gutaussehender Typ durchgehen – er trug Jeans und Rollkragenpullover, das dunkelblonde Haar war modisch kurz geschnitten, und die feinen Lachfältchen verliehen seinem Gesicht eine markante Note. Die Nachricht vom Mord an Monika Sänger hatte ihn allerdings schwer getroffen. Er war blass und hatte dunkle Augenringe. Romy begrüßte ihn freundlich, setzte sich neben Kasper und überließ dem Kollegen die Regie.

Keil musterte sie einen Moment, dann sah er Kasper an. »Tut mir leid, dass es so spät geworden ist. Ich musste mich erst mal in den Griff bekommen«, erklärte er.

»Kein Problem. Nun sind Sie ja hier.« Kasper setzte das Aufnahmegerät in Gang. »Damit wir nicht alles mitschreiben müssen«, begründete er und fragte zunächst die wesentlichen Personendaten ab. Dass Keil sehr wahrscheinlich der Letzte gewesen war, der Monika, abgesehen von ihrem Mörder, lebend gesehen hatte, und seiner Aussage allein deswegen eine besondere Bedeutung zukam, ließ er unerwähnt.

Dieter Keil lebte in Lancken-Granitz, fünf Kilometer südlich von Binz, er war geschieden und Vater eines erwachsenen Sohnes. Als Sozialarbeiter im Jugendbereich hatte er bereits in Stralsund, Sassnitz und Bergen gearbeitet, bevor er in das Jugendherbergsprojekt eingestiegen war und dort nun, parallel zu seinem Engagement im Dokumentationszentrum der Prora, als hauptamtlicher Betreuer tätig war. Monika Sänger hatte er vor gut einem Jahr bei einer Sitzung kennengelernt. »Wir sind ins Gespräch gekommen, und es stellte sich schnell heraus, dass ihr Interesse an der Prora auch ein persönliches ist«, erläuterte er in ruhigem Ton.

»Sie spielen auf ihren Bruder an?«, fragte Kasper.

»Ja, natürlich.« Keil stützte das Kinn auf seine Hand. »Wissen Sie, es ist so furchtbar bezeichnend – in Monikas Familie wollte über Jahrzehnte niemand darüber reden, unter welchen Umständen der Junge umgekommen ist, und hier, in der Prora, ist das Thema Bausoldaten auch nicht gerade angesagt.«

Kasper lehnte sich zurück und deutete ein aufforderndes Nicken an.

»Die Anlage wird stets vollmundig als KdF-Bau bezeichnet, um daraus ableitend den Größenwahn und Irrsinn der Nazis zu betonen«, fuhr Keil fort. »Das ist aber nur ein Aspekt, und es ist der Arbeit des ersten Prora-Vereins zu verdanken, dass das Schicksal der Spatensoldaten daneben nicht völlig in den Hintergrund gedrängt, sondern ebenfalls dokumentiert und aufgearbeitet wird.« Er lächelte unfroh. »Die Nazis haben den Klotz zwischen 1936 und 1939 geplant und gebaut, ohne dass er je vollendet wurde oder in ihrem Sinne zum Einsatz kam – aber wer hat zumindest Teile davon seitdem genutzt und entsprechend ausgebaut? Hauptsächlich das Militär! Ende der achtziger Jahre waren hier bis zu sechshundert Spatis stationiert, um den dringend benötigten Fährhafen Mukran fertigzustellen«, referierte Keil bereitwillig und zunehmend lebhafter weiter. Ohne Zweifel lag ihm das Thema am Herzen.

»Die Jungs sind unter unwürdigsten Bedingungen in Block V untergebracht worden – dort, wo jetzt die Jugendherberge ihre Gäste empfängt – und mussten zwölf Stunden am Tag im Dreck wühlen, in Senkkästen unter der Wasseroberfläche schuften oder Betonteile entladen. Wer nicht spurte, bekam Arrest, und das MfS war allgegenwärtig, logisch, oder? Die Spatis waren schließlich höchst verdächtig. Die reinste Schikane war das, daran sind viele Männer kaputtgegangen – direkt vor der wunderschönen Kulisse unserer Insel –, aber das will keiner mehr wissen. Und warum nicht?« Er beugte sich vor. Seine Augen funkelten. »Ich sag's Ihnen: Weil dieser

Teil der Geschichte noch viel zu nah ist und es zu viele persönliche und familiäre Bezüge gibt – DDR, SED, MfS, NVA, damit mag sich hier keiner großartig auseinandersetzen …«

»Waren Sie auch ein Bausoldat?«, ergriff Romy spontan das Wort.

Keil blickte sie an. »Nein. Ich war zu feige. Ich habe mich nicht getraut zu verweigern. Meine Schwester wollte studieren, und meine Eltern haben mich bekniet, ihr keine Steine in den Weg zu legen. Ich habe mich damals vor mir selbst damit gerechtfertigt, dass Spatis trotz ihrer Waffenlosigkeit genauso unter der Fuchtel der NVA standen wie alle anderen Soldaten auch. Sie trugen ja sogar eine Uniform, wenn auch mit dem Spaten auf den Schulterklappen … Ich weiß, ein müder Versuch, meine Entscheidung zu begründen, aber ich war noch sehr jung. Doch eines steht fest – wäre ich damals in Block V mit dabeigewesen, würde ich wohl heute nicht hier arbeiten. Das Motto der Spatis lautete nämlich: Nie wieder Rügen!«

»Was passierte eigentlich mit Totalverweigerern?«, wollte Romy wissen.

»Knast«, antworteten Keil und Kasper wie aus einem Mund.

Eine Weile sagte niemand etwas. Kasper kratzte sich am Hinterkopf. »Kommen wir zu Monika zurück«, sagte er schließlich. »Sie war gestern Nachmittag bei Ihnen in der Jugendherberge.«

»Ja, gegen fünf Uhr traf sie ein und gegen Viertel nach sechs brach sie wieder auf. Das sagte ich ja schon am Telefon«, berichtete Keil. »Wir haben zunächst über verschiedene Projekte gesprochen, die bis zum Beginn der Sommersaison realisiert werden sollen – Führungen für Schulklassen, Verarbeitung von Doku-Material und so weiter.«

»Sie hat ihre Notizen gleich ins Netbook getippt?«, fragte Romy.

»Ja, und sie hat es auch wieder mitgenommen, wie ich bereits erwähnte«, ergänzte Keil. Er warf ihr ein kurzes, aber charmantes Lächeln zu, bevor er erneut ernst wurde. »Sie war übrigens nicht gut drauf.«

Überarbeitung und Anspannung, wiederholte Romy in Gedanken die Erklärungen von Ehemann und Stieftochter.

»Die alte Prora-Geschichte ließ sie nicht los. Vor einiger Zeit ist es ihr gelungen, ihre Mutter doch zu einem Vieraugen-Gespräch über Rolf zu bewegen«, erzählte er. »Monika hatte keine Ahnung, wie der Unfall zustande gekommen war, sehr viele Unterlagen sind im Zuge der Wende verschwunden oder vernichtet worden, und sie befürchtete wohl aufgrund des Schweigens ihrer Eltern, dass die Sache stinken könnte – an welcher Stelle auch immer. Dass ihr Vater seinen Sohn für immer und ewig begraben und keine alten Geschichten wälzen wollte, war ihr längst klargeworden. Doch sie schätzte ihre Mutter anders ein – mit Recht. Immerhin konnte die Frau sich an zwei Namen erinnern: Heise und … ja, Bäsler, wenn ich mich recht entsinne, seinerzeit auch Spatis, die sogar mit Rolf befreundet waren, wie die Mutter es einschätzte. Monika hoffte, von den beiden mehr zu erfahren, um das Ganze dann endlich zu den Akten legen zu können.«

Romy und Kasper tauschten einen schnellen Blick.

»Diese Info hatte sie bereits seit letztem Herbst«, wandte Kasper ein.

»Ja, das kommt hin … Sie sind gut informiert«, bemerkte Keil anerkennend. »Monika hat eine Weile gebraucht, bis sie Heise ausfindig machen konnte. Und es hat noch viel länger gedauert, bis der Mann zu einem Gespräch bereit war.«

»Warum?«, fragte die Kommissarin.

»Er hat sie hingehalten und ihr dann kurz nach Weihnachten in einem Fünfminuten-Gespräch am Telefon erklärt, dass er gesehen habe, wie Rolf unglücklich gestürzt und ins

Hafenbecken gefallen sei. Jede Hilfe sei zu spät gekommen. Ende, aus. Mithin also keine Neuigkeiten.«

»Nun, das kann man nicht ausschließen, oder?«, gab Kasper zu bedenken. »Vielleicht vermutete oder befürchtete sie mehr Unheil, als sich tatsächlich ereignet hatte. Die Jungs waren entkräftet und müde, Stürze und Unfälle sind häufiger passiert.«

»Ja, möglich. Monika hatte inzwischen aber von anderer Seite erfahren, dass Rolf zu einer Gruppe von Spatis gehörte, die sich im Zusammenhang mit der Kommunalwahl 1984 kritisch engagiert hatte, was in ihrem Elternhaus nie erwähnt worden war«, wandte Keil ein. »Im Fotoarchiv des Dokumentationszentrums existieren einige Aufnahmen von den mutigen Jungs, die einer von ihnen damals geknipst hatte, und Rolf konnte eindeutig identifiziert werden. Heise hat über die ganze Geschichte kein Wort verloren und war auch zu keinem weiteren Gespräch mehr bereit. Als Freund hätte er doch …«

»Wie darf ich mir dieses kritische Engagement eigentlich vorstellen?«, unterbrach Romy ihn.

»Sie haben einen Bausoldaten in den Wahlvorstand entsandt und an der Auszählung teilgenommen, was ihnen nach dem DDR-Wahlgesetz auch zustand.«

Keil setzte eine bedeutungsvolle Miene auf und blickte Romy auffordernd an. »Das war für DDR-Verhältnisse eine richtig große Sache! Hinzu kam, dass die Zahl der veröffentlichten Nein-Stimmen für den Kreis Rügen in bemerkenswerter Weise von denen abwich, die allein bereits die Prorarer Bausoldaten ausgezählt hatten. Raten Sie mal, in welcher Weise?«

»Es gab mehr Nein-Stimmen, als man wahrhaben wollte?«, riet Romy.

»Natürlich. Später wurde dann die abenteuerlich anmutende Erklärung abgegeben, dass aus Geheimhaltungsgründen die Wahlstimmen von NVA-Angehörigen nach einem ganz besonderen Schlüssel auf andere Wahlkreise aufgeteilt würden.« Keil tippte sich an die Stirn. »Wenn es nicht so traurig gewesen wäre, hätte man sich ausschütten können vor Lachen.«

»Und was ist mit dem anderen Ex-Spati – Bäsler?«, fragte Kasper.

»Den konnte Monika nicht ausfindig machen, und meine Hilfe wollte sie auch nicht annehmen. Sie lehnte sie regelrecht brüsk ab, als ich sie ihr anbot.«

»Warum das denn?«

»Gute Frage – so ganz habe ich das auch nicht verstanden. Vielleicht war die Reaktion ihrer schlechten Stimmung geschuldet, weil sie annahm, dass sie mit ihren Nachforschungen ohnehin nicht mehr allzuweit kommen würde«, überlegte Keil. »Aber bisweilen hat Monika einfach nur ganz allein ihr Ding durchziehen wollen, ohne sich großartig darüber auszulassen oder gar zu rechtfertigen. Manches, denke ich, wollte sie schlicht für sich behalten.« Er nickte. »Kann ich verstehen. Ich glaube, ihr Vater ist ein richtiger Kotzbrocken, und welche Fäden der Typ gezogen hat, möchte ich gar nicht wissen.«

Romy lächelte Keil liebenswürdig an. »Sie mochten sie, stimmt's?«

»Sehr. Aber ich hatte nichts mit ihr, wenn Sie darauf hinauswollen. Und ich hatte gestern Dienst bis neun Uhr.« Er lächelte zurück, für einen Moment nahezu amüsiert.

»Erwähnte Monika bei ihrem Aufbruch, dass sie noch etwas vorhatte?«

»Nein. Für mich wirkte es, als würde sie nach Hause fahren.«

»Gut.« Kasper Schneider bedankte sich für Keils Gesprächsbereitschaft, und kurz darauf fiel die Tür hinter dem Jugendbetreuer ins Schloss.

In Romys Kopf summte es wie in einem Bienenstock.

»Die aufgedeckte Wahlmanipulation war damals ein richtig dickes Ding«, bemerkte Kasper und legte die Arme auf den Tisch. »Du kannst dir nicht vorstellen, wie es hier und an höherer Stelle gegrummelt hat.«

»Ich weiß, mir fehlt das Alter und der Background«, erwiderte Romy und raffte sich zu einem müden Lächeln auf. »Du warst seinerzeit Hauptmann der Kriminalpolizei, nicht wahr?«

»So ist es.«

»Was habt ihr eigentlich mitbekommen von dem Schicksal der Spatis?«

»Nicht viel, wenn man nicht genau hingeguckt hat. Aber wir wussten, dass die Jungs bis zum Umfallen schuften mussten und so für ihre Waffenverweigerung bestraft wurden, nicht nur hier auf Rügen. Das war allen klar.« Kasper biss sich auf die Unterlippe und schwieg.

»Wir haben einiges aufzuarbeiten«, resümierte Romy nach kurzer Pause. »Stefan Heise, Jochen Bäsler, die Fotos aus dem Archiv, und ein Gespräch mit Sängers Mutter ist unumgänglich.« Aber nicht heute, fügte sie in Gedanken hinzu. Sie war erschöpft. »Was fehlt noch?«

»David Corhardt. Der Junge mit dem Down-Syndrom.«

»Stimmt.« Romy blickte Kasper an. »Davon abgesehen – kannst du ein paar alte Kontakte spielen lassen? Ich wüsste zu gerne genauer über Konrad Arnolt Bescheid.«

Kasper strich sich die Haare mit beiden Händen zurück. »Mal gucken, was sich machen lässt.«

Romy gähnte herzhaft und stand auf. Sie blickte aus dem Fenster auf den verschneiten Sportplatz. »Zu schade, dass ihr Netbook verschwunden ist«, murmelte sie. »Ich könnte mir vorstellen, dass es eine wahre Fundgrube ist …« Sie drehte sich wieder zu Kasper um. »Vielleicht hat sie sich mit jemandem getroffen, von dem sie sich weitergehende Informationen erhoffte, der aber ein falsches Spiel mit ihr trieb. Oder sie ist auf Hinweise gestoßen, die jemandem gefährlich werden könnten.«

»Keine schlechte Idee. Nur – warum treffen die sich am winterlichen Strand von Göhren?«

Romy musste zugeben, dass die Frage berechtigt war, aber eine zündende Idee wollte sich einfach nicht mehr einstellen. »Ich denke darüber nach. Alles Weitere morgen, wenn wir vielleicht weitere Infos haben. Schlaf gut.«

Als Romy das Kommissariat verließ, war es später Abend. Max Breder saß immer noch an seinem Schreibtisch. Er war hochkonzentriert bei der Sache und hatte Romy nur kurz zugewinkt. Sie konnte sich darauf verlassen, dass das Team am nächsten Morgen über sauber recherchierte Daten und Hintergrundinformationen verfügen würde.

Normalerweise benötigte sie über die B 196 am späten Abend wenig mehr als eine Viertelstunde bis Binz, jedenfalls außerhalb der Hauptferienzeiten. Aber der Schneefall hatte zugenommen, und sie fuhr betont langsam. Rehe huschten über die Felder, und im Scheinwerferlicht tanzten die Schneeflocken.

Romy entschloss sich, noch einen Abstecher an den Strand zu machen, um den Kopf frei zu bekommen, und stellte ihren Jeep in der Schwedenstraße ab. Von dort stiefelte sie über einen rutschigen Dünenweg ans Wasser und in Richtung Seebrücke. Das Kurhaus war hell erleuchtet und kitschig wie ein Märchenschloss. Eis und Schnee hatten begonnen, die Brücke wie einen Kokon einzuhüllen. Bald würden schwertlange Eiszapfen den Brückentorso umkleiden. Romy steckte die Hände tief in die Taschen und lauschte dem Gesang der Wellen.

Kasper war kein Freund alter Seilschaften, aber manchmal ermöglichten sie den direkten und höchst unkomplizierten Zugang zu Informationen, die in keinem Computer, in keiner

Datenbank und auch in keiner Akte verfügbar waren. Oder es existierten lediglich rudimentäre Hinweise, die nur jemand verstand und deuten konnte, der mit der Sprache und Symbolik jener Zeit vertraut war. Helmut Lanz hatte in den achtziger Jahren im damaligen Rat der Stadt Greifswald eine tragende Rolle gespielt. Kasper war ihm bei einer Vopo-Schulung zum ersten Mal begegnet.

Der Mann war engagiert gewesen, aus tiefster Überzeugung übrigens, und hatte zwischen den Interessen von Verwaltung, Betrieben, dem großen sowjetischen Bruder und Parteiinteressen ebenso behutsam wie schlau vermitteln müssen. Aus seiner Abneigung gegen das MfS hatte er nie einen Hehl gemacht, obwohl ihm klargewesen war, dass er sich damit die ganz große Karriere verbaut hatte. Zugleich war Lanz für seine Schlitzohrigkeit und seine Schwäche für hübsche Frauen und guten Wodka bekannt gewesen.

Soweit Kasper informiert war, hatte Lanz, der knapp zehn Jahre älter war als er, nach der Wende einige Jahre für die Treuhand gearbeitet und genoss inzwischen seinen Ruhestand beim Angeln und Segeln.

Kasper wartete geduldig, bis die beiden Rindswürstchen knusprig braun gebraten waren, und aß dazu Kartoffelpüree und Rotkohl vom Vortag. Kohlgerichte schmeckten nach dem zweiten Aufwärmen grundsätzlich besser, das hatte schon seine Mutter immer gesagt. Er gönnte sich ein Bier und kramte sein altes Notizheft aus der Kommode im kleinen Arbeitszimmer. Er brauchte nicht lange, um Lanz' Adressdaten zu finden, und er scheute trotz vorgerückter Stunde nicht, die Greifswalder Nummer zu wählen. Lanz brauchte nicht viel Schlaf und war ein Nachtmensch; daran dürfte sich kaum etwas geändert haben. Er hob nach dem zweiten Klingeln ab und meldete sich kurz und knackig wie eh und je. »Ja?«

»Hier spricht Kasper Schneider. Ich hoffe, du erinnerst dich.«

Kurzes Schweigen, dem ein Auflachen folgte. »Wie komme ich denn zu der Ehre?«

»Ehrliche Antwort?«

»Immer, alter Genosse, das weißt du doch.«

Kasper griente. »Wir ermitteln in einem Mordfall«, stieg er sofort ins Thema ein. »Und ich brauche auf dem kurzen Dienstweg eine Info.«

»Aha. Warum bin ich der richtige Ansprechpartner?«

»Das Mordopfer stammt aus Greifswald, und die Eltern leben immer noch dort. Über den Vater wüsste ich ganz gern etwas mehr.«

»Hm. Name?«

»Arnolt, Konrad Arnolt, inzwischen Mitte achtzig ...«

»Genosse Arnolt«, unterbrach Lanz ihn lebhaft. »Natürlich kenne ich den. War Ingenieur im VE Kombinat Kernkraftwerke ›Bruno Leuschner‹ – du weißt schon: ›Tschernobyl Nord‹ – und Parteisekretär. Arnolt hat damals die große Parteikarriere angestrebt, hat aber nicht ganz geklappt.«

»War er sauber?«

»Gute Frage.«

»Geht das etwas deutlicher?«

»Es gab Gerüchte über eine Stasi-Zusammenarbeit, mehr weiß ich auch nicht«, sagte Lanz. »Sein Sohn ist übrigens damals ...«

»Ich weiß – in Mukran ums Leben gekommen.«

»Genau. Arnolt hat's nicht einfach gehabt – ausgerechnet sein Sohn ein Verweigerer, und dann dieser Unfall ... Moment mal«, Lanz stockte. »Das Mordopfer war demnach seine Schwester?«

»So ist es.«

»So eine Scheiße! Wisst Ihr schon genauer, was passiert ist?«

»Nein, wir tappen völlig im Dunkeln«, antwortete Kasper. »Allerdings haben wir die Frau auch erst heute früh gefunden.«

»Ich drücke die Daumen für die Ermittlungen. Und wenn du mal wieder eine Auskunft brauchst, melde dich, denn nach Akten und Unterlagen zu diesen Geschichten kannst du lange suchen.«

»Ich weiß, danke, Helmut. Hast du vielleicht eine Idee, wo wir graben könnten, um mehr zu dem Unfall zu erfahren?«

»Hm. Ich denk mal drüber nach.«

»Wäre klasse. Wie geht es dir eigentlich? Genießt du den Ruhestand immer noch?«, schob Kasper höflich hinterher.

»Und ob!« Lanz lachte. Sie plauderten noch einige Minuten, dann bedankte sich Kasper erneut, und sie beendeten das Gespräch.

Gerüchte waren eine widerliche Sache, in jedem System. Egal, ob man sie missachtete, falsch einordnete oder überbewertete – man konnte immer falschliegen. Monika Sängers Aufzeichnungen, ergänzt durch die Erläuterungen von Dieter Keil, ließen sich natürlich als Vater-Sohn-Konflikt werten. Die Enttäuschung des Vaters, dass der Sohn sich abgewandt hatte und seine eigenen, auch weitreichenden politischen Entscheidungen traf, war sicher umfassend gewesen und hatte einen tiefen Einschnitt bedeutet – so tief, dass das Thema Rolf unerwünscht war, auch oder gerade nach seinem Unfalltod. Doch der Gedanke, dass Rolfs Entscheidung für die Bausoldaten sowie sein Engagement bei den Kommunalwahlen dem Vater einen Strich durch seine eigene Karriere gemacht hatte, lag auf der Hand, erst recht, falls an jenen Gerüchten doch etwas dran gewesen sein sollte. Das MfS war allgegenwärtig gewesen.

Kasper holte sich ein zweites Bier. Die Unfallakte war verschwunden, aber viele Akten waren verschwunden und würden nie wieder auftauchen.

# 5

Romy traf gegen neun im Kommissariat ein; sie stellte fest, dass sie nicht die Erste war. Fine hatte bereits Kaffee gekocht und kam ihr mit unternehmungslustig funkelnden Augen entgegen. »Im Vernehmungsraum warten Anna und David Corhardt.«

»Ach? Hat Kasper die beiden bereits abgeholt?«

»Nein, sie standen einfach vor der Tür. Frau Corhardt meinte, dass ihr Sohn etwas zu erzählen hat. Kasper müsste auch jeden Moment eintreffen. Und Max sitzt schon wieder am Telefon, nachdem er vorhin einen Spaziergang gemacht hat, um wach zu werden. Der Junge hat die halbe Nacht vor dem Computer gesessen.« Fine nickte beifallheischend.

»Wunderbar«, kommentierte Romy und rief sich Kaspers Schilderungen zur Befragung der Corhardts in Erinnerung. »Ich gehe schon mal rüber und spreche mit den beiden.«

Fine drückte ihr eine Tasse Kaffee in die Hand und eilte nach vorne, wo das Telefon schrillte. Als Romy den Vernehmungsraum betrat, blickten ihr zwei Augenpaare entgegen. Der Junge schüttelte sofort den Kopf. »Auch keine Uniform«, meinte er, und das klang enttäuscht.

Romy lächelte. »Nein. Ich trage keine Uniform. Aber erst mal wünsche ich dir einen guten Morgen.« Sie blickte seine Mutter an, eine dunkelhaarige Frau mit blassem Teint und kritischem Blick, und setzte sich. »Und Ihnen natürlich auch. Schön, dass Sie sich die Zeit genommen haben.«

»Wir haben noch mal über den Abend gesprochen …«

»Da waren Schatten!«, warf David ein. »Und Mama meint, dass das wichtig ist.«

»Du warst also unten am Strand?«, fragte Romy und startete

das Aufnahmegerät. Corhardts Blick folgte ihr, aber sie sagte nichts.

Der Junge legte seine Hände auf den Tisch und zog sie gleich wieder zurück. »Ja. Darf ich aber nicht. Es ist kalt und glatt und gefährlich. Ich kann stürzen. Mama will nicht, dass ich alleine da runter gehe.« Er wandte den Kopf, und seine Mutter nickte ihm beruhigend zu. »Schon gut, das haben wir besprochen, erzähl einfach, David.«

Romy schlug ein Bein über das andere. Anna Corhardt war nervös, das war unübersehbar. Es gefiel ihr nicht, ihren Sohn derart in den Mittelpunkt zu stellen, warum auch immer.

»Und wo ist der andere Polizist?«, fragte David.

»Du meinst Kasper Schneider?«

»Ja, der mit den hellen Augen und weißen Haaren. Und auch ohne Uniform.«

»Mein Kollege ist noch unterwegs und wird sich später zu uns gesellen.«

»Gesellen, gesellen, können bellen, bellen«, reimte David und lachte vergnügt.

»Schatten«, griff Romy das Stichwort wieder auf. »Was für Schatten?«

»Zwei Schatten«, antwortete David prompt, und das Lachen schlich davon. »Groß. Zwei Schatten.«

»Waren das Menschen?«

»Ja, ja, natürlich.« Er nickte. »Zwei Menschen.«

»Konntest du ihre Gesichter erkennen?«

David schüttelte sofort den Kopf. »Nein, und der Wind brauste – so wie ihre Stimmen.«

Romy beugte sich vor. »Sie haben miteinander gesprochen?«

David runzelte die Stirn. »Sie haben geschrien.«

»Das hast du trotz des Windes verstanden?«

»Laute, scharfe Stimmen. Der Wind trug sie fort.«

»Sie haben gestritten?«, fragte Romy, obwohl ihr klar war, dass sie dem Jungen damit Worte in den Mund legen könnte.

Er nickte sofort und biss sich dabei auf die Unterlippe. »Ja. Und geschubst.« Er ballte die Hände zu Fäusten und imitierte Stoßen und Schieben. »Dann ist einer hingefallen. Und der andere hat draufgetreten …« Die Erinnerung war ihm unangenehm. David schluckte und sah kurz zu seiner Mutter hinüber, die ihm beruhigend über den Rücken strich.

»Was ist dann passiert, David?«, fragte Romy.

»Ich hab mich ganz kleingemacht und bin weggelaufen. Ich hatte Angst.«

»Das kann ich gut verstehen. Und der, der getreten hat, hat dich nicht bemerkt?«

»Nein, ich war zu weit weg, und der Wind war ganz laut. Und dann waren Wolken vor dem Mond.«

In dem Moment klopfte es, und Kasper Schneider trat ein. Er grüßte mit müden Augen in die Runde. David strahlte ihn an. »Lasst euch nicht stören«, sagte Schneider und setzte sich neben Romy.

»David hat zwei Schatten gesehen – Leute, die sich stritten«, fasste Romy die Aussage für den Kollegen zusammen.

»Und sie haben geschubst«, ergänzte David sofort. »Dann fiel einer hin, und der andere hat ihn getreten, ganz dolle …« Er brach ab.

»Und du bist weggelaufen und denkst, dass dich niemand bemerkt hat«, wiederholte Romy auch diesen Aspekt.

»Ja, zu weit weg«, bekräftigte David. »Und ich hab mich geduckt und nicht mehr zurückgeschaut.«

Einen Moment herrschte Schweigen. Anna Corhardt sah auf ihre Hände und verschränkte sie ineinander.

»Bist du eine Weile später noch mal zurückgegangen?«, fragte Kasper. »Und hast vielleicht versucht, der verletzten Person zu helfen?«

Romy hob eine Braue. Interessante Frage. Davids Mutter

warf den Kopf mit einer ruckartigen Bewegung herum. »Wie kommen Sie denn auf so was …?«

Kasper hob eine Hand. »David?«

Der Junge schüttelte den Kopf. »Nein, nein, ich wollte weg, ganz schnell, und nicht zurück. Ich durfte doch gar nicht da sein.«

Vielleicht hat sie zu diesem Zeitpunkt noch gelebt, dachte Romy, und vielleicht hätte der Junge sich in Lebensgefahr begeben, wenn der Mörder ihn bemerkt hätte. Vielleicht, hätte, könnte …

»Könntest du die beiden etwas genauer beschreiben?«

Er hob die Hände. »Zu weit weg. Wolken, Wind …«

Romy und Kasper tauschten einen schnellen Blick. Dann ergriff Schneider wieder das Wort. »Frau Corhardt, wir müssen ganz sichergehen, dass David sich nicht in die Nähe des Opfers begeben hat, und dazu benötigen wir seine Fingerabdrücke.«

»War ich nicht!«, sagte David empört.

»Wir müssen hundertprozentig sicher sein«, wiederholte Kasper. »Wenn wir dem Staatsanwalt die Ermittlungsakte ohne den Nachweis vorlegen, wird er fragen, warum wir das versäumt haben.«

Corhardt starrte ihn eine Weile mit schmalen Augen an und beugte sich vor. »Was wollen Sie damit eigentlich andeuten?«, fragte sie leise. »Dass mein Sohn irgendwie verdächtig ist? Dass er lügt? Sie machen es sich verdammt einfach.«

»Machen wir nicht«, gab Kasper lapidar zurück.

»Nur weil er …«

»Wir verdächtigen bisher niemanden, aber wir brauchen seine Fingerabdrücke, um sicherzustellen, dass er nicht in der Nähe des Opfers war«, griff Romy beherzt ein. »Das ist ein völlig normaler Vorgang bei einer Mordermittlung, weil er dazu dient, Spuren zuzuordnen – nicht mehr und nicht weniger. Wir würden jeden darum bitten oder dazu auffordern, der zur Tatzeit dort unten war oder in der Nähe gewesen sein könnte.«

»Dann können Sie ja meine Fingerabdrücke auch gleich nehmen«, schlug Corhardt in pampigem Ton vor.

»Falls Sie am Strand waren, um zum Beispiel nach Ihrem Sohn Ausschau zu halten – ja, durchaus.«

»Verdammt, nein, war ich nicht!«

Romy lächelte liebenswürdig. »Na, sehen Sie.« Sie fasste David ins Auge. »Falls dir noch was einfällt, rufst du mich an, okay?«

»Ja, mach ich.«

Kasper stand auf und begleitete die beiden zur Tür, um ihnen den Weg zu zeigen. Kurz darauf setzte er sich wieder zu Romy. Er atmete laut aus.

»Was geht dir durch den Kopf, Kollege?«, fragte sie.

»Ich hatte plötzlich die fürchterliche Vorstellung, dass David tatsächlich noch einmal zurückgegangen ist, um Monika zu helfen. Und dann brach sie am Wasser zusammen, und der Junge rannte davon.«

Romy schloss kurz die Augen. »Um Gottes willen! Allerdings denke ich nicht, dass die Corhardt ihren Jungen dann ermuntert hätte, freiwillig eine weitere Aussage zu machen, es sei denn … Aber wir sollten aufhören zu spekulieren. Ist Max zurück?«

»Ist er. Und er brennt darauf, uns mit Einzelheiten zu Sängers Leben zu versorgen, unter anderem, wenn ich das richtig verstanden habe. Könnte eine längere Sitzung werden.«


Romy nahm sich ein Käsebrötchen vom üppig bestückten Imbissteller, der in der Mitte des Besprechungstisches thronte. Die Heizung bollerte auf Hochtouren. Winterliches Blau hatte gerade den Himmel über Bergen erobert, wie Romy mit einem schnellen Blick zum Fenster hinaus feststellte, bevor sie Max ansah.

Die gemeinsamen Besprechungen dienten vorrangig dem ausführlichen, manchmal langatmigen Austausch, um gemeinsam auf einer chronologisch erfassten Informationsgrundlage bisherige Erkenntnisse so neutral wie möglich zu resümieren und daraus neue Ansätze und Ermittlungsstrategien abzuleiten – soweit Theorie und Wunschvorstellung. Manchmal entwickelten sich in diesen Runden tatsächlich die entscheidenden Fragen, erst recht, wenn Max gut recherchierte Daten verknüpfen konnte, genauso oft wurde jedoch zäh gerungen, und das Team erzielte keine Einigung, weil zündende Ideen fehlten oder notwendige Untersuchungsergebnisse noch nicht vorlagen. Fest stand jedoch, dass Kaffee und Imbiss stets vom Feinsten waren.

»Okay, wie immer nach Möglichkeit der Reihe nach«, leitete Max seinen Bericht ein, nachdem er sich vergewissert hatte, dass er die volle Aufmerksamkeit der Kollegen hatte. »Der Lebenslauf der Frau ist zunächst mal unauffällig. Monika Sänger, Jahrgang 1957, hat nach dreijähriger pädagogischer Ausbildung zur Kindergärtnerin beziehungsweise Erzieherin in Greifswald 1978 eine Stelle hier in Bergen angenommen …«

»In derselben Kita, in der sie bislang beschäftigt war?«, fragte Romy.

»Nein, sie fing damals im Kindergarten in der Clementstraße an«, präzisierte Max prompt. »1980 heiratete sie den Techniker Ingo Barendsen, die Ehe hielt aber nur vier Jahre und blieb kinderlos.« Max blätterte in seinem Ordner. »Ich erspare euch die durchaus beeindruckende Liste der Fort- und Weiterbildungen, der kleineren und größeren Ehrungen und Auszeichnungen, habe die aber der Vollständigkeit halber in meiner Datenbank gelistet, falls da doch noch mal was wichtig werden sollte. Man kann ja nie wissen.«

»Danke, zu gütig!« Romy lächelte und übersah geflissentlich Fines strafenden Seitenblick.

»Fest steht«, fuhr Max unbeirrt fort, »dass sie fleißig bei der Sache war und bis zur Stellvertretung aufstieg. Aber 1990 zog es sie auf einmal nach Kiel …« Max blickte hoch. »Inwiefern vorher irgendwelche Kontakte dahin bestanden haben, kann ich im Moment beim besten Willen nicht nachvollziehen.«

»Umbruch- und Wendezeit«, meinte Kasper und winkte ab. »Westkontakte dürften vorher wohl eher nicht bestanden haben, sonst hätte die Sänger kaum in der Kita Karriere gemacht. Vielleicht wollte sie einfach mal was anderes sehen. Soll ja vorkommen.«

»Wie auch immer. Sie arbeitete in Kiel in einer privaten Kinderbetreuungseinrichtung, kehrte jedoch fünf Jahre später nach Rügen zurück – Heimweh? – und fing in der Kita Süd-West-Bergen an, die sie ab 1996 auch leitete«, fuhr Max fort. »Im selben Jahr heiratete sie Michael Sänger, dessen Tochter Lotte damals sechs Jahre alt war. Die Sängers tauchen in keiner Polizeiakte auf, leben in geordneten finanziellen Verhältnissen, und es gibt keine auffälligen Kontoschwankungen, das haben wir bereits gestern routinemäßig überprüft. Seit gut einem Jahr engagierte Monika Sänger sich beim Jugendherbergsprojekt und im Dokumentationszentrum der Prora.« Max hob den Blick. »Vorgestern Abend fuhr sie nach Göhren und wurde dort brutal ermordet – den detaillierten Bericht aus dem Institut müssen wir noch abwarten. Die Art der Verletzungen spricht für eine persönlich motivierte Tat.« Max unterbrach sich und wartete auf Zwischenbemerkungen, aber niemand wollte etwas sagen.

»Wir schließen aus der SMS vom Vortag, dass sie sich mit dem Täter verabredet hatte und den genauen Treffpunkt kannte – ›Sie wissen wo‹«, setzte er seine Erläuterungen fort. »Der Strand von Göhren ist ja einige Meter lang. Eine Bestätigung des Treffens erfolgte jedoch nicht – jedenfalls nicht von ihrem Handy aus. Die Genehmigung für die Überprüfung des Festnetzanschlusses können wir frühestens am

Montag erwarten, und für den PC und eventuelle Datenwiederherstellungen auch auf dem Handy braucht die KTU noch etwas Zeit.«

»Es gab Streit«, ergriff Romy das Wort. »David Corhardt hat von weitem eine Situation beobachtet, die als heftige tätliche Auseinandersetzung gedeutet werden darf, in deren Folge Monika zu Boden ging und getreten wurde. Mutter und Sohn haben gerade eine zweite Aussage gemacht – das Band kannst du dir nachher anhören«, fügte sie an Max gerichtet hinzu, der sich sofort eine Notiz machte. »Ich denke, wir können festhalten, dass sich Mörder und Opfer kannten und die beiden ein Konflikt verband, der gewaltiges Hasspotential barg – die Verletzungen des Opfers sprechen eine eindeutige Sprache«, fuhr sie fort. »Da hat niemand im Affekt zugeschlagen und sich dann auf und davongemacht. Das halte ich zumindest für sehr unwahrscheinlich.«

»Wenn die Sänger wusste, mit wem sie sich traf, warum verwendete der Täter dann überhaupt eine Handynummer, die unter einem Fantasienamen angemeldet ist?«, gab Kasper zu bedenken. »Das wirkt, als wollte er doch in Deckung bleiben – sicherheitshalber?«

»Ja, warum nicht? Der Konflikt ist eskaliert«, entgegnete Romy. »Ein Risiko, das der Täter wahrscheinlich einkalkulierte – im Gegensatz zu Sänger. Sie war sich der Gefahr nicht bewusst oder hat sie schlicht unterschätzt, warum auch immer, sonst hätte sie sich wohl kaum auf das Treffen eingelassen.«

»Denkbar, aber die Familie und auch Dieter Keil beschreiben sie als angespannt und nervös, gerade in letzter Zeit …« Kasper zog die Stirn kraus. »Das kann alle möglichen Gründe gehabt haben und muss nicht ausschließlich mit ihren mühsamen und wenig erfolgreichen Recherchen zusammenhängen. Und Bella Wassernixe klingt ziemlich kindisch, wenn du mich fragst.«

»Oder schlicht konspirativ? So wie der gewählte Treff-punkt«, schlug Romy vor. Sie hob eine Hand. »Vielleicht haben die beiden sich schon mal getroffen, auch dort oder an einem anderen Strand, und der Mörder fand den Bezug lustig.«

Kasper goss sich frischen Kaffee nach. »Na ja, sehr ko-misch finde ich das eher nicht, aber vielleicht klärt sich dieser Aspekt noch, wenn wir über mehr Hintergrundwissen verfü-gen.«

»Denke ich auch. Sänger war einer alten Geschichte auf der Spur, wie sich schnell herauskristallisiert hat, sie recher-chierte das Schicksal der Bausoldaten in der Prora, befragte Leute, suchte vergeblich nach Akten«, setzte Romy dann die Zusammenfassung der bisherigen Ermittlungserkenntnisse fort. »Sie empörte sich über ihre Eltern, die beharrlich zum Unfall des Bruders im Mukraner Hafen schwiegen, was Monika aber nicht von ihrem Vorhaben abbrachte, ganz im Gegenteil. Sie vermutete, dass damals so einiges nicht mit rechten Dingen zugegangen war. Schließlich äußerte die Mutter sich doch, und es fielen zwei Namen – Ex-Spatis und Leidensgenossen von Rolf, die Sänger Keil gegenüber er-wähnte und die sie im letzten Abschnitt ihrer Notizen aus dem vergangenen Herbst als Stichpunkte vermerkte«, berich-tete Romy mit konzentrierter Miene. »Sie könnten endlich das erhoffte Licht ins Dunkel bringen. Aber Stefan Heise hatte kaum etwas zu erzählen, schon gar nichts Neues, und wirkte auch nicht gerade erfreut über Sängers Fragen – so gibt Keil Monikas Einschätzung wieder.« Romy warf Kasper einen fragenden Blick zu.

Der ältere Kollege nickte. »Ja, kann man so sagen. Nie-mand ist scharf auf alte Geschichten, so lautet wohl das Motto.«

»Aber Monika blieb misstrauisch, zumal sie inzwischen er-fahren hatte, dass Rolf zum Kreis der 84er-Wahlhelden gehört hatte, worüber Heise aber kein einziges Wort verlor«, fuhr Romy fort. »Keil führt ihre Anspannung übrigens sehr überzeugend darauf zurück, dass sie mit ihren Nachforschungen nicht weiterkam und zu dem zweiten Namen, Jochen Bäsler, nichts gefunden hatte«, betonte sie mit Seitenblick auf den Kollegen Kasper. »Doch bei der weiteren Suche wollte sie sich nicht unterstützen lassen, und auch vom Treffen in Göhren weiß Dieter Keil nichts. Er ging davon aus, dass Monika sich nach der Besprechung im Doku-Zentrum auf den Heimweg machen würde. Darüber hinaus meint er, dass sie zunehmend ihr eigenes Ding gemacht habe.«

»Und warum diese ganze Geheimnistuerei?«, mischte Fine sich erstmals ein. »Ich hatte heute Morgen noch keine Gelegenheit, die Bandaufnahme der Keil-Befragung zu hören, und kenne nur Max' Zusammenfassung«, fügte sie entschuldigend hinzu.

»Wahrscheinlich verbirgt sich eine schwierige Familiengeschichte dahinter. Keil äußert sich dahingehend, dass ihr Vater ein ziemlicher Kotzbrocken sei, O-Ton übrigens, der seinerzeit einige Fäden gezogen haben könnte. Die wollte sie wohl zunächst ganz alleine sichten … Aber ich will an dieser Stelle nicht vorgreifen, dazu erfahren wir bald mehr«, Romy warf Kasper einen Blick zu, den dieser mit einem raschen Nicken quittierte. »Als Sängers Leiche am nächsten Morgen gefunden wird, fehlt auf den ersten Blick nichts. Erst später stellt sich heraus, dass ihr Netbook verschwunden ist.«

»Das sie mit allergrößter Wahrscheinlichkeit bei sich hatte, als sie in der Prora aufbrach«, warf Kasper ein.

»Der Aspekt ist ein starkes Indiz für das Motiv des Täters – das stärkste womöglich«, sagte Romy. »Wer immer sich mit ihr traf, wusste, dass sie Informationen zusammentrug, und nahm sie an sich – wahrscheinlich im Zuge der Auseinandersetzung …«

»Oder nach dem Mord«, schlug Kasper vor. »Der Täter könnte den Autoschlüssel benutzt und anschließend wieder zur Leiche zurückgebracht haben – in der Hoffnung, dass der Netbook-Diebstahl unbemerkt bleibt. Es hat geschneit, Buhl meint, dass die Spurenlage dementsprechend dünn ist.«

»Ja, die Variante ist auch denkbar. Ich vermute jedenfalls darüber hinaus, dass Monika dem tatsächlichen Unfallhergang in Mukran und vielleicht sogar der Ursache des Schweigens ihres Vaters dichter auf der Spur war, als sie bisher verlauten ließ«, resümierte Romy. »Ich schätze, dass sie die Einzelheiten für sich behalten wollte, solange sie keine hundertprozentige Gewissheit hatte. Gewissheit, die sie sich möglicherweise von dem Treffen erhoffte? Letzte Fragen, die sie endlich zu klären glaubte?«

Romy fuhr sich mit beiden Händen durch die Locken und sah Max an, der ihren Erörterungen und Schlussfolgerungen mit stillem Lächeln gelauscht hatte. Sie erwiderte das Lächeln. »So in etwa stelle ich mir im Augenblick das Ausgangsszenario samt schmückendem Beiwerk vor, wobei ich mir große Mühe gegeben habe, unbestätigte Fakten nicht unnötig oder gar einseitig zu werten.«

Sie seufzte. Das war das schwierigste Unterfangen, gerade zu Beginn einer Ermittlung. Niemals grundlos den Fokus verengen, hatte auch Moritz ein ums andere Mal seinen Polizeischülern gepredigt. »Kollege Breder, hast du schon was zu Heise recherchiert?«

»Selbstverständlich. Interessanter Mann. Die Infos zu ihm könnten den Fall nicht nur erhellen, sondern entscheidend voranbringen«, versprach Max vollmundig.

»Ach?« Romy lehnte sich zurück. »Klingt vielversprechend. Ich bin ganz Ohr.«

»An NVA-Material aus jener Zeit, sofern überhaupt noch vorhanden, komme ich natürlich nicht heran, schon gar nicht auf die Schnelle, das sei nur der Vollständigkeit halber erwähnt. Wenn wir diesbezüglich mehr erfahren wollen, müssen wir wohl andere Wege beschreiten …« Max sah kurz zu Kasper hinüber. »Aber allein die Meldedaten des Mannes sind schon hilfreich. Stefan Heise, Jahrgang 62, ist in Neubrandenburg aufgewachsen. Seine Zeit auf Rügen endete 1984, wenige Wochen nach Rolfs Tod …«

Kasper setzte sich auf. »Waren die achtzehn Monate um?«, fragte er sofort.

Max schnalzte mit der Zunge. »Nein, eben nicht. Rolf Heise tauchte plötzlich in Rostock auf. Ab 85 absolvierte er dort eine Techniker-Ausbildung und arbeitete später in einem Wohnungsbaukombinat, Schwerpunkt war der Sicherheitsbereich …«

»Woher hast du diese Info?«, fiel Romy ihm ins Wort.

Breder lächelte. »Ganz einfach: von seiner Homepage.«

»Ach? Und was genau macht der Knabe jetzt? Ist er immer noch in Rostock?«

»Nein. Er ist verheiratet, hat zwei Kinder und ein gutgehendes Sicherheitsunternehmen sowie eine Taucherschule – auf Rügen.«

»Wie bitte? Er ist hier? Ich denke …« Romy starrte Kasper verdattert an.

»Nie wieder Rügen«, zitierte der und schüttelte den Kopf. »Da ist was faul. Jede Wette.«

Max nickte. »Und ob. Heise hat sich nach der Wende hier niedergelassen, genauer gesagt: vor gut zehn Jahren, und es ist schon auffällig, dass sich, auf den ersten Blick jedenfalls, kaum weitergehende Informationen zu ihm finden – abgesehen von denen, die er selbst preisgibt. Im Lebenslauf auf seiner Homepage findet sich kaum etwas zu seiner Vor-Rügen-Zeit. Immerhin war er schon zweiundzwanzig, als er in die Prora kam, und er erwähnt mit keiner Silbe, dass er damals verweigert hat, sondern lässt den Eindruck entstehen, dass er seine Armeezeit auf Rügen und in Rostock absolviert hat.«

»Macht sich besser für ein Sicherheitsunternehmen auf der Insel«, brummte Kasper. »Verweigerer klingt nach Weichei, und wer will sich schon von einem Weichei beschützen lassen?«

»Ich habe gestern Abend noch mit dem Prora-Dokumentationszentrum telefoniert«, fuhr Max fort. »Die suchen uns das Fotomaterial von 1984 heraus, das auch Monika interessiert hatte und auf dem …«

»Genau! Dieter Keil erwähnte ein Foto, auf dem Rolf im Kreis einiger anderer Jungs, die sich bei der 84er-Kommunalwahlinitiative stark gemacht hatten, abgelichtet worden war«, unterbrach Romy ihn eilig. »Wer weiß, vielleicht sind da Heise und Bäsler auch zu entdecken …« Sie brach plötzlich ab und sah Kasper stirnrunzelnd an. »Keil hatte keine Ahnung, dass Heise auf Rügen ist. Monika hat es schlicht verschwiegen und nur erwähnt, dass er nicht besonders kooperativ wirkte.«

»Sie wollte die Angelegenheit von dem Augenblick an komplett alleine regeln, als sie feststellte, wie nah der Mann war.«

»In der Tat. Monika hatte ihm gegenüber ja sogar behauptet, eine Weile gebraucht zu haben, bis sie Heise ausfindig gemacht hatte. Den Namen kann man doch schlicht googeln …«

Kasper starrte einen Moment zum Fenster hinaus. Dann wandte er den Blick zurück in die Runde. »Ja, schon, aber ganz so einfach ist es nicht. Wie mehrfach erwähnt: Spatis sind nicht nach Rügen zurückgekehrt, und Spatis wurden auch nicht mal eben so versetzt«, erklärte er mit Nachdruck. »Die Sänger hat wahrscheinlich anfangs überall gesucht, nur nicht auf Rügen, und den Unternehmer Heise mit seinem löchrigen und noch dazu korrigierten Lebenslauf zunächst gar nicht in Betracht gezogen …«

»Berechtigter Einwand. Aber wie ist sie dann doch auf ihn

gestoßen?« Romy sah Max an. »Bist du eigentlich sicher, dass sie den Rüganer Heise kontaktiert hat?«

»Bin ich. Sie hat ihn vom Handy aus angerufen, und es gibt mehrere Mails, in denen sie um Kontaktaufnahme bittet. In der letzten Mail erwähnt sie, dass sie ihn auf einem Foto aus der Prora wiedererkannt hat.«

»Meine Güte – warum sagst du das denn nicht gleich?«, regte Romy sich auf.

»Weil erstens alle Fakten auf den Tisch sollen und du mich zweitens nicht ausreden lässt.«

»Ach so. War ich mal wieder zu voreilig? Entschuldigung.«

»Nichts für ungut.« Max warf einen Blick auf die Uhr. »Wir werden bald wissen, welches Foto Monika gemeint hat.«

Romy blickte Kasper auffordernd an. »Na, was sagst du?«

»Hier stinkt was mächtig ... Apropos, ich habe gestern Abend noch in Erfahrung gebracht, dass Monikas Vater Konrad Arnolt Kontakte zum MfS nachgesagt wurden – Gerüchte, nicht mehr, aber auch nicht weniger.«

Eine Weile hörte man nur das Bollern der Heizungsrohre. Dann ergriff Fine das Wort: »Warum müssen wir uns gut zwanzig Jahre nach der Wende immer noch mit diesen beschissenen Stasi-Geschichten herumschlagen?« Sie erwartete keine Antwort auf ihre Frage, stand auf und verließ das Besprechungszimmer mit wuchtigen Schritten.

Romy atmete einmal kräftig aus. »Mach weiter, Max«, sagte sie schließlich. »Versuch, was zu dem Bäsler zu finden, und ruf mal in Greifswald an, ob sich da schon jemand intensiver mit PC und Handy beschäftigt hat.«

»Alles klar.« Er zog einen Zettel aus seinem Hefter. »Das Sicherheitsunternehmen findet ihr im Gewerbepark Sassnitz, an der L 29 in Richtung Alt-Mukran.«

»Wie passend.«

»Und Heise ist im Büro.«

»Woher weißt du das?«

»Ich habe angerufen und mich erkundigt, ob heute jemand da ist.«

»Max?«

»Ja?«

»Klasse, dass du uns die Infos so schnell aufbereitet hast.«

Max lächelte. »Das ist mein Job. Und ich mag ihn.«

Der Name hatte ihr schon als Kind gefallen: Schabernack. Ein Ortsteil von Garz, wenige abgelegene Häuser, zwischen Garz und der Halbinsel Zudar gelegen. Im Frühling und Sommer blühte rundherum der Raps, und das Getreide quoll über sanfte Hügel, über den Alleen bildeten die Bäume ein dichtes Dach, durch das flirrendes Sonnenlicht warme Flecken warf. Urlauber strömten ans Meer und besichtigten Gutshäuser, Museen und alte Kirchen, fuhren kreuz und quer über die Insel, auf einsamen Pfaden oder dicht gedrängt in Autos, Bussen und Bahnen, starrten von den Kreidefelsen ins Meer und begaben sich auf Störtebekers Spuren. Eindrücke sammeln und vielleicht für Momente die Vollkommenheit des Augenblicks spüren. Zeit der Fülle und Düfte, der Feste, Klänge und Farben, die immer satter und verschwenderischer wurden und schließlich den Herbst ankündigten. Später die bittere Kargheit des Winters mit einem Meer voller Eisschollen und Bäumen, die ihre erstarrten Äste anklagend in den Himmel reckten. Winterstürme und Väterchen Frost.

Irgendwann hatte Silke gewusst, dass sie nach Rügen zurückkehren würde – nicht, weil die Eltern auf sie warteten oder sie großen Wert auf Familienzusammengehörigkeit legte oder weil ihre Ehe nur noch eine Farce gewesen war, die irgendwann beendet werden musste. Auch nicht, weil Hamburg zu groß und zu üppig war, zu mächtig, zu fein und zu laut. Nein, es war, abgesehen von ihrer unumstößlichen Liebe zur Insel, die tiefe Gewissheit gewesen, dass die Rückkehr sie heilen könnte.

Sie hatte das kleine reetgedeckte Haus vor knapp zwei Jahren entdeckt. Es war idyllisch gelegen, bis zur Schoritzer Wiek benötigte man nur wenige Minuten zu Fuß, und das abgelegene Gartengrundstück war ein Traum. Dass es halbzerfallen gewesen war und die Sanierung teuer und aufwendig werden würde, der Preis außerdem viel zu hoch angesetzt war, hatte sie nicht im Mindesten gestört. Sie hatte genügend Geld, Muße und Erfahrung als Bauingenieurin sowie viel Geschick, Energie und Fantasie, um sich ein kleines Paradies ganz nach ihren Vorstellungen zu schaffen – mit Kamin und Sauna, Holzdielen und freihängendem Fachwerk, detailverliebt aufgearbeiteten alten Möbeln und einer großzügig gestalteten Küche, in der es nach Kräutern und Beeren duftete und der Herd mit den gusseisernen Verzierungen in der Mitte des Raumes stand. Ihr Arbeitszimmer unter dem Dach glich einer luftigen Galerie. Sie werkelte, plante und zeichnete, legte einen Garten an, verwaltete ihr Geld, las, erkundete die Gegend, fast immer allein. Sie mochte die Einsamkeit. Dann, als die großen Arbeiten bewältigt waren und der Alltag einkehrte, hatte sie erste Ideen für ein neues berufliches Betätigungsfeld. Bauen in der Prora – was für eine spannende Herausforderung!

Es war ein schönes und bequemes Leben – sie war gerade mal Mitte dreißig und konnte tun und lassen, wonach ihr der Sinn stand. Das Problem war nur, dass dieser Sinn manchmal ein merkwürdiges Eigenleben führte. Immer noch. Immer wieder. Auch hier auf Rügen, in Schabernack, dem Ort mit dem wohltuend fröhlichen Namen, an dem sie genesen wollte. Aus dem Nichts und nach langer Abwesenheit war er plötzlich wieder aufgetaucht – der Druck, der ihr Herz ohne ersichtlichen Grund einschnürte und zittrige Unruhe verbreitete, manchmal schon am frühen Morgen, der die Atmung beschleunigte und die Gedanken wie Kobolde hin und her scheuchte, wie giftige Kobolde, die nichts Besseres zu tun hatten, als Furcht zu verbreiten, Furcht vor absurden Gedanken, Furcht vor dem Nichts. Das war das Schlimmste.

Es hatte nicht gereicht, zurückzukehren und im Schutz eines heiteren Namens auf Heilung zu hoffen, dachte Silke, als sie von ihrem Morgenspaziergang heimkam und die Hände am Kamin wärmte, während sie versuchte, den Blick von ihrem Inneren abzuwenden. Aber das wäre vielleicht auch zu einfach gewesen. Furcht hat immer einen Grund. Manchmal trägt sie eine Maske, die man herunterreißen muss. Das war ihr erst sehr spät klar geworden. Sie schnappte nach Luft und schob die plötzlich hoch schwappenden Bilder beiseite. Nicht jetzt, später, morgen … Im Radio lief ein weiterer Bericht über das vermisste Mädchen, dazwischen Tipps für den Wochenendeinkauf.

Das Telefonklingeln riss sie aus ihren Gedanken. Sie wusste, dass es ihre Mutter war – der Blick aufs Display bestätigte ihre Annahme, und sie hatte keine Lust, mit ihr zu reden. Aber wenn Silke nicht ranging, würde ihre Mutter es später noch einmal versuchen und noch einmal und irgendwann vielleicht unangemeldet vor der Tür stehen. Ihre Mutter konnte nervtötend sein mit ihrer Sorge – es war auch ihre Idee gewesen, die Tochter zu Weihnachten mit einer Alarmanlage für ihr Haus zu überraschen, die natürlich gleich noch im alten Jahr eingebaut worden war. Silke brauchte keine Alarmanlage, um sich sicher zu fühlen. Ihre Mutter fühlte sich dann sicher und näher mit der Tochter verbunden – ob die das wollte oder nicht. So einfach war das.

Silke nahm ab. »Es geht mir gut«, sagte sie. »Alles in Ordnung.«

»Du klingst aber merkwürdig.«

»Es ist alles in Ordnung.«

Seufzen. »Rate mal, wer gerade angerufen hat.«

Silke biss die Zähne aufeinander. »Er soll mich in Ruhe lassen.«

»Tut er doch. Sven hat uns angerufen. Niemand kann verstehen, warum du ihn verlassen hast – ihr hattet doch alles …«

»Mutter, wie oft willst du mir diese Litanei noch zumuten? Ich treffe meine eigenen Entscheidungen.«

»Bis ich es verstanden habe. Bis ich weiß, was dich getrieben hat, diesen wunderbaren Mann zu verlassen«, erwiderte ihre Mutter mit ungewohnter Heftigkeit. »Ihr habt zusammen eine Baufirma geleitet, die sich vor Aufträgen kaum retten kann – jetzt interessierst du dich nur noch für dein einsames Haus und beschäftigst dich auf einmal mit der Prora, diesem widerlichen Klotz, den wirklich niemand braucht! Ihr seid gereist und habt das Leben genossen, er ist charmant und war immer gut zu dir, auch wenn du mal wieder unter einer deiner Stimmungsschwankungen gelitten hast. Er wollte Kinder mit dir, hat aber akzeptiert, dass du dich anders entschieden hast. Was kann man denn noch von einem Ehemann erwarten? Oder erzählst du mir nicht alles?«

Natürlich nicht. Du hörst doch nur, was du hören willst, und du siehst nur, was du sehen willst. Das war schon immer so. Silke starrte ins Leere, während ihre Mutter weiter zeterte und klagte, als ginge es um ihre Ehe und als sei sie die Verlassene, eine zu unrecht Verlassene natürlich.

»Er war nicht der Richtige«, unterbrach sie irgendwann den Redeschwall. »Und du solltest dich langsam damit abfinden. Ich habe ihn vor zwei Jahren verlassen, und geschieden sind wir seit einem Jahr.«

»Und er ruft immer noch an – bei uns.«

»Er sollte sich auch damit abfinden.«

»Offensichtlich gelingt ihm das nicht.«

»Das ist sein Problem, Mutter! Und ich will jetzt nicht mehr darüber sprechen. Bis die Tage …«

»Warte, Silke, leg nicht auf!«

»Es reicht jetzt.«

»Ja, schon gut. Es geht um was anderes. Hast du heute schon einen Blick in die Zeitung geworfen?«

»Nein. Ich bin gerade erst zur Tür herein, danach durfte ich mir deine Jammer-Arie anhören.«

»Am Strand von Göhren ist eine Frauenleiche gefunden worden.«

Silke legte wortlos auf.

# 6

Sie fuhren mit Kaspers Wagen über Lietzow nach Sassnitz, vorbei am Großen und Kleinen Jasmunder Bodden – eine Strecke, die sie im letzten Jahr häufig gefahren waren, als es um den Mord an Kai Richardt ging, der auf dem Gelände einer Fischfabrik in einem alten Schuppen am Hafen gefunden worden war. Romy schob den alten Fall beiseite und blickte kurz zum Fenster hinaus – von weitem erweckte die Schneedecke den Eindruck von gleißend hellem Sandstrand –, bevor sie sich auf die vor ihr liegende Aufgabe konzentrierte.

Stefan Heise war, wenn das Foto von seiner Homepage der Realität auch nur halbwegs nahekam, ein ausgesprochen attraktiver Mann und ein Typ, der sich ganz sicher nicht so einfach die Butter vom Brot nehmen lassen würde, wie sein leicht gerecktes Kinn dem Betrachter signalisierte. Heise verkaufte Sicherheitstechnik sowie Objekt- und Personenschutz. Laut Eigenwerbung gehörten große Hotelanlagen, Tagungsstätten und Villen zu seinem Kundenkreis. Er versprach effiziente und unauffällige Überwachung auch großer Grundstücke und souveränes Auftreten im Personenschutz und Begleitservice. Auf einer zweiten Website stellte Heise seine Taucherschule vor, die unter der gleichen Adresse firmierte. Auch im knapp sitzenden Taucheranzug machte der Mann, der immerhin fünfzig war, eine gute Figur. Aber was hieß das heutzutage schon? Erst letztens hatte Romy einen Artikel über einen hundertjährigen Marathonläufer gelesen – dagegen war Heise fast noch in der Pubertät und Romy eine rotznasige Kita-Göre.

Romy klappte den Hefter zu und sah wieder hoch. Kasper hatte die Route über die L 29 gewählt – mit direktem Blick auf Mukran und die weitläufige Anlage des Fährhafens. Fines Ausdruck von Sängers Geheimnistuerei ging ihr plötzlich durch den Kopf, die Dieter Keil, wenn auch mit anderen Worten, ähnlich zum Ausdruck gebracht hatte. Waren die Namen Heise und Bäsler zu Hause im Gespräch mit ihrem Mann auch nie gefallen? Sie holte kurzentschlossen ihr Handy heraus und wählte nach einem Blick in die Akte Sängers Nummer. Der Witwer meldete sich mit leiser Stimme.

»Tut mir leid, aber ich muss Sie kurz stören«, sagte Romy und betätigte die Lautsprecherfunktion. »Hat Ihre Frau je die Namen Stefan Heise und Jochen Bäsler erwähnt?«

»Ich weiß nicht, ehrlich gesagt ... so auf Anhieb. In welchem Zusammenhang, wenn ich fragen darf?«, entgegnete Sänger, und er klang hilflos, überfordert.

»Im Kontext der Prora-Nachforschungen.«

»Hm, Heise, ja, kann sein. Sie hat jemandem gemailt, von dem sie sich wohl einige Auskünfte erhoffte – möglich, dass dieser Name fiel, aber hundertprozentig sicher bin ich nicht und ... Ach, wissen Sie, um ehrlich zu sein, konnte ich das Thema zwischendurch einfach nicht mehr hören. Und im Moment ...«

»Ich verstehe. Danke erst mal für die Auskunft.« Romy verabschiedete sich und legte das Handy beiseite. »Sie hat ihr Ding gemacht, wie es Keil so schön formulierte«, warf sie Kasper zu. »Und ihr Mann war wohl ganz froh darüber.«

Wenige Minuten später bogen sie in den Gewerbepark ein, in dem sich unterschiedliche Firmen vorrangig aus der Automobil- und Metallbranche neben einem großen Baumarkt und kleineren Technik- und Handwerksbetrieben niedergelassen hatten. Heise residierte in einem zweistöckigen Gebäude nebst großzügiger Garage.

»Wie gehen wir eigentlich vor?«, fragte Kasper, als er den Motor abgestellt hatte und sich abschnallte.

»Wie so häufig, wenn wir eine Menge Vermutungen und

Schlussfolgerungen haben, aber noch nichts Handfestes – ich fange an, und du schaltest dich ein, sobald du ein entsprechendes Stichwort aufgreifen möchtest oder die Gefahr droht, dass ich mich vergaloppieren könnte.«

»Gut – fall aber nicht gleich mit der Tür ins Haus.«

Romy lächelte. »Keine Sorge.«

Kasper wirkte nicht überzeugt, und sie konnte es ihm kaum verdenken. Manchmal preschte sie recht ungestüm vor. Das ist der natürliche Ausgleich zu seiner häufig betont nordischen Zurückhaltung, dachte sie.

Heise öffnete selbst die Tür und sah ihnen freundlich lächelnd entgegen. Romys linke Braue zuckte. Die Aufnahmen auf der Website hatten nicht übertrieben – der Mann sah hervorragend aus: blaue Augen, dunkles Haar mit Andeutungen von silbrigen Fäden; er war schlank und durchtrainiert. Der anthrazitfarbene Anzug war garantiert maßgeschneidert. Wenn man genau hinsah, erkannte man feine Linien unter den Augen, die ihn müde wirken ließen. »Guten Morgen. Was kann ich für Sie tun?« Ein rascher Blick zur Uhr. »Na ja, um genau zu sein, geht es eher schon auf den Mittag zu.«

»Stimmt«, ergriff Romy das Wort. »Haben Sie ein paar Minuten Zeit für uns?«

»Natürlich. Treten Sie ein.« Heise führte sie in ein geräumiges Büro, in dem Blau- und Grautöne vorherrschten. An den Wänden hingen Fotos von Tauchexkursionen, ergänzt durch Urkunden und Auszeichnungen. Auf einem Sideboard stand eine hochmoderne Espressomaschine allererster Güte. Romys Vater verwendete ein ähnliches Modell vom gleichen Hersteller.

»Nehmen Sie doch Platz.« Heise wies auf eine Sitzecke. »Kann ich Ihnen etwas anbieten? Wasser? Espresso? Kaffee?«

Romy nickte sofort. »Gerne.«

»Sie möchten einen Espresso, stimmt's?«, fragte Heise. Sein Charme war preisverdächtig, sein Lächeln sowieso, und es flachte auch nicht ab, als Kasper in leicht mürrischem Tonfall ablehnte.

Mal sehen, wie gut er sich hält, wenn wir uns vorgestellt haben, dachte Romy. Heise servierte die Getränke und setzte sich dann zu ihnen. »Nun? Was haben Sie auf dem Herzen?«

»Mein Name ist Ramona Beccare, ich bin die leitende Kriminalkommissarin in Bergen.« Romy trank einen winzigen Schluck von dem würzigen Espresso, mit dessen Qualität selbst ihr Vater zufrieden gewesen wäre. »Mein Kollege Kasper Schneider und ich ermitteln in einem Mordfall.«

Heise setzte ein ernstes Gesicht auf. »Ach, du liebe Güte! Geht es um die Frau am Strand von Göhren? Es gab eine Zeitungsmeldung«, erläuterte er höflich.

Nichts wies auf Erschrecken oder mühsam verdecktes Misstrauen, geschweige denn plötzliche Nervosität hin. Der Mann war konzentriert und aufmerksam und ließ sich auch nicht von Romys forschenden Blicken irritieren.

»Es gibt eine Verbindung zwischen Ihnen und dem Mordopfer«, legte Romy ohne Umschweife die Karten auf den Tisch.

»Ach? Da bin ich aber gespannt.«

»Das glaub ich gerne.«

Heise runzelte die Stirn, dann begann er zu lachen – unbekümmert und herzhaft. Er schlug ein Bein über das andere und sah sie auffordernd an. »Na, dann legen Sie mal los.«

»Monika Sänger«, sagte Romy.

»Sie ist das Mordopfer?«

»So ist es.«

»Und weiter? Ich bin immer noch gespannt.«

Kasper atmete deutlich hörbar aus. Romy begnügte sich mit einem genervten Blick zur Decke. Heises Selbstsicherheit war nachvollziehbar. Falls der Mann sich hinter Bella Wassernixe verbarg, was nach Einschätzung der bisherigen Ermittlungslage eine durchaus berechtigte Vermutung darstellte, und der schneidige Unternehmer das Netbook in seinen Besitz gebracht hatte, um Monikas Nachforschungen aus dem Verkehr zu ziehen, konnte er nicht wissen, dass es noch andere Aufzeichnungen gab. Allerdings dürfte er sich in dem Fall brennend für die Frage interessieren, warum die Polizei trotz des verschwundenen Computers vor seiner Tür stand.

»Ich habe keine Lust, mir das ganze Wochenende um die Ohren zu hauen, Herr Heise«, erklärte Romy lapidar. »Deshalb schlage ich vor, dass Sie aufhören, den Ahnungslosen zu spielen. Wir wissen, dass Monika Sänger Kontakt zu Ihnen aufgenommen hat. Es gibt Aufzeichnungen und Mails, sogar Zeugen …«

»Zeugen?« Heise schüttelte den Kopf. »Was meinen Sie?«

»Es gibt Zeugen dafür, dass Monika Sänger den Kontakt zu Ihnen gesucht hat, weil sie Klarheit suchte bezüglich des Schicksals ihres Bruders – Rolf Arnolt. Das war ein Freund von Ihnen, hieß es jedenfalls …« Romy zeigte in Richtung Fenster. »Der Hafen von Mukran, gleich um die Ecke, Block V in der Prora, die Situation der Spatis, das Jahr 1984 und so weiter und so fort. Und dieses ›und so weiter und so fort‹ hat Monika ganz besonders interessiert, wie Sie wissen.«

Immerhin war Heise nun doch das amüsierte Lächeln vergangen, der Heiterkeitsausbruch schon lange, und Romy hätte jede Wette gehalten, dass er verblüfft war und es ihn sehr viel Energie kostete, weiterhin gelassen oder doch zumindest abwartend zu wirken.

Er griff nach seiner Espressotasse. »Ja, die Frau hat fürchterlich genervt«, gab er schließlich zu. »Hat mehrfach angerufen und Mails geschickt und wollte unbedingt wissen, was damals passiert ist, 1984. Meine Güte – hat sie mal in den Kalender geguckt? Das ist achtundzwanzig Jahre her!«

»Kopfrechnen konnte die Sänger bestimmt ganz gut«, mischte sich Kasper ein. »Mukran und die Prora vergisst man aber nicht, nicht als Bausoldat. Außerdem waren Sie mit

Arnolt befreundet und wurden Zeuge seines tödlichen Unfalls – so was brennt sich ein, egal, wie viele Jahre vergangen sind.«

Heises Blick verdunkelte sich für den Bruchteil einer Sekunde. Er stellte seine Tasse wieder ab. »Es gibt Menschen, die trotzdem irgendwann einen Schlussstrich ziehen und die Vergangenheit ruhen lassen wollen«, erklärte er. »Ich gehöre dazu. Arnolt ist ausgerutscht, ins Hafenbecken gestürzt und unglücklich aufgeschlagen. Er war sofort tot. Das habe ich damals ausgesagt, und das habe ich Frau Sänger erneut bestätigt. Warum sie nach all den Jahren plötzlich …«

»Es gibt keinerlei Unterlagen mehr zu dem Geschehen«, unterbrach Kasper ihn.

»Was ist daran verwunderlich? Viele Unterlagen aus jener Zeit sind verschwunden. Das muss ich wohl kaum betonen.«

»Sie sagen es«, bemerkte Romy. »Und Monika vermutete, dass mehr dahinter stecken könnte.«

»Was meinen Sie mit *mehr*?«

»Das wissen Sie ganz genau.«

»Frau Kommissarin, nicht hinter jeder verschwundenen Akte steckt ein Geheimnis oder was auch immer Sie vermuten oder Monika vermutet hat«, erklärte Heise ruhig.

»Aber hinter einigen«, entgegnete Kasper. »Warum sind Sie nach Rostock versetzt worden, kurze Zeit nach Arnolts Unfall?«

»Ich hatte gesundheitliche Probleme und habe um Versetzung gebeten.«

»Haben Sie etwa einen Kurantrag gestellt? Spatis wurden nicht versetzt, nur weil sie gesundheitliche Probleme hatten.«

»Ich schon.«

»Sehen Sie, und genau das ist der entscheidende Punkt.«

»Was wollen Sie damit sagen?«

Kasper ließ die Frage im Raum stehen. »Ich schlage vor, wir setzen das Gespräch in Bergen fort.«

»Warum?«, wollte Heise wissen.

»Wir brauchen Ihre Fingerabdrücke und machen dann gleich ein Protokoll.«

»Sie wissen, dass ich mich weigern kann«, wandte Heise ein. »Solange Sie nichts in der Hand haben ...«

»Ja, Sie könnten sich weigern«, gab Romy zu. »Aber das macht einen verdammt schlechten Eindruck, und das wissen Sie. Wir müssen Spuren abgleichen, und da es zwischen Ihnen und Monika Sänger einen Konflikt gab, für den wir Zeugen benennen können, wird uns der Staatsanwalt gerne und mit Volldampf unterstützen.« Das war sehr optimistisch formuliert, aber Heise sparte sich weitere Einwände.

Die Fotos trafen per Mailanhang ein. Max druckte sie sofort aus. Zwei Schwarz-Weiß-Aufnahmen stammten aus der Bausoldatenzeit – körnige Bilder eines Hobbyfotografen, noch dazu in Eile geknipst, denn natürlich durfte weder in Mukran noch in der Prora fotografiert werden. Vier junge Männer in Uniform mit dem typischen Spatenabzeichen auf den Schulterklappen standen rauchend zusammen, im Hintergrund war der Eingang von Block V verschwommen zu erkennen.

»Rolf Arnolt befindet sich links außen«, hatte der Mitarbeiter aus dem Dokuzentrum, ein Geschichtsstudent, der zurzeit ein Praktikum in der Prora absolvierte, notiert. »Der Typ, der sich gerade die Mütze in den Nacken geschoben hat und ziemlich frech grinst. Frau Sänger hat ihn sofort erkannt.«

Arnolt wirkte schmal, fast hager, doch das Lächeln war in der Tat jungenhaft unverschämt. Im Mundwinkel steckte eine Kippe, nach der er gerade mit Daumen und Zeigefinger der linken Hand griff.

»Die anderen Spatis konnten bisher nicht identifiziert werden, da die handschriftlichen Anmerkungen auf der Rückseite des Bildes nicht mehr zu entziffern sind und der fotografierende Bausoldat Herbert Bauer, der uns die Aufnahme zur Verfügung gestellt hat, leider nicht mehr lebt«, hieß es weiter in der Mail.

Max musterte die Gesichter eingehend, um sich dann dem zweiten Prora-Foto zuzuwenden. »Die 84er-Gruppe und Freunde – so war das Foto beschriftet«, hatte der Student erläutert. Sechs junge Männer lächelten selbstbewusst in die Kamera, drei hockten auf dem Boden, drei standen hinter ihnen – das Arrangement wirkte wie ein Sportfoto, fehlte nur noch der hochgereckte Pokal oder ein Fußball.

»Bauer, Bäsler, Heise im Vordergrund hockend, dahinter: Schmidt, Arnolt, Finke.«

Im direkten Vergleich mit den Fotos von der Website war Stefan Heise mühelos zu identifizieren. Der Mann hatte sich gut gehalten. So hatte Monika Sänger wohl die Spur aufgenommen. Max war gespannt, wo er Jochen Bäsler aufstöbern und wie lange er dazu benötigen würde.

Die beiden anderen Fotos waren aktuelle Aufnahmen von der Eröffnung der Jugendherberge aus dem letzten Sommer. »Zur Ergänzung«, wie der Student höflich angemerkt hatte. »Frau Sänger inmitten der Politprominenz am großen Jubeltag Anfang Juli.«

Im Eingangsbereich auf den Treppenstufen hatte großer Andrang geherrscht. Monika Sänger, die mit ihren roten Locken hervorstach, lächelte freudestrahlend. Sie war eine große kräftige Frau, der man zumindest auf diesem Bild ihre fünfundfünfzig Jahre nicht ansah; sie machte einen sympathischen, zupackenden Eindruck, eine Kindergärtnerin par excellence. Die zweite Aufnahme zeigte Sänger im Gespräch mit dem Jugendherbergsleiter, neben ihr standen Dieter Keil und eine Stadträtin aus Bergen. Im Hintergrund war eine Gruppe von mehreren Leuten über eine Bauzeichnung gebeugt. »Es gibt schon weitere Baupläne«, lautete die Bildunterschrift. »Alle hoffen, dass die Gelder für die geplante Bildungsstätte im nächsten Jahr fließen werden.«

Fine linste um die Ecke. »Die KTU meldet sich so schnell wie möglich«, informierte sie den jungen Kollegen. »Und Romy und Kasper sind gleich hier. Sie bringen Heise mit.«

»Okay.« Max zeigte auf die Fotos. »Falls Heise Erinnerungslücken haben sollte.« Er grinste.

Fine nahm die Bilder an sich und musterte sie einen Moment stirnrunzelnd, bevor sie Max wieder alleine ließ, der sofort mit seiner Recherche nach Bäsler begann. Dass er als Datenspezialist ein feines Händchen hatte und in der Regel schnell fündig wurde, stand außer Frage. Auch schwierigere Nachforschungen, bei denen weder die Datenbanken von LKA noch BKA viel hergaben und alte Akten lückenhaft waren oder gar nicht mehr existierten, konnten ihn kaum erschrecken, geschweige denn entmutigen. Seiner Ansicht nach ging es in erster Linie darum, die Schnittstellen zu finden, die alltäglichen Hinweise, die Spuren im Netz und in den sozialen Netzwerken, und eigentlich fing das Ganze erst an, so richtig Spaß zu machen, wenn die Informationen dürftig und lückenhaft waren, vielleicht sogar widersprüchlich. Bei der Suche nach Jochen Bäsler erlebte er eine Überraschung.

Heise lehnte Wasser und Kaffee ab und zog eine Miene, als erwartete er, sich ohnehin in wenigen Minuten wieder auf dem Heimweg zu befinden.

»Um die Geschichte abzukürzen – ja, Monika Sänger hat mehrfach versucht, mit mir Kontakt aufzunehmen, und ich habe ihr schließlich ein paar Tage nach Weihnachten in einem Telefonat bestätigt, dass ihr Bruder 1984 in meinem Beisein einen tödlichen Unfall im Hafen von Mukran hatte«, erklärte er mit Blick auf das Aufnahmegerät und hob rasch eine Hand, als Romy sich vorbeugte. »Warten Sie! Ich habe mich so lange geziert, weil ich, wie ich vorhin bereits ausführte, keine Lust auf alte Geschichten habe. Das geht vielen Menschen so. Was wollen Sie noch wissen?«

»Wo waren Sie Donnerstagabend zwischen achtzehn und zwanzig Uhr?«, fragte Romy nach einem beiläufigen Blick auf die alten Fotos, die Fine ihr in die Hand gedrückt hatte.

»Ich hatte eine geschäftliche Besprechung in Putbus.«

»Geht das etwas genauer?«

»Im Hotel Bellevue am Circus findet in Kürze eine Schmuckausstellung statt. Ich habe den Auftrag für das Sicherheitskonzept erhalten.«

Romy lächelte. »Gratuliere, aber ich hätte es gerne noch ein wenig konkreter.«

Heise zuckte mit den Achseln. »Es fand ein Gespräch mit dem Geschäftsführer des Hotels und der Ausstellungsleitung statt. Anschließend habe ich mit zwei von meinen Leuten Hotel und Grundstück bezüglich sicherheitsrelevanter Fragen besichtigt. Ich war gegen siebzehn Uhr in Putbus und gegen einundzwanzig Uhr wieder zu Hause.«

»Wir bräuchten Namen und Adressen.«

»Kriegen Sie.« Heise zögerte. »Wäre es Ihnen möglich, Ihre Fragen halbwegs zurückhaltend zu formulieren? Der Auftrag ist wichtig für meine Firma.«

»Zurückhaltung ist eine Spezialität von mir«, erwiderte Romy. »Ich werde mir allergrößte Mühe geben.« Kaspers Räuspern überhörte sie geflissentlich.

Heise lehnte sich zurück und verschränkte die Arme vor der Brust. »Ist das eigentlich alles, was Sie zu mir führt – meine Unlust, mit der Sänger zu reden?«

»Unserer Einschätzung nach mehren sich die Indizien, dass Monika Sänger einem handfesten Verdacht nachging.«

»Bei dem ich eine Rolle spiele?«

»Genau – und zwar eine unrühmliche.«

»Könnten Sie an dieser Stelle bitte konkreter werden?«

Kasper hob den Blick. »Haben Sie den Jungen ins Hafenbecken gestoßen?«

Heise riss die Augen auf. Soviel zum Thema, nicht mit der

Tür ins Haus zu fallen, dachte Romy verblüfft. Kasper hatte offensichtlich die Nase voll davon, um den heißen Brei herumzuschleichen, und sie war gespannt, wie sich die Vernehmung weiterentwickeln würde.

»Wie bitte? Warum hätte ich das tun sollen?«, entgegnete Heise entsetzt. »Wir waren befreundet!« Seine Fassungslosigkeit wirkte verdammt überzeugend.

»Vielleicht hat er mitgekriegt, dass Sie ein Spitzel waren.«
Schweigen.

Heise zuckte mit keiner Wimper, aber er atmete sehr tief ein. »Wenn Sie mit diesen Verdächtigungen hausieren gehen, wird mein Anwalt ein Fass aufmachen«, erklärte er in scharfem Tonfall und stieß die angehaltene Luft wieder aus.

»Wenn er sonst nichts zu tun hat«, winkte Kasper unbeeindruckt ab. »Ihr Lebenslauf ist frisiert und bemerkenswert lückenhaft …«

»Das ist kein Beweis, und das wissen Sie.«

»Kein Spati ist nach Rügen zurückgekehrt.«

»Ausnahmen bestätigen die Regel.«

»Mag sein.« Kasper lächelte ironisch. »Aber nicht grundlos. Sollten Sie über das Wahlengagement von Rolf und seinen Freunden Bericht erstatten?«

Heise schüttelte den Kopf. »Sie sind auf dem falschen Dampfer. Ich schlage vor, dass Sie meine Fingerabdrücke nehmen und meinetwegen auch eine DNA-Probe und mein Alibi überprüfen oder was immer sonst Ihnen noch einfällt. Und falls sich nichts Verdächtiges findet, wie ich Ihnen schon jetzt versichern kann, ohne dass Sie mir glauben, sollten Sie mich einfach in Ruhe lassen.«

»Tun wir«, versprach Romy. »Tun wir alles.« Sie griff zum Telefon und bat einen Beamten, Heise abzuholen. »Bitte vergessen Sie nicht, die Kontaktdaten der Leute zu notieren, mit denen Sie am Donnerstagabend zusammen waren«, fügte sie noch hinzu.

»Wie könnte ich das vergessen?«

Als sich die Tür hinter ihm geschlossen hatte, blieb es für einen Moment still.

»Der Typ ist aalglatt und selbstsicher, obwohl ihm die Situation gar nicht schmeckt«, meinte Kasper nachdenklich. »Aber irgendwie …«

»Ja?«

»Bella Wassernixe passt nicht zu ihm, genauso wenig wie die Art der Verletzungen.«

»Den Namen kann er bewusst irritierend gewählt haben, außerdem ist er Taucher: Wassernixe klingt so gesehen nicht ganz verkehrt. Bezüglich der Verletzungen bin ich auch ratlos – Gesicht und Hände …« Romy schüttelte den Kopf. »Das Netbook wiederum ist ein eindeutiger Beweis.«

»Er wird so schlau gewesen sein, es längst zu entsorgen.«

»Das denke ich auch. Vielleicht hat er es in der Ostsee versenkt.«

Kasper verzog den Mund. »Unter Umständen erfahren wir nie …«

»Unter Umständen hat er doch irgendeine Spur an Sänger hinterlassen. Und vielleicht findet sich auf seinem Handy ein Hinweis, der uns weiterbringt.«

»Der Mann betreibt ein Sicherheitsunternehmen«, wandte Kasper ein. »Es dürfte ihm nicht allzu schwerfallen, jemanden zu verfolgen und Kontakt aufzunehmen, ohne Spuren zu hinterlassen, über die wir sofort stolpern.«

»Du hast recht«, stimmte Romy zu. »Sein Motiv ist ausgesprochen stark. Falls er befürchten musste, dass es Monika Sänger gelungen war, Beweise für seine Stasi-Tätigkeit zu finden, vielleicht sogar für den Mord an Rolf oder auch nur einen provozierten Unfall, würde das sein Ende hier auf Rügen bedeuten – ob das Ganze noch gerichtstauglich verwendet werden könnte oder nicht, spielt kaum eine Rolle. Sein Ruf wäre hin.« Sie stand abrupt auf. »Max muss Heise so schnell wie möglich durchleuchten. Kümmerst du dich um die Überprüfung des Alibis?«

»Ja, mache ich. Was hast du vor?«

»Ich fahre nach Greifswald und versuche, mit Monikas Eltern zu reden, vorzugsweise mit der Mutter. Ich will wissen, was sie ihrer Tochter erzählt hat.«

Kasper zog eine Braue hoch. »Viel Glück.«

Romy wollte gerade zur Tür hinaus, als ihr ein Gedanke durch den Kopf schoss. Sie drehte sich um. »Warte mal, mir fällt noch was zum Thema Netbook ein. Selbstverständlich hat Heise es unwiederbringlich verschwinden lassen. Aber meinst du nicht auch, dass er zunächst überprüft hat, welche Infos Monika zusammengetragen hatte? Welche Quellen sie genutzt hat und wie sie darauf gestoßen ist?«

Kasper pfiff leise durch die Zähne. Romy nickte langsam. »Er wird sich Kopien gemacht haben, um die Aufzeichnungen in aller Ruhe zu prüfen.«

»Gut möglich, aber ohne konkrete Beweise kriegen wir ad hoc keinen Durchsuchungsbeschluss.«

»Ist mir klar«, brummte Romy. »Na schön. Vielleicht hat ja Max dazu eine Idee.«

»Ich werde ihn gleich fragen.«

Romy benutzte wenige Minuten später den Hinterausgang und war schon auf dem Weg zu ihrem Wagen, als Breder plötzlich hinter ihr auftauchte. Das ging ja schnell, dachte sie, doch der Kollege hatte ein anderes Anliegen.

»Stichwort Jochen Bäsler«, meinte Max stirnrunzelnd und rieb sich fröstelnd die Arme. »Irgendwie ist das merkwürdig. Zu dem Mann gibt es jede Menge Informationen, an die man mühelos über wenige Klicks herankommt, sofern man nur einige Rahmendaten berücksichtigt. Die Sänger hatte aber doch betont, dass sie nichts zu ihm finden konnte, und ich frage mich, warum.«

Romy schloss den Jeep auf. »Vielleicht hat sie sich auf

Heise konzentriert, weil die Spur vielversprechend war, und sich gar nicht intensiver um Bäsler kümmern wollen.«

»Und warum hat sie das nicht einfach gesagt?«

»Sie hat abgewiegelt und wollte sich nicht näher damit befassen, weil Stefan Heise der entscheidende Zeuge für sie war«, argumentierte Romy, ohne dass die Erklärung in ihren eigenen Ohren hundertprozentig überzeugend klang. »Sie hat bei dem ganzen Thema immer wieder abgewiegelt, aber … hm. Vielleicht müssen wir Keil noch einmal konkret zu diesem Aspekt befragen – unter Umständen haben wir etwas missverstanden. Fine soll sich darum kümmern.«

»Gut, noch was«, fügte Max hinzu. »Der Mann ist geschieden und Vater einer Tochter. Er stammt aus Ludwigslust und lebt seit der Wendezeit in Kiel, wo er als Bootsbauer arbeitet.«

Romy stutzte. »Kiel … seltsame Parallele.«

»Finde ich auch.«

»Können wir aber wohl nicht aus dem Stand klären, behalt das im Hinterkopf … Ach, Max, noch was anderes: Was würdest du an Heises Stelle tun, wenn du innerhalb kurzer Zeit und ohne irgendwelche Spuren zu hinterlassen Sängers Dokumente vom Netbook in aller Ruhe überprüfen wolltest?«

»Man hinterlässt immer Spuren.«

»Du weißt, was ich meine. Wie geht man unauffällig vor?«

»Kopien auf einen Stick ziehen, Dokumentennamen ändern und von einem x-beliebigen PC aus, vielleicht in einem Internetcafé, auf einen Online-Server hochladen, Verlauf und Chronik löschen«, erwiderte Max prompt. »Netbook und Stick zerstören und verschwinden lassen. Oder du hast ein verdammt gutes Versteck und hebst den Stick doch auf … Aber das ist in der Regel zu gefährlich. Es gibt nämlich keine verdammt guten Verstecke, dafür aber eine Menge blöder Zufälle. Hab ich Kasper auch gerade erläutert.«

»Aha, verstehe. Aber wenn ich die Dokumente lesen will, muss ich die Dateien wieder herunterladen, richtig?«, überlegte Romy.

»Korrekt. Das sollte man also keinesfalls von Zuhause aus tun oder in der Firma, auch nicht im Freundeskreis«, betonte Max. »Am schlauesten ist es, die Dateien so schnell wie möglich zu prüfen, danach umgehend zu löschen und sich vom Server wieder abzumelden. Und selbstverständlich sollte man seine Login-Daten nirgendwo notieren.«

»Gut, verstanden. Dann erst mal bis später.«

Max eilte bibbernd zurück ins Haus. Er ist definitiv nicht der Mann für die Außeneinsätze, dachte Romy, als sie ihm kurz nachblickte – schon aus Witterungsgründen nicht. Seine Outdoor-Tauglichkeit tendierte gegen Null: Im Sommer war es ihm zu heiß, im Winter zu kalt, im Herbst zu stürmisch, und im Frühling nervten die Pollen. Nun gut, der Mann hatte eindeutig andere Vorzüge.

Romy liebte den Blick über die Rügenbrücke – egal zu welcher Jahreszeit. Der Strelasund lag wie ein Spiegel unter ihr, reglos, kalt, abwartend. Er hatte alle Zeit der Welt.

Sie brauchte anderthalb Stunden bis Greifswald. Die Arnolts wohnten in einem weißgetünchten Einfamilienhaus an der Wiek, wenige Meter hinterm Deich in der Nähe des Hafens. Die Außenbeleuchtung war bereits eingeschaltet, und aus mehreren Fenstern strömte warmes Licht. Im Sommer blühten wahrscheinlich Geranien in den Blumenkästen, und wenn der Wind richtig stand, hörte man das Tuckern der einfahrenden Fischkutter.

Romy stellte den Motor ab. Sie hatte nicht die geringste Ahnung, wie sie vorgehen sollte. Vielleicht wäre es doch besser gewesen, Kasper an ihrer Seite zu haben. Den gelassenen Kollegen, der über den nötigen Hintergrund verfügte, der Land und Leute kannte, Krisen und Umbrüche hautnah miterlebt hatte. Oder man ging als Fremde nahezu unbelastet in die Situation, frei vom Schmerz und von den Erfahrungen jener Zeit und ohne ihren Fokus.

## 7

Vor gut fünf Jahren, als die Firma zusehends besser lief und
die Tauchschule sich zu amortisieren begann, waren sie nach
Sagard gezogen. Julia hatte sich durchgesetzt mit ihrem
Wunsch, am Jasmunder Bodden zu leben. »Wir haben es
nicht weit in die Firma, und die Jungs sind schnell in der
Schule. Außerdem ist das Haus herrlich gelegen und gar
nicht so teuer«, hatte sie geschwärmt, und ihrer Stimme war
deutlich anzuhören, dass ihre Entscheidung längst gefallen
war.

Viele gute Argumente, ohne Zweifel. Stefan Heise hätte
sich auch im Westen der Insel wohlgefühlt, in Gingst oder
Trent oder hoch im Norden direkt am Meer. Allerdings war
man dort nie vor Touristen sicher. Doch in diesen Belangen
ihres Lebens bestimmte grundsätzlich Julia, so wie auch der
Entschluss, nach Rügen zu gehen und ganz von vorne anzufangen, damals ihre Idee gewesen war. Das war er ihr schuldig.

Seine Frau wusste nicht viel von ihm, ohne von dieser
Lücke auch nur zu ahnen. Sie hatten sich in Rostock kennengelernt, kurz nach der Wende, und waren seit zwanzig Jahren
ein gut eingespieltes Team, hatten Firma und Tauchschule
gegründet, zwei Söhne großgezogen und auch magere Zeiten überstanden – in jeder Hinsicht magere Zeiten. Über die
Jahre davor, insbesondere über den Zeitraum ab seinem
zwanzigsten Lebensjahr, sprach er nicht viel, am liebsten gar
nicht. Wenn es nötig wurde, nannte er Eckdaten oder erfand
Notlügen, nicht nachprüfbare Geschichten, gerade zu Beginn ihrer Beziehung, als der Austausch rege und die Neu-
gier groß war. Inzwischen war so viel Zeit vergangen, dass

jene Jahre keine Rolle mehr spielen dürften, auch wenn sie ihn immer wieder bedrängten. Hatte er geglaubt, inständig gehofft.

Stefan war nach der Vernehmung direkt nach Sassnitz zurückgefahren und hatte sich im Lager verkrochen, wo er mehr oder weniger sinnvoll aufräumte und Tauchausrüstungen kontrollierte. Nach dem Weihnachtstauchen, das diesmal an der Selliner Seegondel stattgefunden hatte, war er nicht mehr in die Tiefe gegangen. Nichts gab ihm mehr Ruhe und Stärke als das Tauchen – die Gewissheit, in der Lautlosigkeit dieser fremden Welt mit ihren ganz und gar eigenen Gesetzen bestehen zu können, faszinierte ihn, solange er denken konnte.

Genau genommen bin ich seit über dreißig Jahren auf der Flucht, fuhr es Stefan durch den Kopf – fast erstaunt, wie sich die Jahre angesammelt hatten –, mal mehr, mal weniger, aber es hört nie endgültig auf. Vielleicht hatte die Sänger sogar recht, und man musste sich irgendwann seiner Vergangenheit stellen. Ihre Stimme hatte merkwürdig geklungen, als sie das gesagt hatte, seltsam schmerzvoll. Aber der Zeitpunkt war noch nicht gekommen. So lange der Vergangenheit die Kraft innewohnte, die Gegenwart vollends zu zerstören, würde er eine ganze Menge tun und sehr viel riskieren, um ihr Einhalt zu gebieten, auch um den Preis, ein stets Flüchtender zu bleiben.

Die entscheidende Frage war, wie die Polizei auf ihn gestoßen war, über welche Informationen sie verfügte, und ob sie daraus mehr ableiten konnte als die üblichen Vermutungen, wenn die bekannten Stichworte fielen. Generalverdacht Stasi. Gingen die Beamten lediglich einem mehr oder weniger konkreten Anhaltspunkt nach, weil die Sänger sich, bei wem auch immer, weitschweifend über ihn ausgelassen hatte und angesichts ihrer Ermordung jeder Hinweis überprüft wurde? Eine unvorsichtige Schwätzerin war sie jedoch aus gutem

Grund nicht gewesen, zumindest dürfte sie sich in Kenntnis der Verwicklung ihres Vaters Zurückhaltung auferlegt haben, aber es blieb darüber hinaus die Ungewissheit, wann und in welchem Umfang sie von Arnolts Tätigkeit erfahren hatte, und ob sie in der Lage gewesen war, die Bezüge herzustellen. Und würde die Polizei im Laufe der aktuellen Ermittlungen die Zusammenhänge erkennen und entsprechende Rückschlüsse ziehen?

Für eine allgemeine Überprüfung waren die Fragen der beiden Kommissare zu konkret gewesen, Schärfe und Stoßrichtung viel zu eindeutig. Demnach musste Stefan davon ausgehen, dass die Polizei auf weitere Aufzeichnungen gestoßen war. Vielleicht existierten Kopien zumindest einiger Dokumente, die noch dazu nicht sonderlich gut vor fremdem Zugriff geschützt gewesen waren. Das wäre bitter.

In seinem Job war es selbstverständlich, sensible Daten nicht nur gut zu sichern, sondern neunundneunzigprozentig zu schützen, denn hundertprozentige Sicherheit war eine Illusion. Die Sänger war Kindergärtnerin gewesen. Sie hatte es wahrscheinlich für völlig ausreichend befunden, mehr oder weniger geistreiche Passwörter zu benutzen. »Rolf1607« hatte Stefan im dritten Versuch auf ihrem Netbook eingegeben und damit richtig gelegen. Sein Todestag war ihm noch nach achtundzwanzig Jahren gegenwärtig, so wie das fassungslose Entsetzen, das sich auf Rolfs Gesicht gespiegelt hatte, als ihm klarwurde, dass er in die Tiefe stürzen würde.

Stefan spürte, wie ihm der Schweiß den Rücken hinablief, seine Hände zitterten, und der Druck im Magen verstärkte sich stetig. Kaum jemand wusste, dass ein wesentlicher Grund für seine nach wie vor drahtig schlanke Figur in der schlichten Tatsache begründet lag, dass es ihm häufig den Appetit verdarb, weil sein Magen verrückt spielte. Alles hatte mit einem Unfall begonnen, und wenn sich im Leben tatsächlich irgendwann der Kreis schließen würde, wie es immer so schön hieß, würde er eines Tages bei einem Unfall sterben. Davon war er überzeugt.

Kasper war kein Fan des Circus Putbus, des wohl letzten in dieser einheitlichen Form ausgeführten Rondellplatzes in Deutschland, so war jedenfalls nachzulesen – im Gegensatz zu den zahllosen Touristen, die in die weiße Stadt strömten und Fürst Maltes aufwendige Anlage mit den klassizistischen Bauten und der nach Kaspers Ansicht gestelzten Bezeichnung bewunderten, fotografierten, abflanierten, während sie vollmundig geschichtliche Daten herunterbeteten und sehr genau darüber Bescheid wussten, nach welchem Vorbild welche Gebäude wann und warum errichtet und/oder saniert worden waren. Nach dem Zweiten Weltkrieg hieß das Rondell zunächst für einige Jahrzehnte Thälmannplatz, auch nicht gerade ein origineller Name, wie Kasper zugab, aber ihn fragte ja ohnehin niemand.

Er hatte sich während der Fahrt telefonisch beim Geschäftsführer des edlen Hotels angekündigt und wurde bereits erwartet. Kasper musterte die Plakate, auf denen die Schmuckausstellung in eleganten Lettern und mit aufwendigen Fotomontagen angekündigt wurde, während er der Empfangssekretärin folgte. Harald Baum erwartete ihn in der Lounge. Der Mann war keine vierzig, strohblond und blauäugig. Sein Blick war genauso gerade wie seine Haltung, und er benutzte ein angenehm duftendes Aftershave.

»Kommissar Schneider, ich hoffe, es handelt sich tatsächlich lediglich um eine Routinebefragung«, begrüßte er Kasper mit festem Händedruck und wies mit knapper Geste auf einen Sitzplatz am Fenster. »Kann ich Ihnen etwas zu trinken anbieten?«

»Nein, danke, was das Getränk angeht, und ja: reine Routine.«

Baum nickte zufrieden. »Gut. Legen Sie los.«

»Wir haben Kenntnis darüber erhalten, dass Donnerstagabend hier im Hotel eine Besprechung stattfand, bei der es um Sicherheitsfragen im Zusammenhang mit der Schmuckausstellung ging«, leitete Kasper das Gespräch ein.

»Das ist korrekt.«

»Wann genau fand der Termin statt und wer war dabei?«

Baum runzelte die Stirn. »Und es ist Ihnen nicht möglich, Andeutungen über den Hintergrund Ihrer Nachfragen zu machen?«

Kasper schüttelte den Kopf. »Nein.«

Baum seufzte. »Nun gut. Bei der Ausstellung werden wertvolle Schmuckstücke präsentiert, wie Sie sich denken können. Um die Sicherheit zu gewährleisten, brauchen wir ein besonders gutes Konzept mit einem noch höheren Standard, als er ohnehin in unserem Hause selbstverständlich ist. Ich habe Stefan Heise beauftragt, die Örtlichkeiten dahingehend zu prüfen und …«

»Ab wann war er hier?«

»Gegen fünf«, erwiderte Baum ohne Zögern. »Er hatte zwei seiner Leute dabei. Wir haben zunächst eine ganze Weile mit der Ausstellerin zusammengesessen, Frau Nicole Santer, und anschließend hat Heise sich im Haus und auch auf dem Grundstück umgesehen. Kurz nach acht, halb neun haben wir uns voneinander verabschiedet.«

Passt, dachte Kasper, jedenfalls auf den ersten Blick. »Kennen Sie Heise schon länger?«

»Von ihm stammt die Alarmanlage unseres Hauses, und manchmal buchen wir seine Firma, wenn Gäste Personenschutz wünschen, was immer wieder vorkommt.«

»Ist die Firma zuverlässig?«

Baum schmunzelte. »Sonst würden wir sie kaum beauftragen.« Der Zusatz »blöde Frage« stand ihm quer über die Stirn geschrieben. »Er ist nicht nur zuverlässig und gut in seinem Job, sondern auch gerade bei den Damen sehr beliebt.«

Kann ich mir denken, brummelte Kasper wortlos. Er hatte weder vor zehn noch vor dreißig Jahren auch nur annähernd so gut ausgesehen wie Heise, darüber machte er sich keinerlei Illusionen. »Und seine Mitarbeiter kennen Sie auch?«

»Selbstverständlich. Ich lasse doch das Hotel nicht von fremden Leuten inspizieren.«

»Verständlich.«

Baum bemühte sich um eine freundliche Miene, aber wahrscheinlich fragte er sich längst, warum der Kommissar wegen solch offensichtlicher Belange den Weg von Bergen auf sich genommen hatte. Um ehrlich zu sein, stellte Kasper sich diese Frage auch gerade. »Würden Sie mir zeigen, welche Räume Heise sich angesehen hat?«

Der Geschäftsführer breitete die Arme aus. »Die beiden Ausstellungsräume hier im Erdgeschoss einschließlich aller Türen und Fenster und der Zugänge zu den oberen Etagen, Fahrstühle, Keller, die Außenanlagen ...«

»Die drei Sicherheitsexperten waren also eine ganze Weile unterwegs.«

»Ja, natürlich. Sie haben den Rundgang protokolliert, die Alarmanlage durchgeprüft und ...«

»Was heißt protokolliert?«, hakte Kasper nach.

»Sie haben sich Notizen gemacht, fotografiert und sogar Videos gedreht – ganz professionell«, betonte Baum geduldig, während die Finger seiner rechten Hand leise auf der Tischplatte zu trommeln begannen. Kasper war davon überzeugt, dass der Geschäftsführer die genannte Professionalität bei ihm durchaus vermisste, worüber Schneider jedoch großmütig hinwegsah. Wie hatte schon sein früherer Vorgesetzter immer gesagt: Es gibt keine dummen Fragen, nur dumme Antworten.

Einige Minuten später verabschiedete Kasper sich. Im Auto

sitzend versuchte er Romy zu erreichen, aber die ging nicht an ihr Handy. So informierte er Max in wenigen Stichworten über die Befragung.

»Heise und seine Leute haben während des Hotelrundgangs fotografiert und Videos gedreht«, erläuterte er seine Angaben. »Das gefällt mir. Falls wir Beweise finden, dass er in der Nähe des Tatorts war und wir einen Durchsuchungsbeschluss kriegen, sollten wir uns das Material unbedingt ansehen – es enthält zuverlässige Angaben über Datum und Uhrzeit. Vielleicht gibt es auffällige Zeitlücken.«

»Denkst du, dass Heise zwischendurch abgehauen ist?«, fragte Max.

»Tja, der Gedanke kam mir in der Tat. Aber das bedeutet, dass seine Leute ihn decken müssten. Ganz schön riskant, immerhin geht es um Mord.«

»Die drei könnten sich ganz unauffällig während des Rundgangs getrennt haben, um sich die Arbeit zu teilen«, meinte Max.

»Das werde ich im Auge behalten«, erwiderte Kasper. »Hat sich Romy eigentlich zwischendurch mal gemeldet?«

»Nö.«

»Na schön. Ich düse jetzt hoch nach Sassnitz, um mit Heises Mitarbeitern zu reden. Und dann mache ich Feierabend.«

»Alles klar.«

Kasper entschied sich spontan, über Binz zu fahren, vorbei an der Prora. Im letzten Sommer war in einem der verfallenen Gebäudeteile eine Leiche gefunden worden – ein unvorsichtiger Tourist, der unglücklich gestürzt war, wie sich später herausstellte. Irgendwas muss hier passieren, dachte Kasper, während er die Reihe der grau-braunen Häuserzeile langsam passierte. Warum konnte man nicht einen Kernbereich erhalten und den Rest abreißen? Etwas völlig Neues schaffen. So einfach war das wohl nicht.

Heises Mitarbeiter Thomas Klein war weder zu Hause noch telefonisch erreichbar, wie Kasper eine Dreiviertelstunde später feststellen musste. Ein Nachbar informierte den Kommissar schließlich, dass Familie Klein eine Sportveranstaltung besuchte; und die Unterredung mit Karsten Lang brachte herzlich wenig ein. Lang, der mit seiner hoch aufgeschossenen, breitschultrigen Gestalt und der undurchdringlichen Miene durchaus Türsteher-Qualitäten zum Ausdruck brachte, bestätigte Kasper in einem Fünf-Minuten-Gespräch, das im Wohnungsflur stattfand, dass er und Klein mit Heise in Putbus gewesen seien und zwischenzeitlich auf der Suche nach Sicherheitslücken jeweils Teilbereiche der Hotelanlage eigenverantwortlich und allein in Augenschein genommen sowie die Inspektion protokolliert hätten.

Heise hat ihn vorgewarnt, dachte Kasper, denn Lang wirkte gleichmütig und wenig überrascht. Mit verschränkten Armen und Kaugummi kauend hielt er dem Blick des Kommissars mühelos stand. »War es das?«

»Noch eine Frage. Wer von Ihnen hat gefilmt?«

»Wieso ist das wichtig?«

»Weiß ich noch nicht.«

»Aha. Na ja, soweit ich es mitgekriegt habe, haben Thomas und ich Aufnahmen gemacht, und der Chef hat auf Band gesprochen.«

»Wie schnell wird so eine Inspektion ausgewertet und zu einem Bericht zusammengefasst?«

Lang verlagerte sein Gewicht von einem Bein aufs andere. »Keine Ahnung, unterschiedlich. Kommt ganz auf den Auftrag an. Müssen Sie den Chef fragen. Warum wollen Sie das denn alles wissen?« Er kratzte sich unterm Kinn.

»Wie ich schon sagte – Routine.«

»Hat sich jemand aus dem Hotel beschwert?«

Kasper hob die Schultern. »Mehr kann ich Ihnen im Moment nicht sagen.«

»Sie nehmen mir die Worte aus dem Mund.« Lang grinste. »Schönen Abend noch.«

Arschloch, dachte Kasper, und er dachte es voller Gelassenheit und ohne Reue, bevor er die Wohnung verließ und die Treppen nach unten schlenderte. Höchste Zeit, abzuschalten.

Der Alte stand leicht gebückt in der Tür und musterte sie mit argwöhnischen Blicken. »Was wollen Sie?«

Romy fröstelte. »Ich muss mit Ihnen reden.«

Er hob das Kinn. »Sind Sie von der Polizei?«

»Ja. Ich bin Kommissarin Ramona Beccare aus Bergen. Wir haben bereits telefoniert.«

»Sie haben den Weg umsonst gemacht. Ich sagte Ihnen bereits gestern, dass ich ...«

»Stimmt. Habe ich mir gemerkt. Aber ich leite eine Mordermittlung«, entgegnete Romy. »Interessiert es Sie denn nicht im Mindesten, was mit Ihrer Tochter passiert ist?« Der lodernde Blick des Alten war schwer zu ertragen, aber mit wütenden Vätern, die sich unglaublich stark fühlten, hatte sie hinreichend Erfahrung.

»Sie ist tot, mehr will ich gar nicht wissen!«, keifte Konrad Arnolt.

»Das mag so sein, aber die Polizei ist verpflichtet, den Ursachen auf den Grund zu gehen und nach Möglichkeiten, den Täter zu ermitteln.«

Arnolt umklammerte den Türgriff. »Ich kann auch ein Attest vorlegen, dass ich gesundheitlich nicht in der Lage bin ...«

»Können Sie, aber ich würde wiederkommen – nächste Woche, übernächste, im Februar«, erklärte Romy forsch. »Ich bin sehr hartnäckig, und ich nehme meinen Job verdammt ernst.«

»Ja?«

»Ja, Herr Arnolt. Ihre Tochter war auf der Suche, und wir gehen davon aus, dass ihre Nachforschungen in engem Zusammenhang mit ihrer Ermordung stehen.«

Er zuckte zusammen. »Und wie kommen Sie darauf, dass wir – meine Frau oder ich – Ihnen da irgendwie weiterhelfen könnten?«

»Wir vermuten, dass bei einem der letzten Kontakte zwischen Ihrer Frau und Monika etwas zur Sprache kam, was für unsere Ermittlungsarbeit wichtig sein könnte. Darüber möchte ich mit Ihnen reden.«

Arnolt kaute auf seiner Unterlippe. Er atmete schwer. »Trotzdem, meine Frau und ich sind müde und …«

»Das ist mir klar – trotzdem muss ich darauf bestehen.«

»Sie können bestehen, so lange wie Sie …«

»Lass sie doch endlich herein«, erklang plötzlich eine Stimme aus dem Inneren des Hauses.

»Was?« Arnolt fuhr herum. »Das ist doch nicht dein Ernst!«

»Doch.«

Der Alte wandte sich zögernd wieder um. Verblüffung machte sich auf seinem Gesicht breit, begleitet von unterdrückter Wut. Es schien in den letzten Jahrzehnten nicht allzu häufig vorgekommen zu sein, dass seine Frau eine eigenständige Entscheidung, noch dazu gegen seinen Willen und vor Zeugen, getroffen hatte. Er stieß die Tür ruckartig auf, drehte sich wortlos um und stapfte zurück ins Haus. Wenige Augenblicke später krachte irgendwo eine Tür ins Schloss. Romy atmete zweimal tief durch und betrat den Flur.

Margot Arnolt erwartete sie im Wohnzimmer. Ihr Mann war nicht zu sehen. Die alte Frau war zart und von durchscheinender Blässe, ihre Augen wirkten unnatürlich groß, das Gesicht war eingefallen, beherrscht von Kummer und Fassungslosigkeit. Romy schluckte und stieß ein stummes Stoßgebet aus, dass ihr Auftritt im Hause der Arnolts nicht

umsonst sein würde und sie der alten Frau keinen zusätzlichen und völlig unnötigen Kummer bereiten musste.

»Setzen Sie sich zu mir«, sagte sie leise und wies auf den
Sessel neben der Couch, auf der sie zwischen mehreren Kissen aufrecht saß.

Romy nahm Platz und stellte sich noch einmal vor.

»Ich weiß, ich habe das mitbekommen.« Frau Arnolt nickte
und beguckte ihre dunklen Locken. »Sie sind nicht von hier,
oder?«

»Mein Vater ist gebürtiger Italiener, ich stamme aus München«, erläuterte Romy freundlich. Diese Erklärung gab sie
im hohen Norden häufig ab.

»Ja«, ein Lächeln blitzte in Arnolts Gesicht auf, »Italien,
das passt zu Ihnen.« Die heitere Note verflog. »Stellen Sie
Ihre Fragen«, sagte sie tapfer.

»Es tut mir sehr leid, dass ich so energisch werden
musste ...«

»Anders hätten Sie nichts erreicht, schon gar nicht bei
ihm.«

»Danke für Ihr Verständnis.«

Sie nickte. »Monika hat sich in letzter Zeit viel mit der
Vergangenheit beschäftigt. Es ging um den Tod ihres Bru-
ders«, fügte sie eilig hinzu und heftete den Blick auf ihre
Hände.

»Der Unfall hat ihr keine Ruhe gelassen.« Romy zwang
sich, langsam zu sprechen und keinesfalls fünf Fragen auf
einmal zu stellen, wie das manchmal im Übereifer ihre Art
war.

»Woher wissen Sie das?«

»Sie hat sich Notizen gemacht.«

»Ja.« Wieder ein Nicken. »Keiner weiß genau, was damals
passiert ist. Wir haben uns mit der Auskunft begnügt, dass
es ein tragischer Unfall war. Wir waren viel zu erschüttert,
um Fragen zu stellen. Aber Monika ... Sie war wie unter

einem inneren Zwang, die Dinge aufzuklären, ihnen auf den Grund gehen zu wollen ... und das nach so vielen Jahren. Plötzlich war sie wie besessen davon.«

»Sie ist einem Verdacht nachgegangen«, schob Romy behutsam dazwischen. »Und wir vermuten, dass sie hoffte, doch noch etwas von Ihnen zu erfahren, was ihr weiterhelfen könnte.«

»Sie hat nicht lockergelassen – so wie Sie gerade«, erklärte Frau Arnolt nach kurzem Schweigen. »Mir waren zwei Namen in Erinnerung geblieben, davon wusste nicht mal mein Mann.«

Romys Herzschlag beschleunigte sich, aber sie unterbrach die Frau nicht.

»Jochen Bäsler und Stefan Heise«, fuhr Monikas Mutter leise, fast flüsternd fort. »Es gab einen Brief, den Rolf nicht abgeschickt hatte – ich weiß nicht, an wen der gerichtet war, nicht an mich jedenfalls. Nach seinem Tod hat der Jochen Rolfs persönlichen Kram zusammengeklaubt und an mich geschickt – zwei Fotos mit einigen Kameraden bei der Zigarettenpause und den Brief.«

»Frau Arnolt, was stand in dem Brief?«, konnte Romy sich nicht zügeln zu fragen.

»Es ging um diese Wahl damals, 1984. Sehr ausführlich berichtete Rolf von der falschen Auszählung und dass der Stefan ihn gewarnt habe, durch die Blume, wie er schrieb. Das fand er ziemlich merkwürdig.«

»Sind Sie noch im Besitz dieses Briefes?«

Die alte Frau lächelte. »Es war das letzte Lebenszeichen meines Sohnes, auch wenn er nicht für mich gedacht war ... Ich hatte ihn gut versteckt, aber ...« Sie warf einen langen und bedeutungsvollen Blick zur Tür. »Irgendwann war der Brief verschwunden und die Fotos auch. Vielleicht war es sogar besser so, aber ich hätte es nicht übers Herz gebracht.« Sie schluckte.

Romy presste die Lippen aufeinander, um keinen Fluch auszustoßen. »Können Sie sich noch etwas genauer an den Wortlaut bezüglich Stefan Heise erinnern?«

»Ich kann es versuchen. Stefan sei ein Freund, der ihn auf merkwürdige Weise gewarnt habe«, antwortete Monikas Mutter. »Er sei verunsichert, wie er damit umgehen soll.« Sie zuckte mit den Achseln.

Eigenartig. Romy strich sich mit einer Hand die Locken zurück. »Und Sie haben auch keine Vermutung, an wen Rolf geschrieben haben könnte? Erinnern Sie sich an einen Freund, eine Freundin, die ihm seinerzeit nahestanden?«

»Das ist so lange her … Ich war zutiefst erschüttert damals, verstehen Sie? Er war erst zwanzig, und ich war froh, überhaupt noch etwas von ihm zu haben.« Sie knetete ihre Hände. »Vielleicht fehlte sogar ein Blatt von dem Brief. Ich bin nicht sicher. Und dieser ganze politische Kram widerstrebte mir ohnehin. Mir war eigentlich egal, was drinstand, verstehen Sie. Ich wollte auch nicht darüber nachdenken.«

Romy beugte sich vor. »Frau Arnolt, können Sie sich eigentlich vorstellen, dass …?«

Monikas Mutter hob rasch den Kopf. »Ich kann mir alles Mögliche vorstellen, aber ich möchte es nicht. Und ich möchte auch nicht darüber sprechen.« Ihre Stimme zitterte. Sie warf einen Blick zur Tür. »Bitte …«

Romy hob die Hände und stand langsam auf. »Ich verstehe. Danke, Frau Arnolt. Sie sind sehr tapfer.«

Die Frau nickte wortlos, und Romy drückte ihre Hände, bevor sie das Haus verließ. Kurz darauf saß sie wieder in ihrem Wagen und machte sich eifrig Notizen, die sie direkt ins Smartphone tippte, um sie Max zu mailen. Monikas Vater hatte sich nicht mehr blicken lassen. Keine einzige Minute würde er mit ihr reden, davon durfte sie ausgehen. Romy lehnte sich zurück und schloss kurz die Augen, als sie die Mail abgeschickt hatte. Stefan hatte Rolf im Zusammenhang mit dessen Wahlengagement gewarnt, aber was genau war daran merkwürdig?

Romy wählte über Kurzwahl Kaspers Nummer – der Kollege war gerade zu Hause eingetroffen, im Hintergrund lief die Sportschau. Nach einer knappen Zusammenfassung ihres Gesprächs mit Margot Arnolt stellte sie genau diese Frage.

»Interessant«, bemerkte Kasper nach einer längeren Grübelpause.

»Ja, nicht wahr? Falls Rolf annahm, dass Heise ein Spitzel war, wäre die Warnung in der Tat verwunderlich, aber Rolf hätte doch wohl kaum die Freundschaft mit einem Spitzel gesucht, oder?«

»Denke ich auch nicht. Und wenn Rolf ihn nicht für einen Spitzel hielt, sondern für einen guten Freund, bräuchte er sich über seine Warnung auch nicht zu wundern, ob nun durch die Blume oder nicht.«

Romy runzelte die Stirn.

»Vielleicht denken wir zu einseitig oder sind zu voreilig und umständlich mit unseren Fragen und Schlussfolgerungen«, meinte Kasper nach kurzer Pause. »Ist doch auch möglich, dass die Frau sich nicht mehr richtig erinnert und einiges durcheinanderbringt. Immerhin steht sie unter Schock.«

»Mag sein, aber wichtig ist diese alte Geschichte auf jeden Fall, sonst wäre das Netbook nicht verschwunden und Monika würde wahrscheinlich noch leben«, beharrte Romy.

»Ja, wahrscheinlich«, stimmte Kasper zu. Er klang müde.

»Ich habe das dumme Gefühl, dass uns die entscheidenden Puzzleteile fehlen. Und ich hätte große Lust, nicht nur Heise, sondern auch den alten Arnolt vorzuladen, aber ...«

»Vergiss es!«, wehrte Kasper sofort ab. »Beide werden sich weigern, solange wir nichts in der Hand haben außer lückenhaften Erinnerungen, schwammigen Verdachtsmomenten und einem Sack voller Vermutungen.«

»Ja, du hast recht. Immerhin ist Max bereits fündig geworden, was den Bäsler angeht«, berichtete Romy. »Er war überrascht, wie leicht er die Infos zusammenstellen konnte. Nun gut, ich werde morgen versuchen, mit dem Mann zu sprechen. Für heute hab ich genug. Hast du in Putbus was erreicht?«

»Nicht viel. Lass uns morgen darüber reden.«

»Alles klar.«

Romy verabschiedete sich und fuhr langsam nach Hause. Es schneite. Sie verschob ihr ursprüngliches Vorhaben, noch zum Boxtraining ins ehemalige E-Werk Sassnitz zu fahren. Vielleicht morgen, dachte sie.

In dieser Nacht träumte sie zum ersten Mal nach langer Zeit wieder von Moritz, von seinem strahlenden Lächeln und den Sommersprossen, die sich schon nach wenigen Tagen unter der Rügener Sonne auf seiner Nase zu tummeln begonnen hatten, dem sanften Druck seiner zärtlichen Hände und seines sehnigen Körpers. Als sie aufwachte, war ihr Gesicht tränennass, und die Sehnsucht umklammerte ihr Herz.

# 8

Helmut Lanz hatte damals nicht widerstehen können. Die Behörde hieß noch Gauck, und einige hatten ihn davor bewahren wollen, seine Akte zu lesen. »Willst du wirklich wissen, wer dich bespitzelt hat? Vielleicht jemand aus der Familie oder gute Freunde. Und dann? Du kannst demjenigen nie wieder in die Augen sehen oder ihm die Hand reichen«, hatte ihn ein Bekannter mit großer Eindringlichkeit gewarnt.

Obwohl das Risiko, zutiefst enttäuscht zu werden, unbestreitbar auf der Hand lag, hatte letztlich dieser mahnende Hinweis sogar den Ausschlag für seine Entscheidung gegeben, den Dingen auf den Grund zu gehen. Wieso sollte er demjenigen nie wieder in die Augen sehen können? Der Verräter hatte sich schamvoll abzuwenden und nicht umgekehrt. Wo kämen wir denn hin, wenn wir uns dafür schämten, was uns angetan wurde?

Er entdeckte zwei Namen in seiner Akte – der eine erschütterte ihn, der zweite löste grenzenlose Verwunderung aus. Beide stammten aus seinem ehemaligen Mitarbeiterkreis. Lanz hatte sich vorgenommen, irgendwann mit ihnen zu reden – wenn sich eine günstige Gelegenheit bot, um so etwas mit aller Besonnenheit zu regeln. Das tat sie fünfzehn Jahre lang nicht. Weil der regelmäßige Kontakt abgebrochen war, insbesondere nach seiner Pensionierung; weil die Zeit dahinfloss, vieles wegspülte und Lanz die wenigen Situationen, in denen sie sich begegneten und eine Möglichkeit greifbar gewesen wäre, nicht nutzte. Weil die neue Zeit anstrengend und hektisch war und andere Themen sein Leben zu beherrschen begannen. Weil er beiden auswich.

Letztes Jahr war einer gestorben. Lanz hätte nicht sagen

können, ob ihn die verstrichenen Möglichkeiten schmerzten oder erleichterten. Wenn es stimmte, dass die Seele im Angesicht des Todes erneut an allen Lebensstationen innehalten musste, um zu erkennen, was geschehen war und welche Wunden möglicherweise geschlagen worden waren, hätte sein Eingreifen sogar übereilt wirken können. Die Dinge kamen so oder so noch einmal zur Sprache. Aber vielleicht war diese Haltung zu bequem. Ganz sicher war sie das. Mehr noch – ein Freibrief. Menschen neigten dazu, Freibriefe zu missbrauchen.

Eine gute halbe Stunde nach Schneiders zweitem Anruf, bei dem der Kommissar verdammt eindringlich geklungen hatte, machte Lanz sich auf den Weg. Walter war schon immer ein Gewohnheitstier gewesen, und wenn Lanz nicht alles täuschte, würde er ihn am Samstagabend ab kurz nach zehn Uhr in seiner Stammkneipe in der Nähe des Museums antreffen, sofern ihn sein Rheuma verschonte und seine Tochter ihm nicht die Kinder aufs Auge gedrückt hatte oder das Lokal geschlossen war. Dort zischte er sein Bierchen, vielleicht auch zwei oder drei, spielte Skat, wenn sich Mitspieler fanden, und schwelgte in alten Geschichten.

Es war einige Jahre her, dass Lanz zum letzten Mal dort gewesen war. Viel hatte sich nicht verändert. Für die Raucher gab es nun einen gesonderten Raum, und natürlich war es dort viel gemütlicher. Walter saß paffend an der Theke. Er war dick geworden, der Pullover spannte über dem Bauch, und seine Halbglatze leuchtete schon von weitem. Lanz bildete sich ein, dass er, obwohl einige Jahre älter, deutlich besser in Form war, aber er konnte nicht ausschließen, dass seine Eitelkeit ihn trog. Er trat von hinten an Walter heran und klopfte ihm auf die Schulter. »Na? Alles klar bei dir?«, fragte er, als hätten sie sich vor einigen Tagen zum letzten Mal gesehen.

Walter fuhr herum. Für Sekunden blieb ihm der Mund

offen stehen, und die Kippe drohte herunterzufallen. »Helmut.«

»Ja, ich weiß, lange her.«

Walter nickte heftig. »Trinken wir ein Bier?« Er legte die Zigarette ab, seine Hände zitterten.

»Das machen wir.«

Einen Moment blieb es still zwischen ihnen. Der Wirt zapfte das Bier, jemand warf die Musikbox an, ein dreckiger Witz machte die Runde. Walter strich sich über die Glatze. »Alles gesund bei euch zu Hause?«

»Inge ist vor zwei Jahren gestorben.«

Walter pustete laut aus. »Oh … das tut mir leid. Wusste ich nicht. War sie krank?«

Lanz nickte. »Sie war sehr tapfer.« Er war erstaunt über seine Worte, die nachhallten und dann stumm in seinem Herzen sitzen blieben.

»Sie war immer tapfer.«

Die beiden Männer nahmen gleichzeitig einen Schluck und wischten sich mit einer ähnlichen Bewegung den Schaum von den Lippen. Lanz suchte eine Weile nach den richtigen Worten. Vielleicht gab es die gar nicht, und er musste die erstbesten nehmen, die ihm einfielen. »Ich brauche eine Auskunft – über einen Unfall in Mukran, bei dem ein Spati namens Rolf Arnolt starb«, hob er schließlich an.

Walter ließ sein Glas sinken und starrte ihn perplex an. »Hör mal, wie kommst du denn darauf, dass ich …«

»Und über einen mutmaßlichen Spitzel – Stefan Heise aus Neubrandenburg«, überging Lanz den Einwand mit einer wegwerfenden Handbewegung. »Er war auch in Mukran und bei dem Unfall dabei. Die Jungs hatten in der einen oder anderen Weise mit der Wahlpleite von 84 zu tun.«

»Es gibt keine …«

»Natürlich nicht. Mir reicht eine einfache Information ohne Namen und Quellen, aber die brauche ich möglichst schnell.«

Walter schluckte und warf einen gehetzten Blick in die Runde. »Scheiße, was willst du damit?«

Lanz lächelte. »Alte Geschichten klären helfen. Nicht mehr, aber auch nicht weniger.«

Romy verkroch sich am Sonntagmorgen für eine gute Stunde in ihr Büro im Kommissariat, um die komplette Akte mit allen Details und offenen Fragen eingehend zu studieren. Sie las die Vernehmungs- und Gesprächsprotokolle, sah sich die Fotos vom Tatort und aus dem Dokuzentrum der Prora an und ließ die Reihe der Personen, mit denen sie bislang gesprochen hatte, vor ihrem inneren Auge Revue passieren – Michael und Lotte Sänger, Dieter Keil, der stellvertretende Kita-Leiter, Anna Corhardt und ihr Sohn, Heise, Margot Arnolt. Hinzu kamen die Befragten, mit denen Kasper alleine gesprochen hatte.

Alles lief auf Heise zu. Er hatte ein Motiv, dessen war sich Romy sicher, und darüber hinaus war sie davon überzeugt, dass sein Alibi mit einem gut installierten Schlupfloch versehen war, das die meisten Staatsanwälte in die Knie zwingen dürfte. Doch solange sie nicht mehr in der Hand hatten als einen starken Verdacht, der sich ausschließlich aus Indizien, Jahrzehnte zurückliegenden Geschichten, zu denen die entscheidenden Akten fehlten, und unbewiesenen Hinweisen speiste, gab es keine fundierte Grundlage für weitergehende Ermittlungen. Alle Hoffnungen ruhten im Moment auf Doktor Möller sowie Buhl und seinen Technikern, die, wie Max versichert hatte, ebenfalls am Sonntag arbeiteten und im Laufe ihrer Untersuchungen und Analysen vielleicht doch noch eine Spur entdeckten.

Die beiden Aspekte, die das Bild störten, ergaben sich zum einen aus der Beschreibung von Monikas Mutter bezüglich Heises eigentümlich anmutender Warnung an Rolf und zum anderen aus der überaus hasserfüllten Gewalttat, die dem Mord vorausgegangen war. Hatten Monikas Recherchen Heise derart fassungslos machen können, dass er blindlings auf sie eingeschlagen hatte? Was hatte sie über ihn herausgefunden oder glaubte, beweisen zu können, das so existentiell bedrängend für ihn war? Und warum hatte Monika Sänger die Gefahr derart unterschätzt und sich auf das Treffen mit ihm eingelassen?

Nebenan war plötzlich Fines durchdringende Stimme zu hören, die Max und Kasper begrüßte und ihnen erklärte, dass Romy nicht gestört werden wollte, aber Kaffee und Frühstück bereitstünden. Romy blickte auf die Uhr und entschloss sich, Jochen Bäsler in Kiel anzurufen. Das Risiko, ihn an einem Sonntagmorgen gegen halb zehn aus dem Bett zu holen und mit ihrem Gesprächsanliegen für Verwirrung zu sorgen, würde sie in Kauf nehmen.

Der Mann meldete sich nach dem zweiten Klingeln, und er klang munterer, als Romy sich fühlte. »Mein Anruf wird Sie erstaunen«, erklärte sie einleitend und stellte sich vor.

»Polizei? Aus Bergen auf Rügen? Das wundert mich in der Tat«, erwiderte er, und Romy bot ihm sofort an, selbst im Kommissariat anzurufen und sich davon zu überzeugen, dass ihre Angaben korrekt waren.

»Nicht nötig, ich glaube Ihnen«, wehrte Bäsler ab.

»Das freut mich. Ich würde unser Gespräch gerne aufzeichnen, um mir das Notieren sparen und mich ganz auf unsere Unterredung konzentrieren zu können. Haben Sie etwas dagegen?«

»Hm, nun ... nennen Sie mir doch mal ein Stichwort, damit ich ungefähr weiß, worum es geht.«

»Sagt Ihnen der Name Rolf Arnolt etwas?«

Stille. Ein lautes Atmen in der Leitung. »Mukran.«

»Ja, Ihre Zeit als Spati.«

»Darum geht es? Im Ernst?«

»Unter anderem.«

Erneut Stille. »Na schön, meine Überraschung wird immer größer, meine Neugierde auch, aber zeichnen Sie auf.«

»Sie kannten Rolf?«

»Wir waren auf einem Zimmer – sofern man die dortigen Räumlichkeiten so bezeichnen möchte. Ein feiner Kerl.« Bäsler brach ab. »Was für eine Scheißzeit! Keine zehn Pferde würden mich je wieder auf die Insel kriegen, so schön sie auch sein mag«, stieß er plötzlich hervor. »Da sind einige verreckt und viele zusammengeklappt. Die Schweine haben uns nicht mal duschen lassen, können Sie sich das vorstellen? Wir hatten lediglich einen mickrigen Wasserhahn, aber irgendeiner hatte dann die glorreiche Idee, ein Stück Schlauch daran zu befestigen, damit wir uns wenigstens den Dreck vom Körper spülen konnten … Mein Gott, was das Gehirn sich so alles merkt!«

»Rolf starb bei einem Unfall.«

»Ja.«

»Gab es je eine andere Vermutung?«

»Wie meinen Sie das denn?«

»Könnte jemand nachgeholfen haben?«

»Der Kamerad Heise war damals dabei. Es war ein Unfall«, bekräftigte Bäsler. »Wer soll denn da nachgeholfen haben und warum?«

»Es besteht ein Verdacht gegen Heise«, fuhr Romy zögernd fort.

»Was? Wieso das denn?«

Sie überlegte kurz, wie weit sie sich aus dem Fenster lehnen durfte, gab sich dann aber einen Ruck. »Es ist gut vorstellbar, dass er seinerzeit als Spitzel den Auftrag hatte, mehr über die jungen Männer herauszufinden, die sich bei der 84er-Wahl kritisch engagiert hatten. Unter Umständen hat Rolf das geahnt und sich entsprechend geäußert. Heise könnte Angst gehabt haben, aufzufliegen, so dass eins zum anderen kam, um es mal vorsichtig auszudrücken.«

»Über diese Wahlgeschichte weiß ich nichts«, versicherte Bäsler eilig. »Also jedenfalls nichts Genaues. Ich habe mich da rausgehalten – ja: Ich hatte Schiss ... Und Heise soll ein Spitzel gewesen sein? Das kann ich mir überhaupt nicht vorstellen und noch weniger, dass der Mann bei dem Unfall nachgeholfen haben soll. Nein, unmöglich!«, bekräftigte er. »Die beiden sind Freunde geworden, und Heise ist nach Rolfs Tod völlig von der Rolle gewesen. Die haben ihn sogar versetzt ...« Bäsler brach ab. »Wie sind Sie eigentlich bei der ganzen Sache auf mich gekommen?«

»Sie haben damals einige von Rolfs persönlichen Sachen an seine Mutter geschickt.«

»Sie sind aber verdammt gut informiert«, bemerkte Bäsler. »Ich habe ein paar Fotos und einen angefangenen Brief zusammengerafft, bevor da was wegkommen konnte ... Wenn Sie verstehen, worauf ich hinauswill.«

»Durchaus. Haben Sie den Brief gelesen?«

»Na hören Sie mal!« Das klang sehr entrüstet.

»Warum denn nicht?«

»Ich habe den Brief nicht gelesen, sondern so schnell und unauffällig wie möglich verschwinden lassen. Am darauffolgenden Wochenende hatte ich Ausgang. Ich habe ihn heimlich mitgenommen und in den Briefkasten gesteckt.«

»Sie sprachen von einem angefangenen Brief«, wandte Romy nach kurzer Pause ein. »Wissen Sie, an wen er gerichtet war?«

»Nein, sonst hätte ich ihn ja sinnigerweise mit einer entsprechenden Bemerkung an den Adressaten geschickt, sofern mir das mit einem Blick aufgefallen wäre. Hören Sie, Frau Kommissarin, worum genau geht es eigentlich? Ermitteln Sie allen Ernstes die Einzelheiten zu diesem Unfall von 1984?«

»Nicht nur. Rolfs Schwester ist ermordet worden, und es ist durchaus möglich, dass diese alte Geschichte damit zusammenhängt.«

Bäsler schwieg beeindruckt.

»Hat Rolf mal von Monika erzählt?«, fuhr Romy fort. »Oder von seinem Vater?«

Bäsler seufzte. »Ehrlich gesagt – keine Ahnung.«

»Sie ist ein paar Jahre älter und hatte vor einiger Zeit begonnen, die Geschichte der Spatis und so auch seine Zeit in der Prora zu recherchieren. Sie glaubte wohl nicht an einen Unfall«, erläuterte Romy. »Vielleicht erinnern Sie sich ja doch an einen Streit zwischen den beiden oder eine hitzige Diskussion um politische Themen.«

»Wir hatten keine Kraft für Streit und hitzige Diskussionen. Vielleicht hat die Frau ja was in den falschen Hals bekommen.«

Romy seufzte unterdrückt. »Gut, Herr Bäsler, falls Ihnen doch noch etwas einfällt, rufen Sie mich bitte unbedingt an.«

»Das tue ich.«

»Danke für Ihre Gesprächsbereitschaft. Und bitte behandeln Sie unsere Unterredung vertraulich.«

»Auch das, Frau Kommissarin. Über den alten Scheiß rede ich ohnehin nicht gern. Viel Glück bei Ihren Ermittlungen.«

Romy verabschiedete sich und legte auf. Sie war unzufrieden. Bäslers Aussage bot keinerlei Anhaltspunkte, Heise auf die Füße zu treten, ganz im Gegenteil.


Als die Italienerin im Herbst vorletzten Jahres das Kommissariat in Bergen übernahm, hätte Marko Buhl eine Wette darauf abgeschlossen, dass sie keine sechs Monate durchhalten würde. Er hatte gründlich daneben gelegen. Die Frau war ein bisschen hektisch und laut, ungeduldig, südländisch eben, dennoch hatte sie Biss und imponierte ihm, aber das sagte er ihr natürlich nicht. Genausowenig wie er zum Ausdruck brachte, dass er durchaus etwas für temperamentvolle Frauen übrig hatte. Dafür gab er immer Gas, wenn die Beccare ermittelte, auch am Wochenende, und überprüfte die Untersuchungsergebnisse zweimal, bevor er sie weiterleitete. Das war seine Art, die verlorene Wette abzuzahlen und seine Sympathie zu bekunden.

Den Wagen der Sänger sah er sich im Laufe der Ermittlungen an diesem Sonntagmorgen zum dritten Mal an, um den Untersuchungsbericht Punkt für Punkt durchzugehen. Keine Einbruchs- oder Blutspuren, keine sichtbaren Anzeichen von Gewalt, viele DNA-Spuren, natürlich – jeder, der in letzter Zeit in dem Wagen Platz genommen hatte, hatte seine Spuren in Form von Haaren, Hautpartikeln, Fingerabdrücken hinterlassen. Das war nicht ungewöhnlich. So, wie es aussah, hatte das Opfer ihr Auto an der Straße abgestellt und verschlossen, um zum Strand hinunterzugehen. Dort war sie brutal niedergeschlagen und ins Wasser geschleift worden, wo sie ertrank. Doch, was war dann passiert? Jemand hatte sich Zugang zum Wagen verschafft und ein Netbook gestohlen. Schneider hatte betont, dass diesem Aspekt eine besondere Bedeutung zukam.

Die Annahme, dass der Täter sich zwischenzeitlich in den Besitz des Schlüssels gebracht hatte, um den Diebstahl so unauffällig wie möglich vorzunehmen, war naheliegend, nachdem keinerlei Spuren von Gewalteinwirkung zu erkennen gewesen waren – auch nicht bei der feinmikroskopischen Untersuchung der Schlösser und Fensterabdichtungen. Buhl beugte sich über den Bericht und machte sein Häkchen.

Der Wagen war gut und gerne zehn Jahre alt und verfügte über keine Zentralverriegelung. Buhl öffnete die Beifahrertür und nahm den kleinen Staubsaugerbeutel an sich, den der Techniker auf dem Sitz bereitgelegt hatte. Jede Ecke, jeder Winkel, jede Ritze war sorgfältig abgesaugt worden. Buhl entleerte den Inhalt des Beutels in eine flache Schale: Erde, Sand, Haare, Papierschnipsel, Büroklammern, winzige Essensreste, einige uralte Gummibärchen, Fetzen von Tankrechnungen, ein verrosteter Nagel, Kleingeld, ein zerdrückter Eisbecher, Flaschendeckel … ein Gumminippel in Form einer winzigen Schnecke.

Buhl stutzte und beugte sich vor. Das Teil kam ihm bekannt vor. Er nahm es mit einer Pinzette hoch und inspizierte es von allen Seiten. Wenn ihn nicht alles täuschte, handelte es sich um einen Ohrstöpsel, wie ihn Wassersportler benutzten. Es dürfte einen Versuch Wert sein, nach DNA-Spuren zu suchen und mit vorhandenem Material zu vergleichen, zumal das Teil vergleichsweise gut erhalten aussah.

Er verließ die Werkstatt mit weitausgreifenden Schritten und ging nach vorne ins Labor, um eine detaillierte Analyse zu veranlassen. Anschließend nahm er Kurs auf den Computerraum. Kosta Fleischmann hatte Wochenenddienst und beschäftigte sich mit dem PC der Sängers. Der Mann gehörte seit knapp einem Jahr zu Buhls Technikmannschaft und galt als schwieriger Kollege. Mit Glatze und tätowierten Oberarmen erweckte er einen durchaus martialischen und unzugänglichen Eindruck, was durch seine selbst für den hohen Norden auffällige Wortkargheit noch verstärkt wurde. Keiner wusste so recht, was er zuvor gemacht hatte, dementsprechende Nachfragen ignorierte er schlicht, und über sein Privatleben war auch nichts Genaueres bekannt.

Buhl störte sich nicht daran, er schätzte Kostas Zuverlässigkeit und Geduld sowie dessen forensische Kenntnisse, und es war ihm völlig egal, ob der Mann eine schwierige Vergangenheit hatte, wie einige im Institut mutmaßten, oder ganz einfach maulfaul war und seine Ruhe haben wollte.

»Moin. Und? Was Auffälliges?«, fragte Buhl.

»Mal gucken.«

Buhl trat näher.

»Kümmere mich um gelöschte Mails.«

»Kannst du die wiederherstellen?«

»Sieht so aus. Sind aber sehr viele. Wonach genau suchen die denn?«

Buhl zuckte mit den Achseln. »Spam und solchen Kram kannst du außen vorlassen, den Rest sollen die sich selbst ansehen und entscheiden, was wichtig ist.«

»Hör ich gern«, meinte Kosta.

»Schick den Kram möglichst noch heute nach Bergen – die Beccare freut sich über jeden Hinweis.«

Kosta deutete ein Nicken an, seine ungerührte Miene erweckte jedoch nicht den Eindruck, als ob Buhls Einschätzung bezüglich der zu erwartenden Reaktion der Kommissarin seine weitere Vorgehensweise beschleunigen würde. Er heftete den Blick auf den Monitor.

»Ach so, und was ist mit dem Handy?«

»Bin ich auch dran.«

Übersetzt bedeutete die Auskunft, dass in Kürze mit Ergebnissen zu rechnen war. Buhl war zufrieden.

Der Anruf erreichte ihn am Nachmittag. Lanz hatte sich gerade eine Kanne Kaffee gekocht und zwei Stückchen Torte bereitgestellt. Er seufzte und ging ans Telefon.

»Es gab einen Unfall«, vernahm er eine leise männliche Stimme, und er brauchte ein paar Sekunden, um Walter zu erkennen.

Die alten Kontakte funktionierten hin und wieder offensichtlich bestens und überaus schnell, dachte er verblüfft. »Ja, der Unfall im Hafen Mukran, bei dem …«

»Nein.«

»Was?«

»Ich meine nicht den Unfall auf Rügen«, entgegnete Walter leise, aber energisch.

»Sondern? Meine Güte – nun tu doch nicht so geheimnisvoll«, entfuhr es Lanz. »Wir schreiben das Jahr 2012, und mein Telefon ist nicht verwanzt.« Davon gehe ich zumindest sehr stark aus, fügte er in Gedanken hinzu.

»Es geht um einen Autounfall in Neubrandenburg«, fuhr Walter fort, ohne auf Lanz' sarkastische Bemerkung einzugehen. »1982. Ein Unfall mit Fahrerflucht, die Zeitung berichtete darüber, mit Foto und allem. Eine junge Frau starb, ihr Freund überlebte schwerverletzt und sitzt seitdem im Rollstuhl.«

Lanz schüttelte verwirrt den Kopf. »Hast du vielleicht gestern was missverstanden?«

»Ganz und gar nicht. Gedulde dich einen Moment und höre zu.«

»Na schön.«

»Die Polizei konnte Tage später einen Verdächtigen festnehmen.«

»Aha.«

»Sie mussten ihn wieder laufen lassen. Die Beweise hatten sich nach mehreren Vernehmungen als falsch erwiesen.«

»Komm zum Punkt.«

»Der Tatverdächtige hieß Stefan Heise.«

Lanz runzelte die Stirn. »Weiter«, sagte er leise.

»Viel gibt es nicht mehr zu berichten«, erklärte Walter. »Nur noch soviel: Gut möglich, dass der Verdacht gegen Heise und weitere Untersuchungen des Unfalls aus einem ganz bestimmten Grund fallengelassen wurden.«

Lanz spürte, wie ihn eiskalte Wut packte. »Ist es so, wie ich vermute? Die alte Nummer?«

»Nun …«

»Mein Gott, was für ein mieser Laden das doch war! Ihr habt ihn erpresst, stimmt's?«

»Ich habe niemanden erpresst, aber zum Aufnahmegespräch soll angeblich sogar ein Genosse aus Greifswald angereist sein«, ergänzte Walter. »Du kennst ihn auch. Konrad Arnolt.«

Lanz sagte sekundenlang kein einziges Wort. Dann stieß er laut die Luft aus. »Und Heise sollte auf Rügen tätig werden?«

»Ja.«

»Ausgerechnet dort, wo Konrads Sohn als Spati seinen Dienst absolvierte und bei einem Unfall ums Leben kam, bei dem Heise Zeuge war? Das glaube ich jetzt nicht!«

»Ich gebe nur wieder, was mein Kontakt mir berichten konnte«, versuchte Walter zu beschwichtigen.

»Ging es um die Wahl?«

»Darüber weiß ich nichts.«

Lanz lachte unfroh auf. »Natürlich nicht. Und was genau ist bei dem Unfall passiert?«

»Keine Ahnung. Es gibt nichts dazu.«

»Und das soll ich glauben?«

»Es wird dir nichts anderes übrig bleiben. Mehr kann ich dir nicht bieten.«

Einen Moment blieb es still in der Leitung.

»Sind wir jetzt quitt?«

Lanz legte auf, ohne geantwortet zu haben. Auf die Torte verzichtete er.

# 9

Romy hatte sich nach einer kurzen Besprechungsrunde mit Max und Kasper gerade entschlossen, den Rest des Sonntags für einen langen Winterspaziergang zu nutzen und die Kollegen ebenfalls ins Wochenende zu schicken, als Fine um die Ecke stapfte – in der einen Hand schwenkte sie das Telefon, in der anderen einen Fotoausdruck.

»Der Buhl!«, kündigte sie an und drückte ihr beides in die Hand. »Klingt wichtig.«

»Ich wollte gerade nach Hause«, sagte Romy statt einer Begrüßung und stellte den Lautsprecher an.

»Würde ich mir noch mal überlegen«, ertönte Buhls lakonische Antwort.

»Interessante Daten vom PC oder vom Handy, die ihr wiederherstellen konntet?«, riet Romy, während sie das Foto musterte und mit verständnisloser Miene an Kasper und Max weiterreichte.

»Da sitzt mein bester Mann noch dran. Später vielleicht. Ich habe mir vorhin den Wagen noch mal genauer angeguckt. Die Spusi hat da einiges an Dreck zusammengetragen, unter anderem ist dieses Teil im Staubsauger gelandet, von dem ich das Foto mitgeschickt habe«, erklärte Buhl.

»Ja, ich reiche die Aufnahme gerade herum. Was soll das sein?«

»Ein Ohrstöpsel.«

»Aha. Und?« Romy lächelte. »Hätte ich jetzt so auf den ersten Blick nicht erkannt. Ich benutze manchmal ähnliche Dinger, wenn ich schlafen will und die Nachbarn Fete machen. Vielleicht hat die Sänger sich hin und wieder vor dem Kinderkrach schützen müssen.«

»Möglich. Doch das Teil gehörte nicht ihr. Das sind spezielle Ohrstöpsel, die Wassersportler benutzen, zum Beispiel Surfer oder auch …«

»Taucher?«

»Genau.«

Romy hielt kurz die Luft an und warf Kasper einen raschen Blick zu. »Wichtiger Hinweis, aber …«

»Moment, Kommissarin. Die Kollegin aus dem Labor konnte winzige DNA-Spuren sicherstellen, Ohrenschmalz und Hautpartikel, um genau zu sein, und es steht fest, dass die Sänger das Teil nicht getragen hat.«

Romys Pulsschlag beschleunigte sich. »Habt ihr schon die Ergebnisse von …«

»Haben wir«, unterbrach Buhl sie beherzt. »Der Stöpsel hat definitiv in einem der Ohren von Stefan Heise gesteckt.«

»Ist das hundertprozentig?«

»Ist es. Ich maile die Analysedaten gleich rüber – damit habt ihr beim Staatsanwalt gute Karten.«

»Klasse, Buhl!«, meinte Romy und sprang so abrupt auf, dass Kasper zusammenzuckte. »Besten Dank.«

»Gerne, vielleicht später noch mehr.«

Romy drückte Fine das Telefon in die Hand und sah Schneider triumphierend an. »Das ist der entscheidende Beweis!«

»Ja, wahrscheinlich.«

»Wahrscheinlich?« Romy schüttelte entrüstet den Kopf. »Was willst du denn noch?« Sie wandte sich an Fine und Max. »Kümmert ihr euch um den Staatsanwalt und das weitere Prozedere? Ich will einen Durchsuchungsbeschluss für sein Privathaus, aber auch für die Firma und …«

»Wir könnten ihn zunächst auch einfach noch einmal vernehmen«, fiel Kasper ihr ins Wort.

Sie hielte inne. »In der Zwischenzeit könnten alle möglichen Beweise verschwinden, das ist dir klar, oder?«

»Glaubst du wirklich, dass das Netbook irgendwo bei ihm herumliegt?«

»Wahrscheinlich nicht, aber ...«

»Und seine Leute, sofern sie ihm bewusst ein Alibi verschafft haben, werden auch nicht gegen ihn aussagen.«

Romy setzte sich auf einen der abgewetzten Schreibtische. Sie war verblüfft. »Warum bist du so vorsichtig?«

»Ich will hören, wie er sich herausredet«, entgegnete er. »Vielleicht liefert er uns neue Hinweise, und wir verschwenden unnötig Energie, wenn wir zu früh losstürmen. Vielleicht zeigt er sich aber auch kooperativ, wenn wir ihm den Beweis unter die Nase halten. Das spart eine Menge Aufregung – auf beiden Seiten.«

»Dein Gegenvorschlag?«

»Ich fahre mit zwei Kollegen los und hole ihn ab, ohne großes Trara. Weigert er sich, starten wir sofort mit dem großen Programm. Ist er gesprächsbereit, warten wir erst mal ab, was er uns auftischt.«

Das klang vernünftig, gut durchdacht und besonnen, musste Romy anerkennen, aber hundertprozentig wohl war ihr nicht. Falls sich im Nachhinein herausstellte, dass sie zu langsam reagiert und dem Tatverdächtigen damit die Möglichkeit eröffnet hatten, Beweismittel zu beseitigen, würde es jede Menge Ärger geben und böse Verdachtsmomente, wie sie immer zur Sprache kamen, wenn es um alte Geschichten ging.

»Na gut«, stimmte sie schließlich zu. »Aber lasst uns alles so weit vorbereiten, dass wir im Fall der Fälle sofort loslegen können.«

Zehn Minuten später machte Kasper sich mit zwei uniformierten Kollegen aus Bergen auf den Weg, während Fine den bürokratischen Kram in Angriff nahm und Romy sich zu Max setzte, um mit ihm gemeinsam Heises Angaben für den Tatabend ein weiteres Mal zu durchleuchten und sie mit

Schneiders Befragungen abzugleichen. Max rief die Datenbank mit den aktuellen Eintragungen aller fallspezifischen Details auf – die auf den ersten Blick nichts anderes als eine umfangreiche Tabelle darstellte, in die alle Informationen einflossen. Spannend wurde sie erst aufgrund der Möglichkeit, mittels konkreter Abfragen Zusammenhänge herzustellen.

»Der Geschäftsführer des Hotels hat erwähnt, dass Heise häufiger gebucht wird, auch als Personenschützer. Die Alarmanlage hat auch er eingebaut, und er wartet sie regelmäßig«, erläuterte er.

»Ich hab's gelesen. Worauf willst du hinaus?«

»Ich hatte bereits mit Kasper darüber gesprochen, dass es bei den Aufzeichnungen im Rahmen der Hotelinspektion zeitliche Lücken geben könnte, die Heises Abwesenheit beweisen würden.«

»Falls im Nachhinein nichts manipuliert wurde. Es dürfte ihm nicht so schwerfallen ...«

Max nickte. »Schon klar, nur: Was ist mit der Alarmanlage des Hotels?«

»Was soll damit sein?«

»Er hat sie geprüft.«

»Ich weiß, Max.« Sie verdrehte die Augen. »Bitte, komm zum Punkt, Kollege.«

»Sehr wahrscheinlich ist das Hotel rundherum videoüberwacht, einschließlich der Parkplätze«, entgegnete Breder. »Vielleicht gibt es eine Kamera, die ihn an dem Abend aufgenommen hat – zum Beispiel, als er zu einer bestimmten Uhrzeit das Gelände verließ und wieder zurückkehrte.«

Romy spitzte die Lippen. »Spannende Idee. Bleibt nur die Frage offen, wie lange das Hotel seine Videoaufzeichnungen aufbewahrt und ob Heise so schlau und umsichtig war, auch diesen Umstand zu bedenken. Aber der Hinweis an sich ist ziemlich interessant. Da werden wir zu gegebener Zeit nachhaken, um Nägel mit Köpfen zu machen.«

Max lächelte. »Dachte ich mir. Und noch etwas – es gibt eine Beziehung zwischen Heise und dem Strand von Göhren. Er taucht dort regelmäßig. Auf seiner Website kann man schöne Fotos von verschiedenen Tauchgängen begutachten. Allerdings ist der Strand sehr beliebt. Das kann auch Zufall sein.«

»Oder auch nicht.«

Kasper rief eine Dreiviertelstunde nach seinem Aufbruch an, als Romy gerade begann, unruhig zu werden. »Wir sind unterwegs«, sagte er knapp.

»Wie hat er reagiert?«

»Total perplex. Damit hat er nicht gerechnet.«

»Dann beeilt euch, damit wir seine Verwirrung nutzen können.«

»Es ist verdammt glatt. Wir müssen langsam fahren. Bis nachher.«

»Bis gleich.«


Heise war bleich und wirkte in sich gekehrt – das war das Erste, was Romy auffiel, als sie zu dritt im Vernehmungsraum Platz nahmen. Seine Selbstsicherheit hatte beträchtlich gelitten. Sie schätzte, dass das Verhör relativ zügig über die Bühne gehen und vielleicht sogar mit einem Geständnis enden würde. Kasper hatte seine besonders ernste Grüblermiene aufgesetzt, die auf sensible Charaktere durchaus irritierend wirken konnte.

»Möchten Sie etwas trinken, Herr Heise?«, fragte Romy höflich. Auf einem Nebentisch hatte Fine Wasser und Kaffee bereitgestellt.

»Nein, danke.« Er lehnte sich zurück. »Ihr Kollege sagte, Sie hätten DNA-Spuren in der Nähe des Mordopfers gefunden, meine DNA-Spuren, und dazu müssten Sie mich noch heute befragen – ganz offiziell, mit Protokoll und so weiter.«

»So ist es.« Romy lächelte. »Immerhin geht es um Mord.

Was halten Sie eigentlich davon, ein Geständnis abzulegen – Sie wissen, so was macht sich gut vor Gericht, und es macht sich noch besser, wenn man eine Tat zugibt, bevor alle Beweismittel auf dem Tisch liegen oder weitere Ermittlungen nötig werden. Sie könnten uns die Arbeit erleichtern und den Richter beeindrucken.«

Heise versuchte zurückzulächeln, aber es gelang ihm nicht. Er strich sich mit einer Hand über den Magen. »Was für DNA-Spuren, Frau Kommissarin?«

Romy öffnete die Akte und entnahm ihr das Foto mit dem Ohrstöpsel. »Kommt Ihnen der bekannt vor? Vermissen Sie ihn vielleicht seit Donnerstagabend?«, fragte sie, während sie ihm die Abbildung präsentierte.

Kasper, der neben ihr saß, verschränkte mit dunklem Blick die Arme vor der Brust, als wäre ihm irgendeine Laus über die Leber gelaufen.

Heise runzelte die Stirn. »Wo haben Sie den gefunden?«

»Die Kriminaltechniker haben den Ohrstöpsel bei einer gründlichen Untersuchung in Monika Sängers Auto entdeckt.«

Heise hob ruckartig den Kopf. Seine Blässe verstärkte sich um eine weitere Nuance.

»Er weist Spuren auf, die mit Ihrer DNA übereinstimmen«, erklärte Romy geduldig, obwohl sie sicher war, dass er längst begriffen hatte, worum es ging. »Was sagen Sie dazu?«

Heise lehnte sich zurück und starrte an ihr vorbei.

Romy war sich darüber im Klaren, dass sie ihn eigentlich auf sein Recht, einen Anwalt hinzuzuziehen, aufmerksam machen musste, aber sie sparte sich für den Moment den Hinweis. »Sie haben den Stöpsel verloren, als Sie das Netbook aus dem Wagen geholt haben. Was ist vorher passiert?«

Heise wandte ihr wieder den Blick zu. »Nichts.«

»Aha. Beschreiben Sie doch mal den Ablauf des Abends ab, sagen wir: ungefähr siebzehn Uhr.«

Heise fasste Kasper ins Auge. »Ich war im Hotel in Putbus,

wo ich einige Zeit zu tun hatte. Das wissen Sie ja längst.«
Schneiders Miene blieb ungerührt.

»So ist es, aber zwischendurch haben Sie einen Abstecher
nach Göhren gemacht«, fuhr Romy fort. »Woher wussten Sie
eigentlich, dass Monika Sänger dort war?«

»Ich wusste es, mehr sage ich nicht dazu.«

Romy hob eine Braue. »Als Sicherheitsprofi und Personenschützer kennen Sie garantiert jede Menge Tricks und
Methoden, Leute zu verfolgen – illegale Methoden –, mal
ganz zu schweigen von Ihrer Karriere in den achtziger Jahren. Aber gut, darauf kommen wir später noch mal zurück.
Was ist dann passiert?«

»Der Wagen stand am Südstrand. Die Beifahrertür war un-
verschlossen.«

»So ein Zufall.«

»Passiert immer wieder.«

Keine schlechte Finte, dachte Romy. Der Wagen war ein
älteres Modell, ohne Zentralverriegelung oder andere Spe-
renzchen. Rein theoretisch wäre seine Version also durchaus
denkbar. »Sie haben sich also Zugang verschafft, das Netbook gegriffen, den Riegel heruntergedrückt, die Wagentür zugeschlagen und sind wieder nach Putbus zurückgefahren. Niemand dort hat Ihre Abwesenheit bemerkt oder
dumme Fragen dazu gestellt. Darf ich mir das in etwa so
vorstellen?«

»Dürfen Sie.« Heise schaffte ein winziges Lächeln.

»Warum stehen Sie dann eigentlich so unter Stress? Wenn
Ihre Geschichte stimmt, haben Sie doch nichts zu befürchten«, stellte Romy fest.

»Ich stehe nicht so auf Polizeivernehmungen«, entgegnete
er.

»Kann ich sogar nachvollziehen. Was halten Sie davon,
wenn wir das Ganze erheblich verkürzen? Was haben Sie mit
dem Netbook gemacht?«

»Ich hab's in seine Einzelteile zerlegt und die verschwinden lassen.«

»Warum?«

»Das wissen Sie doch längst!«

Romy wies auf das Mikrofon. »Fürs Protokoll, Herr Heise.«

»Na schön. Monika Sänger hat in alten Geschichten herumgeschnüffelt. Ich wollte wissen, warum sie sich so für mich interessiert hat ...«

»Man könnte auch sagen, Sie wollten herausfinden, welche Details die Sänger in Erfahrung gebracht hatte«, warf Kasper ein. »Details, die Ihnen schaden könnten, noch heute.«

»Ich wollte wissen ...«

»Wo die Lücke war«, ergriff Romy wieder das Wort. »Wie es ihr im Rahmen ihrer Prora-Arbeit gelungen war, Sie ausfindig zu machen. Die alten Fotos, ein Brief, der bei der Mutter gelandet war und in dem Sie erwähnt werden. Was für ein dummer Zufall, nicht wahr?«

Heise presste die Lippen aufeinander.

»Monika Sänger hat einiges über Sie zusammengetragen, darüber sind wir uns wohl einig«, stellte Romy fest. »Und darum genügte es Ihnen auch nicht, lediglich die Aufzeichnungen zu vernichten oder das Netbook verschwinden zu lassen. Die ganze Frau musste verschwinden, damit Sie sich endgültig sicher fühlen konnten. Also haben Sie sie nach Göhren bestellt – zu einem Zeitpunkt, zu dem Sie sich sehr gut ein Alibi verschaffen konnten.«

»Nein«, entgegnete Heise kopfschüttelnd. »So war es nicht. Ich bin zum Südstrand gefahren, der Wagen stand am Straßenrand, die Sänger war nirgendwo zu sehen. Ich habe die Gelegenheit genutzt, das Netbook zu stehlen, um mich zu informieren – nicht mehr, aber auch nicht weniger. Ich bin kein ... Mörder. Außerdem musste ich doch damit rechnen, dass sie noch andere Aufzeichnungen hat, Kopien der Dokumente und dass mein Name bei den polizeilichen

Ermittlungen irgendwann genannt werden würde. Ich war ziemlich perplex, als ich von dem Mord in der Zeitung las, und habe dann das Netbook verschwinden lassen, weil mir klar war, dass der Verdacht auf mich fallen könnte.«

»Vielleicht haben Sie einfach ein bisschen gepokert, dass man das Fehlen des Netbooks nicht so schnell bemerken würde«, wandte Romy ein. »Ihr Alibi hätte sogar gute Chancen gehabt standzuhalten – allein diesem kleinen Ohrstöpsel haben Sie es nun zu verdanken, dass Sie hier sitzen. Man kann eben nicht alles planen. Sie haben sich mit Monika getroffen, um auf sie einzuwirken, die Nachforschungen einzustellen, aber sie dachte gar nicht daran. Ihrer Ansicht nach war es höchste Zeit, endlich alles aufzudecken und das Schweigen zu beenden. Es gab Streit, einen heftigen Streit, in dessen Verlauf Sie die Frau schließlich niedergeschlagen und dann ins Wasser gezogen haben, so dass sie ertrank. Anschließend haben Sie sich das Netbook gegriffen, um vorbereitet zu sein auf das, was an alten Geschichten auf Sie zukommen könnte.«

Heise sah sie einen Augenblick ruhig an. »Nein«, erwiderte er dann schlicht. »Ich habe die Frau an dem Abend nicht einmal zu Gesicht bekommen. Ich ging davon aus, dass sie jemanden besuchte, und spekulierte darauf, dass sie nach ihrer Verabredung schlicht davon ausgehen würde, bestohlen worden zu sein. Und können Sie mir mal verraten, warum ich mich ausgerechnet am Südstrand von Göhren mit ihr hätte treffen sollen? Mitten im Winter?«

»Sie tauchen auch im Winter, oder? Sogar vor Göhren«, hielt Romy ihm entgegen. »Außerdem ist es um diese Jahreszeit sehr einsam dort. Und noch mal, Herr Heise – Ihr Motiv ist verdammt stark. Wir werden Ihr Haus, die Firma, die Tauchschule auf den Kopf stellen, Ihre PCs und Telefonverbindungen prüfen und weitere Spuren entdecken, die beweisen, dass Sie der Mörder von Monika Sänger sind!«

Heise knallte beide Hände flach auf den Tisch. »Das bin ich nicht!«, wehrte er nun mit deutlich erhobener Stimme ab. »Ich war dabei, wie ihr Bruder starb, verstehen Sie? Ich werde doch die Frau nicht umbringen, weil sie … ein bisschen herumgeschnüffelt hat! Sie ist mir auf die Nerven gegangen, und ich wollte wissen, woran ich war. Ja, das wollte ich unbedingt wissen. Ende!«

Kasper beugte sich vor. »Die Frau hatte Sie im Verdacht, Ihren Bruder auf dem Gewissen zu haben, weil der, genau wie sie, Ihrer Stasi-Tätigkeit auf die Schliche gekommen war …«

Heise atmete heftig. »Das Thema hatten wir schon, Herr Kommissar.«

»Ist mir bekannt, aber inzwischen wissen wir auch dazu einiges mehr.«

Romy fasste Kasper neugierig ins Auge. Er trug immer noch sein Griesgramgesicht.

»Tatsächlich?«, gab Heise zynisch zurück.

»Nun, Sie kennen die Familie Arnolt recht gut, nicht wahr?«, fuhr Kasper fort. »Rolf und Monika, aber auch Konrad, nicht wahr?«

Heise strich erneut mit einer Hand über seinen Magen. »Ich habe weder mit dem Tod von Rolf noch mit dem von Monika etwas zu tun. Dieser verdammte Ohrstöpsel beweist, dass ich im Auto war, und das gebe ich auch zu.«

»Der Ohrstöpsel beweist, dass Sie am Tatort waren«, bekräftigte Kasper. »Sie haben Monika Sänger verfolgt, bestohlen und getötet oder auch verfolgt, getötet und bestohlen.«

»Nein.«

»Woher wussten Sie, dass Monika Sänger in Göhren anzutreffen war?«, mischte Romy sich wieder ein. »Ihre Gegenargumente sind nicht sonderlich überzeugend. Um genau zu sein, sind sie völlig haltlos und bestehen in schlichtem Leugnen. Wie wäre es, wenn Sie uns ein bisschen mehr bieten würden? So, wie es im Moment aussieht, kriegen wir ohne große Probleme U-Haft für Sie durch. Dann prüfen wir alles, was nicht niet- und nagelfest ist und …«

Heise legte die Hände auf den Tisch, beugte sich vor und nickte in Richtung des Aufnahmegeräts. »Ich hätte jetzt gerne eine Tasse Kaffee und eine kurze Pause. Das dürfen Sie mir nicht verwehren.«

»Habe ich nicht vor.«

Romy und Kasper verließen kurz darauf gemeinsam den Raum, nachdem ein Polizist sich zu Heise gesellt hatte. Kasper blieb mit seinem Kaffee am Fenster im Besprechungsraum stehen und blickte in die Dunkelheit, während Romy ein Brötchen verschlang und ihre Gedanken zu sortieren versuchte. »Warum ist er plötzlich so unsicher?«, fragte sie in die Stille hinein.

Kasper drehte sich um. »Ist die Frage ernst gemeint? Der Ohrstöpsel belastet ihn beträchtlich.«

»Ja, ja, ich weiß, aber … vielleicht habe ich mich ungeschickt ausgedrückt. Für mich entsteht der Eindruck, dass er in auffälliger Weise schwankt zwischen der klar und selbstsicher formulierten Behauptung, er habe zwar das Netbook aus dem Wagen geholt, aber nicht das Geringste mit Sängers Tod zu tun, und plötzlich hochschießender Unruhe, Nervosität.«

Kasper strich sich übers Kinn. »Das Verhör dürfte ihm nicht nur unangenehm sein, weil er unter Mordverdacht steht. Die Stasi hat ihn in der Mangel gehabt«, erklärte er in leisem Tonfall. »Er war 1982 in einen Autounfall verwickelt, bei dem ein Mensch starb und ein zweiter schwerverletzt überlebte. Sie haben ihn ›überredet‹, fürs MfS tätig zu werden. Als Gegenleistung musste er sich nicht für den Unfall verantworten. Der Junge war damals zwanzig Jahre alt.«

Romy riss die Augen auf und starrte den Kollegen verblüfft an. »Wie bitte? Und seit wann weißt du das?«

»Ich war auf dem Weg von Sassnitz hierher, als ich einen Anruf erhielt. Ich hatte bei meinem Kontaktmann noch mal nachgehakt.«

Romy schüttelte den Kopf. »Na super – hättest du mich nicht mal vorher …«

»Ich informiere dich jetzt. Zwischen Tür und Angel hielt ich das vorhin nicht für nötig«, unterbrach er sie. »Außerdem …«

»Das sehe ich aber anders!«, entrüstete sie sich. »Das ist ein entscheidender Hinweis, und das weißt du ganz genau.«

»Mag sein, aber wir können nichts davon verwenden«, hielt Kasper dagegen. »Es gibt keine Akten, keine offiziellen Aussagen, nichts. Die Geschichte liegt dreißig Jahre zurück, und er selbst wird damit nicht herausrücken, zumindest nicht so lange die Vernehmung aufgezeichnet wird.«

»Warum sollte er überhaupt mit irgendwas herausrücken?«, herrschte Romy den Kollegen an. »Nichts davon sollte je zur Sprache kommen, das ist doch das Thema dieses Falls! Und es soll auch jetzt nicht zur Sprache kommen, weil es sein Leben, die Firma, vielleicht sogar sein Familienleben gefährden würde. Sein Motiv wird durch diesen Aspekt noch bedeutend stärker, und darüber bist du dir genauso im Klaren wie ich! Falls Monika Sänger auch von diesen Umständen erfahren hat und ihre Indiskretion zu befürchten war …«

»Konrad Arnolt hat damals die Fäden gezogen. Er war dabei, als sie Heise überredeten, auf Rügen tätig zu werden.«

Romy öffnete den Mund und schloss ihn wieder. Die merkwürdige Warnung, von der Margot Arnolt gesprochen hatte, schoss ihr durch den Kopf. Wie bizarr, dass ausgerechnet Heise und Rolf Arnolt aufeinandergetroffen waren.

»Ich teile deine Meinung, was sein Motiv angeht«, hob Kasper wieder an. »Heise könnten angesichts der drohenden Offenlegung seiner belastenden Vergangenheit alle Sicherungen durchgebrannt sein. Möglicherweise hat Monika ihn im

Laufe einer Auseinandersetzung auch provoziert. Aber …
vielleicht war es doch ganz anders.«

Romy strich ihre Locken mit einer energischen Bewegung zurück. »Warum? Was veranlasst dich zu der Vermutung? Der große unbekannte Dritte?« Sie hörte selbst, dass
ihr Ton spöttisch klang, aber Kasper ließ sich nicht irritieren.

»Trotz allem, irgendwie passt der Mord nicht zu Heise«,
fuhr er fort. »Und mit der wüsten Schlägerei bringe ich ihn
auch nicht zusammen, aber das mag daran liegen, dass ich
mit derart hasserfüllten Grausamkeiten grundsätzlich meine
Probleme habe.«

»Damit stehst du nicht allein, aber Menschen sind manchmal so: hasserfüllt und grausam.«

»Also gut, bleiben wir mal dabei«, griff Kasper den Gedanken auf. »Monika setzt ihn unter Druck, sie streiten unten
am Strand, dann schlägt er die Frau im Affekt und voller Wut
nieder, so wie der Junge es beobachtet hat. Anschließend
schleift er sie ins Wasser, macht sich die Mühe, nach ihrem
Wagen zu sehen, entdeckt das Netbook, steckt es ein, haut
ab und lässt es später verschwinden – warum nicht die ganze
Frau?«

»Du hast selbst gesagt, dass ihm die Sicherungen durchgebrannt sein könnten. Durchdachtes Handeln ist dann nicht
angesagt. Außerdem musste er zurück ins Hotel und konnte
nicht lange durch die Gegend fahren, um eine Leiche möglichst unauffällig und spurlos zu beseitigen. So schnell geht
das nicht. Er hat sie einfach liegengelassen – in der Hoffnung,
die Ermittlungen würden ihn höchstens am Rande streifen,
was ja auch fast geklappt hätte, denn ohne den Ohrstöpsel
hätten wir nichts in der Hand.«

Kasper runzelte die Stirn. »Hm, stimmt – theoretisch. Ich
bin dennoch davon überzeugt, dass er deutlicher wird, wenn
wir das Verhör nicht aufzeichnen. Vielleicht erfahren wir dann

sogar, was die Sänger alles in ihrem Netbook gespeichert hatte. Interessiert dich das nicht?«

»Und wer soll dafür gerade stehen?«, entgegnete Romy, obwohl ihr das Argument zu denken gab.

»Wir beide.« Kasper lächelte. Zum ersten Mal seit Stunden.

Auf der Festplatte des Computers der Sängers hatten sich jede Menge routinemäßig gelöschter sowie archivierter Nachrichten befunden, die die Kriminaltechnik wiederhergestellt hatte, und auch beim Handy waren sie fündig geworden. Max konzentrierte sich zunächst auf die Mails und arbeitete sich hochkonzentriert durch eine beachtliche Datenflut, während Romy und Kasper sich erneut mit Stefan Heise beschäftigten und Fine nach Hause ging – nicht ohne ihm noch eine Kanne Kaffee und einen Teller mit selbstgebackenem Kuchen bereitzustellen.

## 10

Romy setzte sich und schob das Mikrofon mit einer demonstrativen Geste beiseite. »Haben sich Ihre Befürchtungen eigentlich bestätigt, was Monikas Aufzeichnungen anging?«, stieg sie übergangslos wieder ins Thema ein.

Heises Blick flatterte von ihr zu Kasper über das Mikrofon und wieder zurück.

»Sie hat mich ausfindig gemacht und ihre Schlussfolgerungen gezogen«, gab er zögernd zurück.

Romy beugte sich über den Tisch vor und sah ihn forschend an. »Herr Heise, wir möchten wissen, was auf dem Netbook gespeichert war und unsere eigenen Schlüsse daraus ziehen. Wenn Sie nicht der Mörder waren, muss der ja logischerweise noch frei herumlaufen, und vielleicht finden sich Anhaltspunkte, die uns weiterhelfen, was auch automatisch Ihre Situation verbessern würde. Unter Umständen haben Sie das Netbook ja sogar noch …«

Er schüttelte den Kopf. »Ich habe die Aufzeichnungen gelesen und es dann verschwinden lassen – wie schon erwähnt. Im Mittelpunkt stehen die Prora-Nachforschungen.«

»Das ist nun wirklich hinreichend bekannt. Wenn Sie uns davon überzeugen wollen, dass Sie nicht der Täter waren und weitere Nachforschungen in Ihrem persönlichen und beruflichen Umfeld vermeiden möchten, müssten Sie ein wenig gesprächiger werden«, erklärte sie energisch.

Sein Blick flog erneut zum Mikrofon. Kasper schob es noch ein Stück zur Seite. »Funktioniert gerade nicht. Legen Sie mal los. Vertrauen gegen Vertrauen«, meinte er leise. »Fangen Sie mit Block V an.«

Heise atmete scharf ein. »Vertrauen? Ist das Ihr Ernst?«

»Ja. Es bleibt Ihnen gar nichts anderes übrig. Also?«

Für einen Moment sah es so aus, als wüsste Heise nicht, ob er lachen oder weinen sollte. »Na schön, Sie wissen oder vermuten ja bereits einiges«, begann er schließlich zögernd. »Ich sollte auf Rügen Augen und Ohren offenhalten. Dafür haben sie bei mir ein Auge zugedrückt, sozusagen. Hätte ich bloß … Hätte! Wie oft ich das schon gedacht habe.« Er wischte sich über den Mund und starrte ins Leere.

Dieser Scheiß liegt dreißig Jahre zurück, und ein erwachsener Mann wird, darauf angesprochen, zum zitternden Nervenbündel, dachte Romy. Oder zum Lügner. Und er ist vielleicht zum Mörder geworden.

»Es lag was in der Luft damals«, fuhr Heise fort, nachdem er einen Schluck Wasser getrunken hatte. »Als ich begriff, dass Rolf Arnolt nicht nur zu den Leuten gehörte, die diesen Staat bei der 84er-Wahl vorführen wollten, sondern zugleich der Sohn von jenem Stasi-Typen war, der mich unter Druck gesetzt hatte, musste ich mich entscheiden – für ihn und seine Sache, aber gegen mich oder für mich und gegen ihn und seine Freunde. Eine vertrackte Situation, die mir nächtelang den Schlaf raubte.«

Das glaubte Romy ihm aufs Wort, und nach Kaspers Gesichtsausdruck zu urteilen, ging es ihm ganz ähnlich. »Wie haben Sie sich entschieden?«

»Ich habe mich durchgemogelt, könnte man sagen. Ich mochte den Jungen, zugleich hatte ich Angst, fürchterliche Angst. Also habe ich mehr oder weniger geschickt versucht, Rolf zu warnen, während ich in meinem Bericht behauptete, keine Informationen gewinnen zu können, keine weitreichenden jedenfalls. Hätte ich rechtzeitig weitergegeben, was ich wusste, wäre die Sache im Vorfeld bekannt geworden, und bei der Stimmauszählung hätte man sich wohl geschickter verhalten. Die ganze Aktion wäre verpufft. Darüber hätte sich manch einer gefreut.«

Kasper nickte nachdenklich. »Hat Rolf geahnt, was Sie bewegte?«

»Gute Frage. Bis zum Unfall bin ich davon ausgegangen, dass er von meinem besonderen Zwiespalt nichts wusste und es bedauerte, dass ich nicht zur 84er-Gruppe gehören wollte – aus Angst, aus Angepasstheit, wie auch immer. Aber sein letzter Blick in meine Augen war so seltsam wach und mitfühlend ...« Heise brach ab. »Er ist gestürzt und über den Rand des Hafenbeckens gerutscht. Ich konnte ihn nicht festhalten. Unsere Hände waren glitschig, wir waren müde und schwach. Es war niemand sonst in der Nähe. Das Letzte, was er sagte, war, dass sein Vater ein mieses Arschloch sei. Dann ist er gefallen. Er ist mit dem Kopf auf eine Kante geschlagen und war sofort tot.« Heise wandte das Gesicht ab.

Die Stille war drückend. Der Augenblick fühlt sich wahr an, dachte Romy, ein eindringliches Gefühl, das sie ausgerechnet beim Verhör mit einem ehemaligen Stasispitzel kaum erwartet hätte.

»Und was hatte es mit Rostock auf sich?«, schaltete Kasper sich wieder ein.

»Ich bin am Ende gewesen. Sie befürchteten, ich könnte in meiner Verfassung zuviel reden ... Im Grunde hatten sie mich längst fallengelassen. Ich war nicht wirklich zu gebrauchen, schon gar nicht in einer kritischen Situation. Aber die Angst vor den alten Geistern ist immer noch präsent.«

»Und warum sind Sie nach Rügen zurückgekehrt?«

»Sie werden es nicht glauben, Kommissar Schneider – ich mag die Insel, immer noch, trotz allem, aber den Ausschlag gab meine Frau. Als wir überlegten, uns mit einer Sicherheitsfirma selbstständig zu machen, war sie sofort Feuer und Flamme und schwärmte von Rügen. Hinzu kam unsere Tauchbegeisterung.« Er hob die Hände. »Ich hatte keine überzeugenden Einwände, denn natürlich weiß sie nichts von meiner ... Vorgeschichte.«

Natürlich nicht, dachte Romy. »Lassen Sie uns noch mal auf Monika Sänger zurückkommen, die Ihnen mehrere Mails geschrieben und sogar angerufen hat. Sie ließ sich nicht abwimmeln.«

»Richtig. Meine kurze telefonische Erklärung, es habe einen Unfall gegeben, hat ihr nicht genügt. Sie wollte sich mit mir treffen, um ausführlich über alles zu reden, aber das habe ich abgelehnt.«

»Und dann?«

Er zögerte. »Sagen wir so – sie erweckte den Eindruck, eine ganze Menge zu wissen, auch über ihren Vater, und an der Stelle konnte es für mich gefährlich werden, selbst nach dreißig Jahren. Mit einem Stasi-Stempel lebt es sich nicht gut, egal, wie alt der ist, den werden Sie nie los. Natürlich irritierte mich ihre Hartnäckigkeit, und ich entschloss mich, sie ein bisschen im Auge zu behalten … Ich bin ihr hin und wieder gefolgt. Es beruhigte mich zu wissen und zu sehen, was sie tat oder auch nicht tat. Es gab mir irgendwie das Gefühl, die Kontrolle zurückzugewinnen, ein wenig zumindest.«

»Sind Sie ihr an dem Abend auch gefolgt?«, fragte Romy.

»Ich bin ihr zunächst zur Prora gefolgt und von da aus nach Putbus ins Hotel gefahren, wo ich einen geschäftlichen Termin hatte, wie Sie ja wissen«, bestätigte Heise.

»Sie haben einen Peilsender an ihrem Wagen angebracht«, mutmaßte Kasper.

»Einen GPS-Tracker«, konkretisierte Heise bereitwillig. »Ich konnte ihre Route verfolgen und habe mich auf den Weg gemacht, während meine Leute zwischenzeitlich die Hotelinspektion ohne mich durchführten. Das fiel nicht sonderlich auf. Die entsprechenden Peil- und Sendedaten habe ich anschließend natürlich gelöscht, unwiderruflich gelöscht. Ansonsten kann ich mich nur wiederholen – Monika Sänger war weit und breit nicht zu sehen, und ich habe die Gelegenheit genutzt, mich in den Besitz des Notebooks zu bringen. Das war alles.«

»Okay – und wieviel wusste Monika?« Romy schoss die Frage schnell ab und behielt den Mann sehr genau im Auge.

»Interessant waren die Fotos, die sie eingescannt hatte, der Brief der Mutter mit dem Hinweis auf mich und ihr starker Verdacht gegen ihren Vater, der sie ziemlich aufgewühlt hat – verständlicherweise«, berichtete Heise. »Sie war ziemlich erbost, dass er sich weigerte, ihre Fragen zu beantworten und schloss daraus, dass an der Unfallgeschichte etwas faul war und er davon wusste. Das Verhältnis der beiden wirkte jedoch in all diesen Schilderungen grundsätzlich angespannt.«

»Was genau meinen Sie damit?«

»Ich glaube, sie hielt ihren Vater ganz allgemein für einen Tyrannen, wenn ich das mal so sagen darf – das klang an einigen Stellen durch, ohne dass ich hier tatsächlich wörtlich zitieren kann.«

»Das ist schade.«

Heise nickte mit angedeutetem Verständnis.

»Fällt Ihnen sonst noch etwas ein?«

»Mit Beginn des Jahres werden die Aufzeichnungen deutlich dürftiger«, berichtete Heise. »Sie hat hauptsächlich ihre Termine notiert …«

»Was ist mit Mails?«

»Es war ein kleines Mailprogramm installiert.«

»Das haben Sie sich doch bestimmt auch genauer angesehen.«

»Ich habe alle Dokumente und Mails noch in der Nacht gelesen.« Er zuckte mit den Achseln. »Besonderheiten, die für Ihre Ermittlungen wichtig sein könnten, fallen mir nicht ein. Allerdings habe ich die Informationen ja auch im Hinblick auf meine Geschichte gelesen. Nachrichten aus dem Kindergarten zum Beispiel habe ich nur flüchtig durchgesehen.« Heise leerte sein Glas. Er wirkte erschöpft.

»Ist Ihnen in der Straße irgendetwas aufgefallen?«, fragte Kasper. »Wenn Ihre Geschichte stimmt, würde das bedeuten, dass der Mörder zu einem ähnlichen Zeitpunkt am Südstrand war wie Sie.«

»Ich weiß, aber … nein, mir ist nichts aufgefallen, und zu hören war bei dem Wind auch nichts.«

Wir stehen wieder bei Null, dachte Romy. Nach drei Tagen emsiger Ermittlungsarbeit, die sie bis ins Jahr 1982 zurückgeführt hatten, waren sie auf einige miese Geschichten und unrühmliche Kapitel der DDR-Historie gestoßen, aber hinsichtlich der Fallaufklärung keinen einzigen Schritt weitergekommen. Und wenn Heise doch bluffte und sehr geschickt seinen Vorteil zu nutzen verstand, indem er ihnen einige interessante Brocken hinwarf und darauf spekulierte, dass sie ihn dann in Ruhe lassen würden? Er suchte ihren Blick, als hätte sich der Gedanke auf ihrem Gesicht abgezeichnet. Vertrauen gegen Vertrauen?

»Wie geht es jetzt weiter?«, fragte er.

»Ein Kollege bringt Sie nach Hause«, antwortete Kasper. »Sie dürfen Rügen nicht verlassen, solange die Ermittlungen laufen.«

»Außerdem bitten wir Sie, dem Beamten die Kleidungsstücke und Schuhe mitzugeben, die Sie an jenem Abend getragen haben, dazu gehören auch Ihre Handschuhe«, ergänzte Romy.

Heise erklärte sich sofort einverstanden und verließ kurz darauf das Kommissariat.

Kasper räkelte sich. »Was versprichst du dir von der Klamottennummer? Blutspuren an den Stiefeln? Das wäre ja …«

»Sicher ist sicher, Kollege, irgendwas bleibt immer zurück, wie wir gerade wieder eindrucksvoll erfahren haben. Außerdem können wir unter Umständen überprüfen, ob er uns bezüglich der Kleidung anlügt, was mir sehr zu denken gäbe.

Max meint nämlich, dass die Videoüberwachung des Hotels Heise möglicherweise erfasst hat.«

»Schlaues Kerlchen.«

»Sag ich doch.«

»Feierabend?«

»Und ob.«

Max brütete noch vor seinem Computer, als Romy in ihre Winterjacke schlüpfte. »Wie wäre es, wenn du morgen weitermachen würdest? Wie es aussieht, müssen wir wieder ganz von vorne anfangen.«

Er blickte nicht mal hoch, sondern winkte nur ab.

Max stand auf und räkelte sich. Er war hundemüde, und sein Rücken war nach vielen Stunden vor dem Rechner steinhart. Yoga hatte ihm letztens jemand empfohlen – gar keine schlechte Idee. Hauptsache, er musste kein Fitnessstudio betreten, über die Insel rennen oder schwimmen ... Max setzte sich, richtete den Blick wieder auf den Monitor und konzentrierte sich auf die nächste Mail. Es war kurz nach zehn, als er auf ein Schreiben von *Wassernixe* stieß, ohne Anrede und Betreffzeile:

*Am Strand der bösen Erinnerungen, Projekt kleine Mädchen, so wie ich. Bella Wassernixe, sagt Ihnen das noch etwas? Mir schon. Spiegelland, Spiegelland, was spiegelt sich in deiner Hand? Die böse Gier in Ihren Augen vergesse ich nie. Ziehen Sie die Konsequenzen, stellen Sie sich und verlassen Sie sofort die Kita! Weg von Kindern, für immer. Sonst sorge ich dafür. Wassernixe, längst kein Mädchen mehr.*

Er las sie dreimal. Sie stammte vom Oktober vergangenen Jahres, der Absender lautete Bella Wassernixe, und als Maildienst fungierte ein kleiner Freemailprovider. Die Nachricht war nach Max' Einschätzung sehr wahrscheinlich von einem x-beliebigen PC aus gesendet worden; eine Identifizierung, zumal nach mehreren Monaten, würde kaum noch möglich sein, sehr wahrscheinlich existierte der Mailaccount gar nicht mehr.

Er wagte keine voreilige Bewertung, schon gar nicht in der Verfassung, in der er sich befand, aber der Inhalt der Mail klang alarmierend und warf alle bisherigen Überlegungen über Bord. So was Ähnliches hatte Romy allerdings kurz vor ihrem Aufbruch auch schon angedeutet.

Die Frage war: Gab es noch mehr solcher Mails? Und wo sollten sie danach suchen? Die Nachrichten auf dem Speicherstick, die Romy aus der Kita mitgebracht hatte, wiesen auf nichts hin, was für den Fall relevant war, aber selbstverständlich musste nun auch der PC untersucht werden, um gelöschte Vorgänge zu begutachten. Es war nicht auszuschließen, dass Wassernixe auch an Sängers Kita-Mailadresse Nachrichten verschickt hatte, die diese selbstredend gelöscht haben dürfte.

Max setzte sich wieder und notierte eilig seine Gedanken. Dann sah er die restlichen Mails durch, ohne weitere vergleichbare Schreiben zu entdecken, und wandte sich den wiederhergestellten Kurznachrichten vom Handy zu – ohne Gewähr auf Vollständigkeit, wie der IT-Mann anmerkte. Einige Dutzend Mitteilungen beschäftigten Max lediglich ein paar Minuten, dann wurde er fündig.

Zwei Textmitteilungen stammten von Wassernixe: *Ignoranz wird Ihnen nicht weiterhelfen*, lautete die erste. Darauf hatte Monika Sänger geantwortet: *Lassen Sie uns reden.* Die dritte SMS war identisch mit dem Wortlaut der Kurznachricht, die Monika Sänger vor wenigen Tagen zum Tatort geführt hatte: *Donnerstag, 19 Uhr, am Südstrand von Rügen. Sie wissen wo.* Der einzige Unterschied bestand darin, dass sie auch vom Oktober stammte. Somit konnte man davon ausgehen, dass bereits ein Treffen stattgefunden hatte oder zumindest die Verabredung dafür.

Max schüttelte verblüfft den Kopf. Er überlegte nur kurz, bevor er sich entschloss, Romy aus dem Bett zu klingeln. Sie brauchte keine fünf Sekunden, um wach zu werden.

»Was ist denn das für eine Scheiße?«, murmelte sie, nachdem Max ihr die Texte zweimal vorgelesen hatte.

Einen Moment lang glaubte er, sie förmlich vor sich zu sehen – wie sie sich hektisch durch die Locken fuhr und auf und ab ging. »Ja, klingt derbe, oder? Ich dachte, es wäre gut, wenn du sofort Bescheid weißt ...«

»Ja, natürlich. Schreib eine To-do-Liste, damit wir morgen früh gleich loslegen können, und geh dann ein paar Stunden schlafen. Ich werde das Gleiche tun.«

»Alles klar. Bis ...«

»Ach, warte mal. Der Heise erwähnte vorhin, dass die Sänger auch ein Mailprogramm auf ihrem Netbook hatte«, erörterte Romy. »Das Teil hatte sie seit, ja, Oktober ... Hm. Sie könnte Mails auch dort abgerufen haben, damit ihr Mann nicht zufälligerweise eine solche Nachricht auf dem gemeinsamen PC liest.«

Max nickte vor sich hin. »Verstehe – angesichts des drohenden Tons konnte sie ihre Mailadresse auch nicht einfach sperren oder ändern. Ich werde bei den IT-Leuten nachhaken, welche Accounts sie benutzte.«

»Gut, alles Weitere dann ab morgen früh.« Es klickte in der Leitung.

Max warf lediglich einen flüchtigen Blick in die winterliche Nacht, um sich zu entschließen, das Gästebett aufzuschlagen, das er für solche Notfälle hinterm Wandschrank im Besprechungsraum verstaut hatte. Eine Rückfahrt nach Stralsund wäre unter diesen Witterungsbedingungen der reinste Irrsinn. Auf die Dusche musste er verzichten, aber Zahnbürste und Wechselwäsche lagen bereit.


Romy wachte um fünf Uhr auf. Sie hatte allenfalls drei Stunden geschlafen und den Rest der Nacht damit verbracht, sich herumzuwälzen und wirre Träume abzuwehren. Die Welt draußen bot ein stilles und friedliches Bild. Es schneite mit sanfter Stetigkeit. Romy ging unter die heiße Dusche und trank dann zwei Tassen Espresso mit viel Zucker. *Spiegelland, Spiegelland, was spiegelt sich in deiner Hand?* Was sollte das bedeuten? War es das, wonach es klang? *Die böse Gier in Ihren Augen. Projekt kleine Mädchen. Weg von Kindern. Stellen Sie sich.*

Während Monika Sänger dem Tod ihres Bruders nachgeforscht und Gott und die Welt im Verdacht gehabt hatte, sich des Verrats und möglicherweise eines Verbrechens schuldig gemacht zu haben, war sie selbst in den Fokus eines Menschen geraten, der etwas von ihr wusste. Oder zu wissen glaubte. Wer war Bella Wassernixe? Tatsächlich eine Frau? Und wessen genau beschuldigte sie Monika – des Verrats, der Passivität oder des aktiven Missbrauchs? Möglicherweise von allem etwas?

Romy hatte vor Jahren in München bei der Sitte gearbeitet. Sie war nicht ohne Grund zur Mordkommission gewechselt. In die starren Augen eines missbrauchten Kindes zu schauen hatte immer ein erschütterndes Echo ausgelöst – lauter und nachhaltiger, als es eine Leiche vermochte, deren Blick erkaltet und frei von Schmerz und Erinnerung war.

Um kurz nach sechs rief sie Kasper an, der sofort ans Telefon ging. »Es gibt Neuigkeiten. Mach dich auf den Weg. Und fahr bitte bei der Kita vorbei – der PC muss umgehend in die Technik.«

»Stichwort?«

»Kindesmissbrauch.«

Kasper legte ohne eine Erwiderung auf, und Romy schlüpfte in ihre Winterjacke. Auf spiegelglatten und verschneiten Straßen brauchte sie fast vierzig Minuten bis Bergen; zweimal hätte nicht viel gefehlt, und sie wäre in einen Graben gerutscht. Nach der zweiten Schlitterpartie hielt sie an und öffnete mit klopfendem Herzen das Seitenfenster. Eiswind kühlte ihre Stirn, in der Ferne schrie ein Vogel, Wolkenfetzen schoben sich vor den Mond.

Der Duft nach frischem Kaffee, ein bleicher Kasper sowie ein etwas derangiert wirkender Max empfingen sie im Kommissariat. Fine organisierte gerade den Weitertransport des PCs nach Greifswald. Die Stimmung war gedrückt, als sie im Besprechungsraum Platz nahmen. Max verteilte die Blätter mit den Mail- und Handytexten. Minutenlang sagte niemand etwas.

»Wir haben also völlig falsch gelegen«, meinte Kasper schließlich. »Während wir Heise verfolgten, ging es um eine ganz andere Geschichte, mit der jemand hinter der Sänger her war, und die mir immer noch nicht in den Kopf will ... Nehmen wir mal an, es handelt sich bei dem Absender tatsächlich um eine Frau, die als kleines Mädchen von der Sänger ...« Er rieb sich das Kinn und atmete tief aus, während er erneut den Text überflog. »Unfassbar.«

»In diesem Bereich gibt es nichts, was es nicht gibt«, sagte Romy betont ruhig. »Also auch Frauen, die sich an Mädchen vergehen. Und wenn du denkst, du hast jetzt endgültig alles gesehen, was es an kranken Geschichten auf der Welt gibt, kommt der nächste Hammer. Das hat mich damals in München schon wahnsinnig gemacht.«

Kasper blickte wieder hoch. »Kann ich verstehen. Ich hatte noch nie mit einem solchen Fall zu tun, glücklicherweise. Da reißt sich wohl niemand drum.« Er brach ab.

»Lasst uns zusammenfassen, was wir bisher haben«, ergriff Romy das Wort. »Und je sachlicher wir bleiben, umso besser, auch für uns. Ich denke, wir können hundertprozentig sicher sein, dass Mail- und SMS-Schreiber ein- und dieselbe Person sind – mit an Sicherheit grenzender Wahrscheinlichkeit handelt es sich um eine Frau, die Opfer geworden ist, eines von mehreren, vermute ich, und von Sänger forderte, die Konsequenzen zu ziehen, nämlich sich zu stellen und die Kita zu verlassen.«

Max nickte, und Kasper wiegte den Kopf. »Könnte nicht

auch jemand in Frage kommen, der etwas beobachtet oder wie auch immer mitbekommen oder erfahren hat? Ein Angehöriger, Vater, Mutter, ein Kindergartenkind? Oder eine Kollegin?«

»Nicht auszuschließen«, meinte Romy. »Der hasserfüllte Gewaltausbruch spricht für mich zwar gegen diese Annahme, ebenso wie der merkwürdige Kinderreim und der sehr persönliche Ton der Mail, aber wir sollten den Aspekt gerade zu Beginn berücksichtigen. Doch in welchem Zeitrahmen bewegen wir uns? Unabhängig davon, ob Wassernixe Opfer oder Zeugin oder Vertraute des Opfers war, dürfte die Tat bereits eine Weile zurückliegen – ›Strand der bösen Erinnerungen, sagt Ihnen das noch etwas‹«, zitierte Romy, »klingt genau wie ›längst kein Mädchen mehr‹ nach einem zurückliegenden Ereignis, das unter Umständen erst jetzt hochgekocht ist, nachdem die Erinnerungen über viele Jahre blockiert wurden – das ist übrigens nicht ungewöhnlich, gerade bei Missbrauchsopfern.«

»Die Sänger hat zunächst offenbar nicht reagiert, so wirkt es jedenfalls, um dann aber auf die SMS hin das Gespräch anzubieten beziehungsweise vorzuschlagen«, warf Max ein. »Warum? Was erhoffte sie sich davon?«

»Sie wollte garantiert wissen, mit wem sie es zu tun hat«, vermutete Kasper. »Um einschätzen zu können, ob Wassernixe ihre Drohungen ernst meint.« Er heftete den Blick auf den Text. »›Sonst sorge ich dafür‹ bedeutet doch nichts anderes, als dass sie die Sänger auffliegen lassen wollte, wenn sie nicht von selbst aktiv wird. Vielleicht hoffte sie, sie überreden zu können, ihre Anschuldigungen und ihr Vorhaben fallenzulassen.«

»Ja, gut möglich«, sagte Romy. »Und wie ging es weiter? Wassernixe lässt sich darauf ein, nennt Termin und Ort: am Strand der bösen Erinnerungen – ihrerseits aus Neugierde und um Monika von Angesicht zu Angesicht mit ihren Vorwürfen zu konfrontieren.«

»Aber das war im Oktober!«, warf Kasper ein.

»Das erste Treffen kam unter Umständen gar nicht zustande, aus welchen Gründen auch immer, oder es stellte Wassernixe nicht zufrieden«, überlegte Romy. »Vielleicht gab es noch weitere Mails oder sogar Anrufe, selbst ein zweites oder gar drittes Treffen oder andere Verabredungen können wir zum gegebenen Zeitpunkt ohne die Auswertung der Verbindungsdaten und des Kita-PCs nicht ausschließen.« Sie schüttelte den Kopf. »Das verschwundene Netbook ist auch diesbezüglich ein herber Verlust. Feststeht, dass es am letzten Donnerstag eine Verabredung und ein Treffen gab, bei dem es zum Streit kam, der in bekannter Weise endete.«

Erneutes Schweigen, das lediglich durch Fines Eintreten unterbrochen wurde.

»Über welche Stichworte verfügen wir?«, fuhr Romy konzentriert fort. »Der Strand von Göhren spielt eine zentrale Rolle, außerdem die Kita oder auch mehrere Kitas.« Sie sah Max an. »Deine Datenfülle dürfte sich bei den Recherchen wieder einmal als hilfreich erweisen. Ist Spiegelland ein Spiel? Oder ein kindlicher Versprecher von Spieglein, Spieglein an der Wand? Oder eher eine Anspielung auf das, was Monika dem Opfer oder den Opfern angetan hat?«

Fine atmete laut aus. »Warum sollte man das so ausdrücken, so verspielt und symbolisch?«

»Weil die meisten Opfer keine andere Möglichkeit haben, zu beschreiben, was mit ihnen geschah. Sie waren Kinder. Und sie müssen auch als Erwachsene noch mit der zerrissenen Kinderseele von damals leben.«

Kasper rieb sich die Stirn und stand auf. »Ich brauche einen Kaffee. Ihr auch?«

Max und Romy nickten, Fine schüttelte den Kopf, und Kasper verteilte die Tassen. Dann ließ er sich mit leisem Ächzen auf seinen Stuhl fallen und trank einen Schluck. »Wie gehen wir vor?«

»Ich möchte zunächst mit Michael Sänger und dem jetzigen Leiter der Kita reden, und zwar hier«, entschied Romy. »Max, du guckst dir in der Zwischenzeit Monikas Lebenslauf noch einmal sehr genau an und prüfst im Archiv, ob es im Zusammenhang mit den Bergener Kitas auffällige Anzeigen gab ...«

»Zeitraum?«

»Entscheide selbst. Fine, mach bitte Dampf bei den Technikern. Über alle weiteren Maßnahmen entscheiden wir, sobald mehr Informationen vorliegen. Sehr wahrscheinlich müssen wir auch die anderen Kitas abklappern, mit Erzieherinnen und Eltern reden, mit ehemaligen Kita-Kindern ...«

»Meine Güte, wie sollen wir das denn alles bewältigen!«, empörte sich Fine.

»Ich denke, es wird sich im Laufe des Tages herausstellen, was an Arbeit auf uns zukommt. Ich muss ohnehin mit dem Staatsanwalt reden, vielleicht spendiert er uns noch die eine oder andere Unterstützung.«

»Die Hoffnung stirbt zuletzt«, murmelte Fine.

»Ich stimme dir zu. Lasst uns anfangen.«

Romy schätzte Dr. Schwedtner, den leitenden Oberstaatsanwalt in Stralsund, als kompetenten und tatkräftigen Juristen, mit dem sie bislang komplikationslos zusammengearbeitet hatte, aber die neue Richtung der Ermittlungen, die möglicherweise in einen weitreichenden Missbrauchsskandal mündete, dürfte ihn zutiefst erschüttern.

Er wird weitere Beweise fordern, dachte Romy, bevor wir so richtig loslegen können, verständlicherweise. Eine einzelne, wenn auch bedrohlich klingende Mail wird ihm garantiert nicht reichen, um sofort umfangreiche Maßnahmen in diesem hochsensiblen Bereich in Gang zu setzen.

## 11

Kasper hatte bei den Sängers eine ganze Weile vor verschlossener Tür gestanden. Als schließlich ein Nachbar Auskunft gab, dass der Hausherr einiges zu erledigen habe und seine Tochter sehr früh nach Neubrandenburg zur Uni aufgebrochen sei, Sänger jedoch nicht an sein Handy ging, schlug Romy ihrem Kollegen nach kurzer telefonischer Rücksprache vor, zunächst in die Kita zu fahren und Reiner Mickel zur Befragung abzuholen. »Reden wir eben später mit Sänger«, meinte sie.

Der Leiter der Kita war alles andere als begeistert und wirkte sichtlich irritiert, als er gemeinsam mit Kasper den Vernehmungsraum betrat. Daran änderte auch Romys freundliche Begrüßung nichts.

»Wir haben uns doch bereits ausführlich unterhalten, Frau Kommissarin«, meinte er, während er sich seinen Stuhl umständlich zurechtrückte und endlich Platz nahm.

»Es sind noch einige Fragen aufgetaucht, die keinen Aufschub dulden«, erklärte Romy.

»Ja, das bemerkte Ihr Kollege auch schon. Aber müssen Sie mich deswegen gleich hierherholen? Hätten wir das nicht telefonisch klären können?« Er ließ seinen Blick kritisch durch den schlichten Raum schweifen.

»Nun, zugegeben, es gibt schickere Orte auf Rügen – ich säße jetzt auch lieber in einem schönen Café oben am Kap oder würde in aller Ruhe beobachten, wie die Ostsee zufriert oder durch den Jasmund wandern, aber so schlimm, wie Ihr Gesichtsausdruck gerade vermuten lässt, ist es nun auch wieder nicht«, wandte Romy lächelnd ein. Sie gab sich Mühe, geduldig und freundlich zu bleiben. Die wenigsten Menschen waren erpicht darauf, bei der Polizei Rede und Antwort zu stehen, und Mickel konnte schließlich nicht ahnen, welche Abgründe sich mittlerweile beim Fall Sänger aufgetan hatten.

»Außerdem müssen wir Ihre Aussage protokollieren, wie Sie vielleicht wissen.«

»Ach so.« Überzeugt klang das immer noch nicht. Er sah auf die Uhr. »Na gut, aber ich habe heute Vormittag noch zwei wichtige Termine, und ...«

»Glauben Sie mir, der Termin mit uns ist der wichtigere.«

Mickel stutzte. Dann nickte er. »Ja, schon gut, Sie haben ja recht. Schließlich geht es um Monika ...«

»Genau so ist es. Herr Mickel, als wir uns am Freitag unterhielten, erklärten Sie, dass Monika Sänger in letzter Zeit etwas angespannt oder auch überarbeitet wirkte«, begann Romy. »Würden Sie das heute immer noch so einschätzen?«

»Ja, natürlich. Ich hatte diesen Eindruck. Sie schien viel um die Ohren gehabt zu haben.«

»Können Sie zeitlich ungefähr einordnen, wie lange diese Anspannung schon anhielt?«

»Ach je, ich weiß nicht, ein paar Wochen vielleicht.« Er zuckte mit den Achseln. »Wissen Sie, mit Beginn der Weihnachtszeit ist ja immer sehr viel los bei uns.«

»Was war im letzten Herbst?«

Mickel schüttelte verdutzt den Kopf. »Wie meinen Sie das?«

»Kann es sein, dass Frau Sänger bereits seit dem letzten Herbst verstärkt unter Druck stand? Im Oktober zum Beispiel.«

»Ich bin nicht sicher, aber ... möglich, ja. Hundertprozentig festlegen kann ich mich natürlich nicht.«

Der Mann sprudelte vor Mitteilungsfreude ja förmlich über. Romy tauschte einen Blick mit Kasper und entschied sich abrupt, einen Gang zuzulegen. Sonst sitzen wir morgen noch hier und warten auf eine inhaltlich verwertbare Bemerkung, dachte sie.

»Herr Mickel, können Sie sich an eine Phase erinnern, in

der es in der Kita gehäuft Nachfragen von besorgten Eltern gab, die sich über unerklärliche Veränderungen oder Stimmungsschwankungen ihrer Kinder beklagten oder sich darüber wunderten? Das muss nicht gerade gestern oder letzte Woche gewesen sein, sondern kann auch schon länger zurückliegen.«

Er warf ihr einen zweifelnden Blick zu. »Was meinen Sie mit unerklärlichen Veränderungen?«

»Nun, es könnte zum Beispiel die Rede von plötzlich auftretenden Aggressionen oder gesundheitlichen Problemen gewesen sein, Bauchweh oder Ähnliches«, erläuterte Romy. »Gibt es viele Krankheitsausfälle in Ihrer Einrichtung, oder fehlen Kinder häufig ohne konkrete Angabe von Gründen?«

Mickel zog die Brauen hoch. »Sagen Sie mal, worauf genau wollen Sie eigentlich hinaus? Ich denke, es geht hier um Monika Sängers Tod?«

Romy beugte sich vor und stützte die Unterarme auf den Tisch. »Im Rahmen unserer Ermittlungen sind wir auf Hinweise gestoßen, die den Verdacht nahelegen, in Ihrer Einrichtung könnte es zu Kindesmissbrauch gekommen sein.«

Mickel riss die Augen auf. Er schwankte zwischen Entsetzen und Empörung. »Um Gottes willen, wie …«

»Das sehe ich genauso«, unterbrach Romy ihn kurzerhand. »Das Problem ist, dass wir der Sache nachgehen müssen, ob wir wollen oder nicht, und ich kann Ihnen versichern – niemand hat Lust auf eine derartige Ermittlung. Je offener Sie mit uns zusammenarbeiten, desto diskreter können wir unsere Nachforschungen gestalten, und gleich vorneweg: Ich kann Ihnen nicht erläutern, zumindest im Moment nicht, wodurch unser Verdacht zustande gekommen ist und wie konkret die Hinweise sind, um die wir uns kümmern müssen.«

Mickel schluckte.

»Also, noch einmal – können Sie sich an Vorfälle erinnern, bei denen Kinder oder Mitarbeiter auffällig wurden, Eltern über die Maßen besorgt waren? Oder gab es Vorgänge, die Sie sonstwie stutzig machten, möglicherweise erst jetzt? Und bevor Sie es erneut erwähnen – ich weiß, dass Sie erst seit zwei Jahren in Bergen sind und beziehe mich in unserem Gespräch selbstverständlich genau auf diesen Zeitraum.«

»Nein!«, entgegnete er energisch. »Natürlich gibt es mal Ärger oder Verhaltensauffälligkeiten oder gestresste Mitarbeiter, aber …« Er schüttelte den Kopf. »Nicht, was Sie meinen.«

»Wie können Sie so sicher sein, Herr Mickel? Manchmal deuten sich derlei Geschehnisse nur am Rande an, während die große Dramatik verborgen bleibt, um zwanzig Jahre später umso heftiger zu explodieren.«

»Ich weiß, Frau Kommissarin, ich habe eine Fortbildung zu diesem Thema besucht«, meinte er verschnupft.

Fortbildungen sind nicht alles, dachte Romy, aber sie konnte dem Mann nicht verübeln, dass er zurückhaltend reagierte. Ein im Übereifer, versehentlich und zu Unrecht in Verdacht geratener Pädagoge konnte seine Sachen packen, wenn sich Ermittlungen wegen Missbrauchs herumsprachen. Irgendetwas blieb immer hängen. Das machte die Sache nicht einfacher.

»Was war mit Monika Sänger?«, schob sie nach. Kasper zuckte deutlich zusammen.

Mickel starrte sie perplex an. »Bitte? Was soll denn mit ihr gewesen sein?«

»Hätte sie als Leiterin nachgeforscht und energisch durchgegriffen, wenn sie eine entsprechende Vermutung gehabt hätte?«, präzisierte Romy ihre Frage.

»Selbstverständlich!«

Romy nickte, während sie mit halbem Ohr und leicht amüsiert registrierte, dass Kasper erleichtert ausatmete. »Wir müssen unter Umständen zumindest mit einigen Erziehern sprechen – das hängt von den nächsten Ermittlungsergebnissen ab. Und wie gesagt, das kann diskret und unauffällig geschehen, aber wir benötigen Ihre Mithilfe.«

»Und wie genau stellen Sie sich diese Mithilfe vor?«

»Gewähren Sie uns Einsicht in Ihre Unterlagen, auch in bereits archivierte, damit wir uns einen Überblick verschaffen können. Es genügen auch Dateien, in denen Mitarbeiter und Kinder aufgelistet sind.«

»Das sind personenbezogene Daten, und dazu brauchen Sie einen Beschluss«, wandte Mickel rasch ein.

»Das stimmt. Und den kriegen wir«, erwiderte Romy im Brustton der Überzeugung. »Aber ich persönlich finde es völlig unnötig, mit Polizeiwagen vor einer Kita aufzukreuzen und Beamte in die Einrichtung zu schicken. Das könnten wir auch anders lösen, finden Sie nicht?«

Mickel zog eine säuerliche Miene. »Ich verstehe, worauf Sie hinauswollen. Was interessiert Sie sonst noch?«

»Feiern in der Kita«, erwiderte die Kommissarin spontan. »Fotomaterial. Hat Ihre Einrichtung eigentlich eine besondere Beziehung zu Göhren?«

»Ich weiß nicht«, zögerte Mickel. »Früher fanden dort häufiger Strandfeste statt, glaube ich mich zu erinnern. Mit Lagerfeuer, Buden und Zelten. Davon gibt es bestimmt Fotos.«

»Klingt interessant. Was heißt früher?«

»Lange vor meiner Zeit.«

Romy betrachtete ihn eine Weile nachdenklich, bis Mickel verlegen den Blick abwandte. »Mein Kollege wird Sie begleiten«, sagte sie schließlich und war froh, als sich die Tür kurz darauf hinter ihnen schloss.

Wenn wir Pech haben, werden wir ewig und drei Tage die immer gleichen Fragen stellen und die immer gleichen oder ähnlichen Antworten erhalten und Reaktionen ernten, dachte Romy – ein Sammelsurium aus Ungläubigkeit und Fassungslosigkeit, beharrlichem Schweigen und wütender Abwehr, manchmal Hass – Reaktionen, die sich häufig aus Schuldgefühlen, Entsetzen und Angst speisten. Kaum jemand blieb bei dem Thema sachlich oder objektiv, auch die Ermittler nicht. Romy fühlte sich zermürbt.

Was war Monika Sänger für ein Mensch gewesen? Eine Persönlichkeit mit unerwarteten Tiefen und im Moment kaum nachvollziehbaren Widersprüchen, gesetzt den Fall, der Missbrauchsverdacht bestätigte sich. Engagiert im Aufdecken politischer und familiärer Geschichten, die andere unter den Teppich gekehrt hatten, und plötzlich konfrontiert mit großer, womöglich alter Schuld, die darum nicht weniger schwer wog und sie wie ein Bumerang getroffen hatte.

Kasper steckte den Kopf zur Tür herein. »Der Sänger hat gerade auf meinem Handy zurückgerufen«, warf er ihr zu. »Ich habe ihn gebeten, gleich mal vorbeizukommen und dir ein paar Fragen zu beantworten. Er klingt ziemlich genervt, aber damit kommst du wohl klar. Ich werde nachher gleich noch in der anderen Kita vorbeifahren und dort schon mal ein bisschen vortasten. Ich kenne da jemanden. Ist das okay für dich?«

»Na klar.«

»Ach noch was – die Identifizierung steht nach wie vor aus, Sänger müsste nach Greifswald ins Institut fahren. Vielleicht erinnerst du ihn daran.«

»Ja, mache ich.«

»Gut, bis später.«


Kasper wunderte sich nicht, dass Mickel es eilig hatte, ihn wieder loszuwerden. »Welche Zeiten interessieren Sie im Besonderen?«, kam er augenblicklich zur Sache, als sie in der Kita eintrafen. Er schloss die Bürotür mit einem energischen Ruck, nachdem er ein Bitte-nicht-stören-Schild aufgehängt hatte.

»Sagen wir ab 1995.«

»Ist das Ihr Ernst?«

»Meine Chefin ist ziemlich pingelig, und sie will immer alles vollständig vorliegen haben.«

»Aha. Nun gut. Wir sind ein gut sortierter Laden.«

»Dachte ich mir.«

Eine Viertelstunde später drückte Mickel Kasper einen Ordner mit Fotos und Zeitungsausschnitten sowie alten Betreuungsverträgen und Mitarbeiterlisten in die Hand und speicherte aktuelle Daten auf einem Stick. Kasper stand schon an der Tür, als der Kitaleiter ihn noch einmal ansprach. »Und Sie können mir wirklich nicht sagen, wen Sie verdächtigen? Sie dürfen nicht mal eine Andeutung machen?«

Kasper drehte sich um. »Nein, im Augenblick nicht.«

»Und wie soll ich die Kinder schützen?«

Gute Frage. Sie machte den Mann sympathisch. »Machen Sie sich keine Sorgen.« Was Besseres fiel ihm gerade nicht ein, aber Mickel wirkte beruhigt.

Kasper fuhr ohne Anmeldung in die Clement-Kita, in der Monika Sänger von 1978 bis 1990 beschäftigt gewesen war, bevor es sie für einige Jahre nach Kiel verschlagen hatte. Helga Lind, eine langjährige Erzieherin, war früher mit seiner Frau befreundet gewesen. Sie waren sich zum letzten Mal vor zwei Jahren zufällig beim Mittsommerfest in Bergen begegnet und hatten ein paar Gläser zusammen getrunken. Kasper hoffte, dass Helga ihn möglichst auf den ersten Blick wiedererkannte und ihm darüber hinaus ein paar erhellende Hinweise zu Monika geben konnte.

Helgas Kindergruppe baute gerade mit lautem Getöse einen Schneemann, als Kasper eintraf. Er erkannte sie auf Anhieb wieder – blonde Locken, helle Stimme, rote Wangen. Ein wenig rund war sie geworden, was ihr zwar ausgesprochen gut stand, aber Kasper schätzte, dass er mit einer derartigen Anmerkung als Gesprächseinleitung nicht gerade punkten würde. Frauen wollten niemals hören, dass sie Gewicht zugelegt hatten, auch wenn sie dabei gut aussahen. Stattdessen lächelten sie versonnen, wenn man bemerkte, dass sie deutlich abgenommen hätten, aber nicht gut aussähen …

Kasper schüttelte den Kopf und winkte Helga zu, als die gerade zu ihm herüberblickte. Sie stutzte, dann winkte sie lebhaft zurück und trat an die Umzäunung. »Kasper? Kasper Schneider? Was machst du denn hier?«

»Genau der. Schön, dich zu sehen.« Er gab ihr die Hand. »Hast du ein paar Minuten Zeit?«

»Bist du etwa dienstlich hier?«

»Leider.«

Helga lächelte. »Du kannst ja richtig charmant sein. Na, komm rein, die Kinder brauchen noch eine Weile, und ich muss mich ohnehin erst mal aufwärmen.«

Sie setzten sich in den Pausenraum der Erzieherinnen. Kasper konnte keinen Kaffee mehr sehen und trank einen Tee, während Helga sich einen Instant-Cappuccino aufgoss. Natürlich war sie über Monikas Tod informiert. »Was für eine fürchterliche Geschichte!«, bekräftigte sie. »Ermittelst du in dem Fall?«

»Ja, und ich hoffe, du kannst mir ein paar Fragen zu ihr beantworten. Ihr müsstet ungefähr ein Jahrgang sein, wenn mich nicht alles täuscht, und habt einige Jahre zusammengearbeitet.«

»Stimmt. Ich trat meine Stelle hier ein, zwei Jahre nach ihr an, war aber zwischen, warte mal, ja 88 und Ende 91 in Stralsund beschäftigt. Als ich zurückkam, war sie nicht mehr hier.«

»Wie war sie als Erzieherin?«

Helga zuckte mit den Achseln. »Na ja, wir waren ja seinerzeit mit unserer alten DDR-Pädagogik klar festgelegt, das muss ich dir kaum erläutern. Monika war … gut, erfolgreich, interessiert, etwas zu leisten und dabei durchaus hervorzustechen. Sie hatte interessante Ideen. Ihre Gruppen funktionierten immer prima …«

»Aber?«

Helga pustete in den Milchschaum und überlegte einen Moment. »Wir waren nicht befreundet. Sie war mir oft zu engagiert, übereifrig, und das meine ich nicht politisch«, erläuterte sie. »Sie hat die Kinder manchmal ganz schön getriezt. Es musste alles perfekt funktionieren.«

»Und wie reagierte sie, wenn es nicht perfekt war?«

»Sie wurde wütend.« Helga schüttelte den Kopf. »Und zwar von Null auf Hundert. Aber das ist doch jetzt alles ganz fürchterlich unwichtig, nach dem, was passiert ist.«

»Ist es nicht.«

Sie neigte den Kopf zur Seite. »Wie meinst du das, Herr Kommissar?«

»Wir ermitteln im Zusammenhang mit dem Mord in einer sehr hässlichen Geschichte. Mehr darf ich dir nicht sagen, nicht im Augenblick jedenfalls«, betonte Kasper.

»Das klingt ja alles andere als beruhigend. Wie kann ich dir weiterhelfen?«

Kasper rührte ein Stück Zucker in den Tee. »Kannst du mir ganz unbürokratisch Unterlagen zur Verfügung stellen?«

»Was für Unterlagen?«

»Wir brauchen die Namen der Kinder und Erzieher von 1978 bis 1990.«

»Ach du liebe Güte!« Sie sah ihn verblüfft und abwartend zugleich an. »Kasper, ich vertraue dir, natürlich tue ich das, aber ich kann nicht einfach …«

»Ist dir je etwas in Monikas Gruppen aufgefallen?«, wagte Kasper sich noch ein Stück vor und räusperte sich. »Verstörte Kinder, auffällige Kinder.«

»Verstörte Kinder? Auffällig? Wie … meinst du etwa …« Helga brach ab, schluckte und strich sich eine Locke aus dem Gesicht, als Kasper ihren Blick mit leisem, kaum wahrnehmbarem Nicken erwiderte.

»Nein, das heißt … Ich weiß es nicht«, sagte sie schließlich leise. »Oh, mein Gott, wie soll man das beurteilen können, nach so langer Zeit?« Sie stellte ihre Tasse beiseite und stand abrupt auf. »Ich stelle dir die Unterlagen zusammen. Müsst ihr mit allen sprechen?«

Kasper schüttelte den Kopf. »Das nicht, aber wir suchen nach Zusammenhängen, nach Überschneidungen. Mehr kann ich nicht sagen. Bitte denk noch mal in Ruhe über alles nach, behalt es aber unbedingt für dich. Kann sein, dass wir noch mal reden müssen.«

»Selbstverständlich.«

Wenig später machte Kasper sich auf den Weg zu seinem Wagen. Er schloss auf und nestelte gleichzeitig sein Handy heraus, um Max anzurufen. »Such doch mal bitte raus, wo der Typ wohnt, mit dem die Sänger in erster Ehe verheiratet war. Ingo ...«

»Barendsen«, vervollständigte Max sofort. »Bleib dran.«

»Klar, aber beeil dich.«

Max meldete sich eine Minute später. »Der lebt oben am Kap und arbeitet in einer Ferienhaussiedlung in Nonnewitz.«

»Gut, dann komme ich doch erst mal zurück und bringe dir einen Haufen Arbeit mit. Listen und Infos bis zum Abwinken.«

»Schön zu hören. Bis gleich.«


Romy musste natürlich davon ausgehen, dass das Gespräch mit Michael Sänger alles andere als einfach werden würde. Seine Frau war eines gewaltsamen Todes gestorben. Es gab keine Möglichkeit, ihm schonend beizubringen, dass Monika sich womöglich des Kindesmissbrauchs schuldig gemacht hatte und deswegen ermordet worden war. Als der Mann schließlich im Kommissariat eintraf und in angespanntem Ton erklärte, dass er einiges zu tun gehabt habe und so schnell wie möglich wieder nach Hause wolle, atmete Romy zweimal tief und unauffällig durch.

»Das kann ich gut verstehen, Herr Sänger«, erwiderte sie.

»Ich werde so weit es geht Rücksicht auf Ihre Bedürfnisse nehmen. Allerdings sind im Rahmen unserer Ermittlungen Fragen aufgetaucht, die sich nicht aufschieben lassen, und wir bitten um Ihr Verständnis.«

Sänger nickte. »Natürlich. Haben Sie einen Verdächtigen?«

»Noch nicht. Herr Sänger, Sie betonten bei vorangegangenen Gesprächen, dass Ihre Frau in letzter Zeit angespannt und überarbeitet gewirkt hätte. Diese Beschreibung wird von verschiedenen Seiten bestätigt.«

»Ja, und?«

»Hatten Sie den Eindruck, dass Ihre Frau sowohl in letzter Zeit als auch langfristig Ärger im Beruf hatte?«

Sänger hob die Hände. »Meine Güte, wer hat nicht mal Ärger im Beruf? Und die Arbeit mit Kindern und Jugendlichen ist häufig stressig. Es gibt ruhigere Phasen, aber auch Zeiten, in denen ein Problem das nächste jagt.«

»Hat Monika manchmal ausführlicher von ihren Problemen und Konflikten berichtet?«

»Ja, manchmal schon, schließlich sind wir Kollegen – man bespricht sich. Allerdings sind wir auch immer bemüht … gewesen, Beruf und Privatleben zu trennen. Der Job frisst einen sonst gnadenlos auf, verstehen Sie?«

»Und ob.«

Er nickte zufrieden, sah kurz an ihr vorbei und wandte ihr den Blick dann wieder zu. »Worauf wollen Sie hinaus, Frau Kommissarin? Suchen Sie den Mörder etwa in der Kita?« Er verzog den Mund. »Schlechter Scherz, entschuldigen Sie bitte.«

Das ist gar kein Scherz, dachte Romy. »Herr Sänger, glauben Sie mir bitte, ich würde Ihnen das gerne ersparen, aber wir sind im Zuge unserer Recherchen auf eine böse Geschichte gestoßen«, kam sie schließlich beherzt zum Punkt. »Die Kriminaltechnik konnte gelöschte Mails von Ihrem gemeinsamen Computer wiederherstellen, darunter befand sich eine anonyme Nachricht mit alarmierendem Inhalt.«

Sängers Schultern sackten nach unten. »Ach …«

»Wir gehen im Moment dem dringenden Verdacht nach, dass Ihre Frau ihre Stellung als Erzieherin missbrauchte, sehr wahrscheinlich über viele Jahre, und der Mord vor diesem Hintergrund geschah«, sagte Romy langsam.

Sängers Hände umklammerten die Tischkante. »Sie sprechen von Missbrauch«, flüsterte er.

»Die Schlussfolgerung, dass ein Opfer Ihre Frau nach vielen Jahren mit ihren Taten konfrontierte, ist naheliegend.«

»Das ist völlig unfassbar!«, entgegnete Sänger. Er rieb sich mit beiden Händen über Augen und Wangen und atmete schwer. »Darf ich die Mail lesen?«, fragte er dann.

»Ich bitte sogar darum. Vielleicht fällt Ihnen etwas dazu ein, was unsere Ermittlungen voranbringt.« Sie reichte ihm das Textblatt. Seine Hand zitterte. Er las schnell, mit geweiteten Augen, und er ließ sich Zeit, bis er wieder hochblickte. »Die böse Gier«, sagte er leise. »Was um Gottes willen …? Soll das wirklich heißen, dass Monika sich an Mädchen vergriff? Das ist einfach nur …«

Romy nickte.

»Aber … Und was soll das bedeuten – Spiegelland, Wassernixe, Strand der bösen Erinnerungen? Wie …«

»Herr Sänger, wir befinden uns ganz am Anfang, und ich weiß, was ich Ihnen zumute, aber ich bitte Sie dennoch, uns weiterzuhelfen«, fuhr Romy eindringlich fort.

»Ich kann Ihnen nicht weiterhelfen«, entgegnete Sänger brüsk. »Ich kann all das kaum begreifen. Wie soll ich …«

»Vielleicht fällt Ihnen vor dem Hintergrund dieser Mail etwas ein – eine Auseinandersetzung, unter Umständen am Telefon, seltsame, anonyme Anrufe oder Ähnliches.« Romy fixierte den Witwer. »Die Mailschreiberin hat Ihrer Frau auch Handynachrichten geschickt. Mit einer SMS beorderte sie Monika an den Tatort. Soweit wir im Moment wissen, stammen die ersten Kontakte aus dem letzten Oktober. Vielleicht gab es sogar schon ein Treffen, dem nun ein zweites folgte. Auf jeden Fall war Ihre Frau daran interessiert, sich mit der Schreiberin zu treffen, denn sie hat sogar selbst per SMS diesen Vorschlag gemacht.«

»Im letzten Oktober?«, murmelte Sänger verblüfft.

»Seinerzeit schaffte sie sich das Netbook an«, führte Romy aus. »Wir vermuten, dass sie ab dem Zeitpunkt Ihre Mails von dort abrief ...«

Sänger nickte sofort. »Ja, ich erinnere mich. Sie hat das umgestellt. Ich habe mir nichts dabei gedacht, warum auch nicht ... Und ich dachte, es sei wegen dieser Prora-Geschichten.«

»Das eine schließt das andere nicht aus«, bemerkte Romy und behielt den Mann genau im Auge. Er hielt sich deutlich besser, als sie befürchtet hatte. »Möchten Sie vielleicht etwas trinken, Herr Sänger?«

Er nickte sofort. Sie stand auf und goss ihm ein Glas Wasser ein. Im gleichen Moment klopfte es, und Max lugte zur Tür herein. Er reichte Romy ein Blatt Papier. »Das Neueste vom IT-Mann, eine weitere Mail«, erläuterte er leise.

»Das ging ja erfreulich schnell.« Sie warf einen raschen Blick auf das Blatt und sah wieder hoch. »Muss ich mehr dazu wissen?«

»Die Mail ist Anfang Januar in ihrem Kita-Postfach gelandet und gelöscht worden«, führte Max aus. »Zugleich wurde sie an ihre private Adresse gesendet.«

»Und wurde übers Netbook abgerufen«, ergänzte Romy. Sie drehte sich zu Michael Sänger um. »Kennen Sie die Zugangsdaten zu Monikas Mail-Account?«

»Nicht aus dem Kopf, aber ich könnte zu Hause nachsehen, ob sie sich etwas notiert hat«, bot er an. »Sie war bei GMX, das weiß ich.«

Jede Wette, dass sie das Passwort geändert und die Mails nach dem Lesen auch dort gelöscht hat, dachte Romy, und

Max schien einen ähnlichen Gedanken zu haben, denn er setzte eine äußerst skeptische Miene auf.

»Danke dir erst mal, Max. Fine soll sich gleich mal um die Genehmigung für den Kontozugriff kümmern.«

»Mach ich.« Er zog die Tür heran, und Romy setzte sich wieder. Sie las die Mail zweimal und reichte das Blatt anschließend an Sänger weiter.

*Wenn Sie glauben, dass es vorbei ist, haben Sie sich getäuscht. Hoffen Sie nicht darauf. Es wird nie vorbei sein. Wer wüsste das besser als ich? Ein schlummernder Alptraum, der immer wieder seine kalten Finger nach mir ausstreckt, mein Leben verdüstert, mit Angst und Bitterkeit verkleidet, ohne dass ich bisher begriff, was geschehen war. Nun ist er endgültig aus seinem Winterschlaf erwacht. Projekt kleine Mädchen. Mein Alptraum und der anderer. Er ist es immer noch. Spiegelland, Spiegelland, was spiegelt sich in deiner Hand? Die böse Gier in Ihren Augen. Sie weicht niemals. Ihre Pläne, Ihr Lebensweg interessieren mich nicht, ich bleibe dabei – Sie ziehen die Konsequenzen, Sie stellen sich und verlassen die Kita! Ich meine es ernst. Weg von Kindern, für immer. Sonst sorge ich dafür. Und ich will es aus Ihrem Mund hören. Vielleicht hilft mir das. Warten Sie auf meine SMS. Wassernixe.*

Sie haben sich getroffen, dachte Romy sofort, und Monika hat versucht abzuwiegeln, um Verständnis gebeten, um Bedenkzeit, um Rücknahme der Forderungen. Vielleicht hat sie sogar aus ihrem eigenen Leben berichtet und aufzurechnen versucht – sieh mal, mein toter Bruder, mein Stasi-Vater, das hat mich geprägt, vergib mir, bitte. Doch Wassernixe beharrt drei Monate später darauf, dass die Erzieherin zu dem steht, was sie getan hat und die Kita verlässt. Warum? Weil sie selbst nicht vergessen kann. Weil sie gezeichnet ist für den Rest ihres Lebens und wenigstens die Genugtuung fordert, dass es Monika ähnlich ergeht. Bei einem zweiten Treffen soll sie bestätigen, dass sie die Forderungen von Wassernixe erfüllt. *Ich will es aus Ihrem Mund hören. Vielleicht hilft mir das.*

Romy sah auf, und Sängers Blick traf sie. »Haben Sie nie etwas bemerkt?«, fragte sie.

»Nein, wer kommt denn auf so etwas?«, entgegnete er sofort. »Ich empfand sie manchmal als etwas streng und sehr energisch, ja, durchaus autoritär, wenn sie aus ihrem Alltag berichtete, aber ...«

»Lotte hat ihre Stiefmutter nicht geliebt«, bemerkte Romy.

»Nicht besonders, nein«, gab er sofort zu, doch ein Zusammenzucken konnte er nicht verbergen.

»Wir müssen auch mit Lotte sprechen.«

»Was versprechen Sie sich davon? Monika hätte es nicht gewagt, meine Tochter ...«

Romy zog eine Braue hoch. »Würden Sie einen Eid darauf schwören, nach all dem, was in den letzten Tagen passiert und bekannt geworden ist?«

Einen Moment blieb es still. »Ich möchte jetzt nach Hause, Frau Kommissarin.«

»Herr Sänger, die Identifizierung Ihrer Frau im rechtsmedizinischen Institut steht noch aus. Wenn Sie es wünschen, wird ein Beamter Sie hinfahren.«

Romy hielt den Zeitpunkt für denkbar ungünstig, doch zu ihrer Verblüffung nickte der Witwer nach kurzem Zögern. »Sie haben recht, ich fahre noch heute oder morgen nach Greifswald. Dann habe ich das hinter mir. Aber ... nein, eine Begleitung ist nicht nötig.«

Zehn Minuten später machte er sich auf den Weg, zuvor hatte er die Kontaktdaten seiner Tochter hinterlegt. Romy öffnete das Fenster und blickte über die verschneiten Dächer. Unten stapfte Sänger gerade zu seinem Wagen, und sie konnte erkennen, dass er sein Handy ans Ohr presste und seine Schritte plötzlich beschleunigte.

Romy schloss das Fenster wieder, als sie nebenan Kaspers Stimme hörte. Der weitere Tagesablauf musste geplant werden.

Der Schnee knirschte laut unter den Sohlen. Ingo liebte dieses Geräusch seit seiner Kindheit. Noch mehr liebte er es, durch den Schwarber Märchenwald zu wandern oder die Findlinge am Nordstrand zu bewundern. Seit zehn Jahren arbeitete er in der Nonnewitzer Ferienhaussiedlung als Haustechniker, wie es vollmundig hieß. Er war schlicht »Mädchen für alles« – der Mann, der Glühbirnen auswechselte, Boiler und Fenster reparierte, Zäune ausbesserte, Abflüsse reinigte und tausend Sachen mehr erledigte. Manchmal musste er sogar Streit schlichten oder Autos abschleppen. Kein anspruchsvoller oder gar gutbezahlter Job, und wenn in der Hochsaison Schwärme von Touristen wie die Hornissen einfielen, war er auch alles andere als einfach oder bequem. Ingo mochte ihn trotzdem und wollte nirgendwo anders sein.

Die Jahre in Stralsund hatten ihm nicht gutgetan, obwohl er auf der Werft bedeutend besser verdient hatte, und über die Zeit in Bergen redete er ungern. Nun hatte sich die Polizei angemeldet. Ingo hatte zunächst vermutet, es ginge um den Absturz des Mädchens und die Maßnahmen im Bereich der Steilküste, um die Touristen von waghalsigen Erkundigungen abzuhalten, aber der Kommissar wollte mit ihm über Monika sprechen. Ihre Ehe lag fast dreißig Jahre zurück, und das war gut so. Es hatte kein glücklicher Stern über ihrer Beziehung gestanden. Besser, sie wären sich nie begegnet. Aber nun war sie tot. Ein Gewaltverbrechen, hatte der Kommissar gesagt. Das passte, aber so eine Bemerkung durfte man höchstens denken, wenn überhaupt. Gedanken hinterlassen auch Spuren, hatte mal irgendwer zu ihm gesagt. Gar nicht so verkehrt.

Ingo spuckte in den Schnee und schirmte die Augen mit einer Hand gegen die gleißende Sonne ab. Von weitem näherte sich ein Wagen dem Waldparkplatz. Ingo hob eine Hand. Schnee stob in alle Richtungen, als das Auto abbremste und schließlich hielt. Der Motor erstarb. Ungefähr mein Alter, dachte Ingo, als der grauhaarige Typ mit den blauen Augen ausstieg und ihm die Hand entgegenstreckte. »Kommissar Schneider. Wir haben telefoniert.«

»Barendsen. Ich weiß.«

»Danke, dass Sie sich Zeit genommen haben.«

»Jo.« Ingo nickte. »Gehen wir ein Stück durch den Wald.« Der Kommissar zog dicke Fäustlinge über. »Gerne.«

Zehn Minuten fiel kein einziges Wort. Der Kommissar hatte Geduld, und er genoss den Buchenwald. Beides sprach unbedingt für ihn. Ingo konnte Tratscher und Hektiker nicht ausstehen, Menschen, die ständig der Zeit voraus eilten.

»Es ist lange her, dass Sie mit Monika verheiratet waren«, sagte er schließlich, und es war genau der richtige Zeitpunkt, das Gespräch einzuleiten, und den Ton traf der Mann auch.

»Das kann man so sagen, und auch nicht lange.«

»Ich möchte Ihnen trotzdem ein paar Fragen zu Ihrer Ehe stellen.«

»Darum sind Sie gekommen, ja.« Ingo bemerkte erst jetzt, dass er neugierig darauf war, was die Polizei nach all den Jahren von ihm zu erfahren hoffte.

»Sie hatte keinen leichten Tod. Jemand, der großen Hass auf sie hatte, hat sie ermordet«, sagte Kommissar Schneider.

Ingo spürte ein unangenehmes Flattern im Herzen. »Wissen Sie schon Genaueres?«

»Wir gehen davon aus, dass sie sich an Kindern vergangen hat, und das schon vor vielen Jahren.«

Ingo stockte und sah dem Kommissar einen Moment in die Augen. Dann wandte er den Blick ab und ging langsam weiter. Er hatte noch nie davon gehört, dass Frauen Kinder missbrauchten. Die Vorstellung erschreckte ihn fast noch mehr, und er wusste nicht, warum. Vielleicht, weil es das absolut Undenkbare war. Das vertraute Ächzen der Bäume beruhigte ihn etwas, aber er brauchte fast fünf Minuten, um zu antworten. »Wenn es stimmt, was Sie sagen, hat sich also jemand gerächt, dem sie Böses angetan hat.«

»Das könnte sein. Die Einzelheiten kennen wir aber noch nicht.«

Wenn sie schuldig ist, hoffe ich, dass ihr den Mörder nicht findet, dachte Ingo. Er schluckte die Bemerkung herunter, spürte aber, dass der Kommissar sehr genau mitbekam, was in ihm vorging. »Sie war doch Kindergärtnerin«, sagte er schließlich kopfschüttelnd. »Wie passt das zusammen?«

»Ich weiß es nicht. Vielleicht können wir das nicht verstehen, denn wie passt zusammen, dass Priester sich an Kindern vergehen?«

Ingo nickte. Da war was dran. Konnte es eine größere Gotteslästerung geben? Er rieb sich die Nase. »Und ich, was soll ich jetzt dazu sagen können?«

»Wir wollen wissen, wann es begann, wie es begann. Ob es vielleicht Anzeichen gab oder Menschen, die mehr wissen könnten.«

»Anzeichen?«

»Vielleicht können Sie sich an Situationen in Ihrer Ehe erinnern, die Ihnen damals merkwürdig vorkamen oder jetzt merkwürdig scheinen – vor dem Hintergrund der aktuellen Geschehnisse«, erläuterte der Kommissar, und Ingo spürte, wie sehr der Mann bemüht war, umsichtig zu fragen.

»Ich weiß nicht. Es ist schwer, nach so langer Zeit etwas zu sagen. Wir waren sehr jung und nicht lange zusammen, aber ich habe manchmal gedacht, dass sie viel zu ungeduldig ist«, schilderte Ingo schließlich. »Monika konnte nicht gut mit Tieren umgehen, wurde schnell wütend, und die Kinder meiner Schwester hat sie häufig angeschnauzt, wenn die nicht spurten. Da konnte sie richtig jähzornig werden …« Er brach ab. »Aber Sie suchen ja nach anderen Vorfällen, wenn ich das richtig verstanden habe.«

»Gewalt hat viele Gesichter, Herr Barendsen.«

Ingo ließ die Bemerkung eine Weile sacken.

»Hatten Sie häufig Kontakt zur Familie Ihrer Schwester?«, hob der Kommissar wieder an.

»Nein. Sie hat nach Rostock geheiratet. Man hat sich hin und wieder gesehen, zu Familienfesten, das Übliche.«

Der Kommissar nickte, und sie schwiegen wieder eine Runde, während Ingo den Rückweg einschlug – vorbei an seiner Lieblingsbuche, deren weitausgestreckte bucklige Äste weiße Häubchen trugen. Monika hat die kleine Bärbel gehasst, fuhr es ihm plötzlich durch den Kopf, weil ich die Lütte so niedlich fand und sie mich mit ihren Kulleraugen und dem lauten Kinderlachen um den kleinen Finger wickeln konnte. Monikas Augen wurden ganz dunkel vor Wut, wenn das Kind zu mir auf den Schoß kletterte und ich mich erweichen ließ, ein Eis zu spendieren, oder aus voller Kehle mit ihr lachte, sang, schmuste ...

»Ich wollte Kinder«, erklärte Ingo plötzlich. »Aber Monika nicht. Sie sagte, dass sie mich für sich alleine will.« Ich will dich als Mann, aber du sollst nicht gleichzeitig Vater sein. Väter sind Arschlöcher. Die Bemerkung kroch in ihm hoch wie Sodbrennen. Er wich dem Blick des Kommissars aus. Der gab ihm seine Karte. »Wenn Ihnen noch was einfällt, rufen Sie mich an.«

Ingo nickte. Er sah dem Wagen nach, der in einer Schneewolke verschwand. Erinnerungen waren eigentümlich – unbeachtet und beiseitegeschoben trudelten sie immer weiter nach unten und versanken fast vollständig im Bodensatz des Vergessens. Selbst Traumfetzen blieben wirkungslos. Aber wehe, wenn sie aufgescheucht wurden und die Oberfläche einmal durchbrochen hatten – mächtig und kraftvoll wie ein Buckelwal. Dann konnte sie nichts mehr aufhalten.

Ingo Barendsen stapfte in Richtung Feriensiedlung, um Kaminholz zu schlagen. Sein Herz schlug schnell. Er nahm sich fest vor, am Abend seine Schwester anzurufen.

# 12

Romy legte mit einem lauten Stoßseufzer den Hörer auf. Wie nicht anders zu erwarten gewesen war, hatte Staatsanwalt Schwedtner die Hände überm Kopf zusammengeschlagen – sofern man von einem telefonischen Gesprächspartner so etwas behaupten durfte. Aufgrund der zweiten Mail und des offensichtlichen Zusammenhangs mit dem Mord an Monika Sänger stimmte er einem weiter gefassten Ermittlungsansatz zu, bat aber um Diskretion, um Familien und Kitas zu schützen, soweit es irgend möglich war. Romy versprach, mit einem Höchstmaß an Sensibilität vorzugehen, und verwies auf ihre Münchner Erfahrungen, was Schwedtner ein wenig beruhigte.

Kasper Schneider war gerade von seinem Ausflug ans Kap zurückgekehrt. Allzuviel Erhellendes hatte sein Gespräch mit Barendsen nicht gebracht, wobei wohl auch dieser Ausdruck nicht unbedingt ins Schwarze traf.

»Das Ganze wird immer düsterer«, beschrieb er seine Eindrücke, als sie in Max Breders engem Büro zusammenstanden. »Ehrlich gesagt, bin ich mir gar nicht sicher, ob ich das alles so genau wissen will. Die junge Sänger wird als ungeduldig, ja, aggressiv beschrieben, zumindest äußern sich eine ehemalige Kollegin aus der Clement-Kita und auch der erste Ehemann in dieser Richtung.«

»Das scheint sich in den letzten Jahren geändert zu haben«, wandte Romy ein. »Mickel spricht anders über sie. Allerdings war sie ja längst als Leiterin einer Kita tätig und hatte deutlich weniger direkt mit den Kindern zu tun. Glücklicherweise …«

Kasper wies mit unbestimmter Geste auf den Monitor,

wo sich gerade das Bild einer beeindruckend voluminösen Datentabelle aufgebaut hatte. »Wir können nicht alle befragen, Romy – alle Kinder, Erzieher, Angehörige, in der Hoffnung, irgendwann auf jemanden zu stoßen, der als Tatverdächtiger in Frage käme oder Hinweise geben könnte, die uns weiterhelfen …«

»Wohl kaum, zumal noch längst nicht alle Daten erfasst sind. Wir sollten uns zunächst Kernzeiten heraussuchen.«

Max nickte sofort. »Gute Idee! Wahrscheinlich hat sie die Kitas nicht grundlos verlassen, und auch 1990 könnte weniger mit der Wende zu tun gehabt haben, als wir bisher annahmen«, meinte er. »Ich könnte ein zeitliches Raster anlegen, ausgehend vom jeweiligen Wechsel …«

»Das die Monate zuvor genauer beleuchtet«, vervollständigte Romy begeistert und legte Max eine Hand auf die Schulter. »Gute Idee! Das klingt zielgerichtet und vielversprechend. Nimm alles auf, was du kriegen kannst.«

»Ich bin längst dabei. Was ist mit Kiel?«

»Dort rufe ich als Nächstes an. Vielleicht helfen die uns unkompliziert weiter. Und vergiss nicht, ins Archiv zu gucken.«

Max setzte eine beleidigte Miene auf. »Natürlich nicht!«, betonte er entrüstet.

Romy wandte sich an Kasper. »Was ist mit dir? Was hältst du von der Vorgehensweise?«

»Eine ganze Menge, zumindest für den Zeitraum bis 1995.« Er verschränkte die Arme vor der Brust. »Aber was ist danach? Von welcher Kernzeit sprechen wir in der Süd-West-Kita? Die Frau leitet die Einrichtung seit 1996. Falls wir keinerlei Anhaltspunkte finden, kann das alles Mögliche bedeuten.«

»Zum Beispiel, dass sie … damit aufgehört hat«, schlug Max vor. »Kann doch sein.«

»Zumindest nicht auszuschließen«, meinte Romy, und ich

hoffe, dass es so ist, schob sie stumm hinterher. »Wassernixes Kita-Zeit kann viele Jahre zurückliegen.«

»Oder sie hat ihre Taten gut vertuscht«, wandte Kasper ein. Er runzelte die Stirn. »Wie dem auch sei … Ich helfe Max bei der Archiv-Recherche.«

»Gute Idee. Ich gehe dann mal rüber, um in Ruhe zu telefonieren.«

Sie hatte die Hand gerade auf die Klinke gelegt, als die Tür abrupt aufschwang, so dass Fine den Rahmen ausfüllte. Sie blickte verblüfft in die Runde. »Warum steht ihr hier auf engstem Raum zusammen? Haben wir nicht ein Besprechungszimmer?«

»Hat sich gerade so ergeben, und ich mache mich auch schon wieder dünne.« Romy lächelte und wollte sich an Fine vorbeischlängeln. Die gab jedoch die Tür nicht frei, sondern wedelte mit einer Akte.

»Wartet mal kurz, Kollegen.« Sie sah Kasper an. »Mir ist vorhin was eingefallen. Erinnerst du dich nicht daran, dass im Sommer 1989 tagelang und leider ergebnislos nach einem verschwundenen Kind gesucht wurde?«

Kasper, der normalerweise über ein ausgezeichnetes Gedächtnis verfügte und der Erste war, der sich an alte Fälle erinnerte, schüttelte verblüfft den Kopf. »Nö, da stehe ich gerade auf dem Schlauch. Werde wohl langsam alt, außerdem war 89 ein ziemlich wildes Jahr … Ach, warte mal!« Er winkte ab. »Ja, damals war ich eine ganze Weile zur Schulung in Rostock, und als ich wiederkam, war die Suche längst eingestellt.«

»Stimmt«, gab Fine zu. »Du warst sechs Wochen weg, und wir haben dich sehr vermisst.«

Kasper wirkte ausgesprochen erleichtert, stellte Romy belustigt fest, bevor sie die Kollegin ansah. »Und? Ist das die Akte dazu?«

»Ja, sie stammt aus dem Stapel der alten Vorgänge, die

noch nicht im Computer erfasst sind – davon gibt es übrigens einige. Es lebe das Archiv. Außerdem besuchte das Kind die Clement-Kita. Lohnt sich vielleicht, da noch mal genauer hinzugucken.«

»Super!« Max warf Fine einen anerkennenden Blick zu, den diese mit breitem Lächeln quittierte, während sie den Ordner schwungvoll auf den Tisch knallte. »Frischer Kaffee kommt auch gleich.« Sie wandte sich um und stolzierte mit wiegenden Hüften davon.

»Gut, kümmert euch sofort darum«, erklärte Romy. »Ich brauche jetzt eine ruhige halbe Stunde. Alles Weitere später.«

Unter Lottes Festnetznummer meldete sich nur der Anrufbeantworter, und Romy legte auf, ohne eine Nachricht zu hinterlassen; ans Handy ging auch niemand. Die Frau sitzt in der Vorlesung, dachte Romy und nahm sich vor, es zu einem späteren Zeitpunkt noch einmal zu versuchen, um zunächst mit der Kieler Einrichtung Kontakt aufzunehmen.

Es dauerte eine ganze Zeitlang, bis sie jemanden am Apparat hatte, der ihr weiterhelfen konnte. Der dritte Ansprechpartner, Sönke Mahldorn, hatte schließlich nicht nur Zeit, sondern auch das richtige Alter und die nötige Entscheidungsbefugnis, um mit ihr über die 90er-Jahre zu sprechen und Auskunft über eine ehemalige Mitarbeiterin zu geben.

Romy schilderte ihm den Fall in aller Kürze und beschränkte sich dabei auf den Mord. Sie beschrieb die polizeilichen Maßnahmen, Sängers Vergangenheit als Erzieherin ausgiebig zu durchleuchten, allgemein als Folge erster Ermittlungserkenntnisse. »Wir haben heute die Genehmigung der Oberstaatsanwaltschaft Stralsund für die Ausweitung unserer Recherchen erhalten, so dass die Nennung personenbezogener Daten und Auskünfte kein Problem für Sie darstellen dürfte«, rundete sie ihre Erläuterungen ab. »Und Sie kriegen das Ganze natürlich auch noch so schnell wie möglich per Fax übermittelt. Darüber hinaus bitte ich Sie, einer Aufzeichnung unseres Gesprächs zuzustimmen.«

»Ja, natürlich, das ist kein Problem für mich«, versicherte Mahldorn. Seinem Tonfall war anzuhören, dass es ihm durchaus nicht unangenehm war, möglicherweise wichtige Hinweise im Rahmen einer polizeilichen Untersuchung geben zu können. Romy schätzte ihn als Typ Mann ein, der zu Hause beim Abendbrot mit breiter Brust davon berichten und dabei seine Rolle dezent in den Mittelpunkt rücken würde.

»Die Erzieherin war von 1990 bis 1995 bei uns beschäftigt, sagten Sie?«

»Ja, Monika Sänger – damals hieß sie Barendsen.«

»Ich erinnere mich. Ich hatte kurz vor ihr angefangen, vielleicht drei oder vier Monate. Damals sprach man noch von den Ossis, wenn Sie mir die Bemerkung gestatten, und von den Besserwessis. Wir hatten große Personalnot. Nur darum ist sie bei uns reingerutscht.« Er räusperte sich. »Die DDR-Pädagogik war natürlich nicht gerade gefragt bei uns, wie Sie sich vielleicht denken können. Sie hat dann relativ zügig Weiter- und Fortbildungen absolviert und sich rasch eingearbeitet.«

»Wie hat sie die Bewerbung in Ihrer Einrichtung eigentlich begründet?«

»Sie wollte neu anfangen«, antwortete Mahldorn prompt. »Ich erinnere mich noch genau an diese Worte. Rügen sei zwar schön, aber es war die DDR; viele wollten mal raus, und sei es nur zeitweise. Konnte ich verstehen.«

»Welchen Eindruck hatten Sie von ihr?«

»Och, wie gesagt, sie arbeitete sich zügig ein und war hochinteressiert an ihrem Beruf«, erläuterte Mahldorn.

»Und sonst so?«

»Na ja, ganz sympathisch, aber um ehrlich zu sein: Sie war nicht mein Typ.«

»Warum nicht?«

»Keine Ahnung, einfach so.« Das klang ein wenig genervt.

Vielleicht ist er mal bei ihr abgeblitzt, überlegte Romy, sprach den Gedanken aber nicht aus. »Gab es berufliche Auseinandersetzungen mit ihr?«

»Nein, eigentlich nicht … Sie war manchmal etwas barsch im Umgang mit den Kindern, aber sie hat die ganz gut im Griff gehabt«, erörterte Mahldorn. »Besser als manch anderer.«

Engagiert im Job, zielstrebig, aber auch barsch, energisch, ungeduldig, aggressiv, die Kinder mussten spuren, ließ Romy die Beschreibungen auf sich wirken. Monika war Erzieherin geworden, hatte aber keine eigenen Kinder gewollt, um ihren Mann nicht teilen zu müssen, wie Kasper Barendsens Schilderungen wiedergeben hatte. Was war in der Frau vor sich gegangen? Hatte sie in den letzten Jahren, seit ihrer Ehe mit Michael Sänger, ein Mittel gefunden, ihre Aggressionen zu beherrschen, zu kanalisieren?

Sie schob ihre Überlegungen beiseite, um sich wieder auf das Telefonat zu konzentrieren. »Können Sie sich an ernste Probleme mit Eltern oder hervorstechende Konflikte mit Kindern entsinnen?«, setzte sie die Befragung fort.

»Ach du liebe Güte, wie meinen Sie das denn?«, staunte Mahldorn. »Wenn Sie mit Kindern arbeiten, gibt es dauernd irgendwelchen Zoff. Mal ist es alltäglicher Kleinkram, mal auch mehr, und die Ursachen sind so individuell wie die einzelnen Kinder.«

Romy seufzte unterdrückt. Sie würde nicht umhin kommen, die Katze aus dem Sack zu lassen. »Gab es Beschwerden oder gar Verdachtsmomente, die den Schluss nahelegten, die Frau könnte übergriffig geworden sein?«, präzisierte sie.

Mahldorn schwieg sekundenlang. »Was genau meinen Sie damit?«

»Ich spreche von Gewalt und starken Aggressionen sowie

Missbrauch«, konkretisierte Romy. »Und ich muss Sie dringend ersuchen, unser Gespräch absolut vertraulich zu behandeln.«

»Ich verstehe, das ist doch selbstverständlich«, versicherte Mahldorn erschrocken. »Aber ich weiß nichts von derartigen Vorkommnissen«, fügte er nach längerem Überlegen hinzu. »Damit hatten wir hier noch nie etwas zu tun, das können Sie mir glauben. Allerdings ...«

Die Kommissarin spitzte die Ohren.

»Tja, jetzt, wo Sie es sagen ... Also, es gab einen Vater, mit dem Monika mal richtig aneinandergeraten ist. Ich weiß nicht, was da los war. Ich war eine Weile krank gewesen, und am Tag meiner Rückkehr habe ich mitbekommen, dass es im Büro lautstark zur Sache ging – ungewöhnlich lautstark, sonst würde ich mich nach so langer Zeit wohl kaum daran erinnern. Erst mit dem Vater und später dann mit der damaligen Leiterin, Hannelore Biegel – die können Sie allerdings nicht mehr darauf ansprechen. Sie ist im letzten Sommer gestorben. Und ich erinnere mich auch an keine Einzelheiten der Auseinandersetzung oder Wortfetzen, nur, wie gesagt, dass es laut und heftig war.«

Romys Puls hatte sich merklich beschleunigt. »Wann war das ungefähr?«

»Ich glaube, fünf, sechs Monate bevor sie uns verließ, aber das ist nur ein ungefährer ...«

»Schon klar«, unterbrach Romy. »Und dieser Vater – können Sie sich an den Namen erinnern?«

»Das nicht, aber wenn ich mir die Liste der Kinder aus jenem Jahr ansehe, fällt er mir bestimmt ein. Soll ich mal nachsehen? Dauert nur wenige Minuten.«

»Wenn das kein Angebot ist! Ich warte gerne.«

Mahldorn war vier Minuten später zurück. Es raschelte in der Leitung. »Frau Kommissarin?«

»Immer noch am Apparat.«

»Der Name des Vaters lautet Jochen Bäsler. Es ging um seine Tochter Katrina. Sie war damals sechs Jahre alt. Vielleicht hilft Ihnen das weiter.«

Romy schnappte nach Luft. »Sie haben mir sogar sehr weiter geholfen«, sagte sie schließlich leise. »Danke.« Sie legte auf.

Bäsler. Als sie am Sonntag mit ihm gesprochen hatte, war es um Stefan Heise und Rolf Arnolt gegangen, um den Brief und die Fotos, die er umsichtigerweise seinerzeit an die Mutter weitergeleitet hatte, und sie hatte Monika nur beiläufig erwähnt. Aber nun war auch klar, warum Monika Bäsler bei ihren Prora-Recherchen außen vorgelassen und sogar vehement abgewiegelt hatte, als Dieter Keil anbot, ihr zu helfen. Die Auseinandersetzung musste einen ernsten Hintergrund gehabt haben, so ernst, dass sie Monate später die Kita verließ, um nach Rügen zurückzukehren. Vielleicht hätte ihr spätestens in dem Augenblick, als ihr Bäsler erneut über den Weg lief, bewusst werden müssen, dass man nicht an einer alten Geschichte rütteln konnte, ohne dass auch andere in Bewegung gerieten.

Romy stand auf und ging nach drüben, um sich Kaffee und einen Imbiss zu besorgen. Kasper und Max hatten die Köpfe zusammengesteckt, Fine hing am Telefon. Es war inzwischen später Nachmittag und längst dunkel. Sie ging zurück in ihr Büro und wählte Bäslers Nummer. Diesmal meldete sich nur der Anrufbeantworter, und Romy bat um Rückruf. Der erfolgte fünf Minuten später.

»Ich stand gerade unter der Dusche«, erklärte Bäsler in aufgeräumtem Tonfall. Er schien gute Laune zu haben. Nicht auszuschließen, dass die bald verflogen sein würde. »Suchen Sie immer noch nach alten Spati-Geschichten?«

Romy war plötzlich elend, und sie hoffte inständig, dass sie den Mann nicht völlig unnötig aufwühlte. Vielleicht war es ein bescheuerter Streit gewesen, nicht mehr, nicht weniger, und Mahldorn hatte sich nur wichtig machen wollen. »Wir haben inzwischen eine andere Spur aufgenommen, Herr Bäsler, eine, die uns noch viel weniger gefällt, wenn ich mal persönlich werden darf.«

»Klingt ernst.«

»Das ist es.« Romy stand auf und stellte sich ans Fenster. »Stimmt es, dass Ihre Tochter Katrina in den 90er Jahren eine private Kita in Kiel besuchte?«

Die Stille währte nur kurz. »Ja, sie war zwei oder drei Jahre bei den Zwergen in Kronshagen«, erwiderte Bäsler perplex. »Aber …«

»Erinnern Sie sich an eine Erzieherin namens Monika Barendsen?«

»Ja, durchaus, aber …«

»Sie hatten mal einen heftigen Streit mit ihr.«

»Auch das stimmt. Sagen Sie mal …«

»Worum ging es in der Auseinandersetzung?«

»Darauf antworte ich Ihnen erst, wenn Sie mir erklären, was das alles soll!«, betonte Bäsler energisch.

»Na schön. Monika Barendsen hieß vor ihrer ersten Heirat Arnolt. Sie ist Rolfs Schwester gewesen. Später heiratete sie ein zweites Mal und nahm den Namen ihres Mannes an: Sänger. Sie ist das Mordopfer.«

»Das ist kaum zu fassen«, erwiderte Bäsler tonlos, nachdem er sekundenlang geschwiegen hatte. »Rolfs Schwester? Meine Güte, was hat sie in Kiel gemacht?«

»Was hat sie mit Ihrer Tochter gemacht?«

»Katrina hatte blaue Flecken an den Oberarmen, nicht nur einmal. Ich dachte zunächst, das wäre beim Spielen passiert, vom Gerangel mit anderen Kindern«, begann Bäsler zu berichten. »Dann erzählte meine Frau, wir waren damals noch verheiratet, dass Katrina unruhig schlief und irgendwie ängstlich wirkte. Ich habe nachgehakt, und die Kleine erzählte uns schließlich, dass Moni grob geworden sei – mehrfach. Tja, daraufhin habe ich in der Kita ein sehr großes Fass aufgemacht, das können Sie sich wohl vorstellen. Niemand packt meine Tochter ungestraft an!«

Romy schluckte. »Wie hat Monika reagiert?«

»Sie hat es abgestritten und ist richtig unverschämt geworden. Ich dachte, die geht auf mich los, so wütend wurde die. Aber sie hat nicht lange danach die Kita verlassen müssen. Besser war es. Dass sie die Schwester von Rolf war ... Das ist schwer zu glauben. Rolf war ganz anders ... Wow, das muss ich erstmal sacken lassen.«

»Wissen Sie, ob es noch andere Kinder gab, die Probleme mit Monika hatten?«

»Darum habe ich mich, ehrlich gesagt, nicht gekümmert. Ich habe der Frau gesagt, dass sie mich so richtig kennenlernt, wenn sie meine Tochter auch nur noch einmal schräg anguckt. Und ich meine, was ich sage, das können Sie mir glauben. Ich hätte nicht lange gefackelt.«

»Schon klar, Herr Bäsler. Was macht Ihre Tochter denn jetzt so?«

»Sie studiert und macht gerade ein Auslandsjahr in Australien.« Das klang stolz.

»Geht es ihr gut?«

»Aber ja, sehr sogar. Warum fragen Sie?«

Romy schloss kurz die Augen. War es ihre Aufgabe, hier einzugreifen und möglicherweise Wunden zu schlagen, die völlig unnötig waren? Vielleicht hatte Monika in diesem Fall lediglich unbeherrscht zugepackt, vielleicht war mehr passiert. Aber hatten sie eine Chance, zeitnah von den Einzelheiten zu erfahren – nach fast siebzehn Jahren? Und was würde sich ermittlungstechnisch ändern, wenn sich ihre Befürchtungen bestätigten?

»Reines Interesse, Herr Bäsler«, entgegnete sie kurz entschlossen. »Ich danke Ihnen und alles Gute, auch für Ihre Tochter.« Sie legte schnell auf.

Wenige Minuten später versuchte Romy erneut, Lotte zu erreichen und hatte diesmal Glück. Sängers Tochter ging nach dem dritten Klingeln an ihr Handy. »Ich bin auf dem Weg in die Bücherei«, erklärte die junge Frau nach knappem Gruß in gehetztem Ton.

»Ich halte Sie nicht lange auf, Frau Sänger«, versprach Romy. »Wir müssen noch mal mit Ihnen sprechen. Könnten Sie es zeitnah einrichten, im Kommissariat vorbeizukommen? Sie sind doch sicherlich gerade jetzt häufiger in Bergen.«

»Im Moment habe ich sehr wenig Zeit«, erwiderte Lotte. Sie atmete schneller, und Romy konnte an den Hintergrundgeräuschen erkennen, dass sie an einer Straße stand oder im Begriff war, sie zu überqueren.

»Ich darf Sie erinnern, dass wir in einem Mordfall ermitteln.«

»Ich weiß, aber … Also, mein Vater hat mir erzählt, was Sie herausgefunden haben, und ich kann Ihnen versichern, dass Monika mich in keiner Weise angerührt hat. Niemals.«

»Danke, dass Sie so schnell zur Sache kommen, aber die telefonische Aussage genügt mir nicht.«

Es raschelte und knarzte in der Leitung. »Na schön«, vernahm Romy schließlich wieder Lottes Stimme. »Ich besuche in den nächsten Tagen meinen Vater und komme dann vorbei, um meine Aussage zu machen. Ist das in Ordnung?«

Besser als gar nichts, dachte Romy, bedankte sich aber höflich.

Dieser Tag war überschattet gewesen und schließlich in völliger Dunkelheit versunken, seines Daseins wie beraubt. Die Seele kannte solche Tricks, hatte sie mal gelesen. Das Geschehen hatte sich zu einem blinden Bündel im hintersten Winkel zusammengekauert, leise pulsierend, bis zur Entfremdung verzerrt, gefangen und doch unbeherrschbar und angsteinflößend. Ans Licht gezogen war alles zu neuem Leben erwacht: die Erinnerung an die Geschehnisse und in ihrem Gefolge Schock und Schmerz, Panik, lähmende Dunkelheit, aber auch die allmählich wachsende Gewissheit, die Dinge nun selbst in die Hand nehmen und agieren zu müssen. Manches war abrupt und mit brachialer Gewalt auf sie eingestürmt, dass es ihr den Atem verschlug, anderes hatte sich nach und nach Bahn gebrochen.

Nichts geschieht ohne eine Gegenbewegung, dachte Silke. Nun weiß ich zwar, warum ich bin, wie ich wurde, aber frei bin ich nicht, nicht mal jetzt. Das Grab der alten Erinnerungen ist geöffnet und leer geräumt. Es bietet Platz für neue, die ich mit aller Macht hineinstoßen und tilgen möchte, und der Kreislauf beginnt aufs Neue. Woran sie sich plötzlich auch erinnerte, war Jurek. Ausgerechnet ihre Mutter hatte ihn erwähnt.

»Die Stoltes haben ihm eine Grabstätte eingerichtet, genau ein Jahr danach – na ja, eher so etwas wie eine Gedenkstätte«, hatte sie letztens am Telefon erzählt, ohne dass Silke im Nachhinein hätte sagen können, was der Anlass für dieses Thema gewesen war.

Sie schaltete oft genug auf Durchzug, ließ ihre Mutter reden und reden und reden, während sie zum Fenster hinausstarrte, Notizzettel vollkritzelte oder im Internet surfte …

»Das kann ich gut verstehen. Du müsstest dich doch eigentlich an ihn erinnern. Er hieß Jurek und war im gleichen Kindergarten wie du. Er ist damals verschwunden, nach dem Kinderfest am Strand von Göhren. Weißt du das nicht mehr?«

Wie ein gleißend heller Pfeil war das Bild des Jungen auf sie zugeschossen: braune Locken, grüne Augen, ein schelmisches Grübchen. Acht oder neun war er gewesen, ein aufgewecktes, freundliches Kind, das an jenem Tag verschwunden war. Sie hatten ihn überall gesucht – am Strand und in den Dünen, später waren Boote aufs Meer hinausgefahren, die

Polizei hatte die Umgebung mit Spürhunden abgesucht, tagelang. Ohne Erfolg. Es gab keine einzige Spur von Jurek. Der Boden schien ihn verschluckt zu haben.

Seine Eltern wohnten immer noch in Bergen, in der Nähe des Ernst-Moritz-Arndt-Stadions, wie Silke nach dem Telefonat mit ihrer Mutter mit einem Blick ins Telefonbuch feststellte. Als sie trotz der winterlichen Straßenverhältnisse aufbrach, wusste sie selbst nicht so genau, was sie trieb. Vielleicht der Wunsch, einen Blick auf die Grabstätte im Garten zu werfen und Abschied zu nehmen von Jurek, an den sie sich erst jetzt wieder erinnerte und der wahrscheinlich an jenem Tag gestorben war, der unter den Tagen, die ihr Leben auf den Kopf gestellt, vielleicht zerstört hatten, der eindringlichste gewesen war. So schien es ihr jedenfalls im Nachhinein.

Das kleine Reihenhäuschen wies durchaus noch einen Rest DDR-Flair auf, war jedoch in kräftigem Orange gestrichen und mit hohen Büschen zur Straße abgeschirmt. Im Garten stand ein Schneemann, wie Silke mit einem Blick durch eine Lücke im Gebüsch erhaschen konnte. Jurek hatte eine kleine Schwester gehabt, erinnerte Silke sich. Vielleicht hatte sie die Stoltes zu Großeltern gemacht.

»Was tun Sie da?«

Silke fuhr herum. Eine grauhaarige, wintergerüstete Frau stand hinter ihr und musterte sie mit ungehaltenem Blick, die Hände in die Hüften gestützt. Silke schätzte sie auf sechzig, und sie wirkte ausgesprochen agil. »Frau Stolte?«

»Wer will das wissen?«

»Ich bin Silke. Silke Kronwald.«

»Sagt mir nichts.« Die Frau machte eine unwirsche Handbewegung. »Gehen Sie weg von meinem Zaun!«

»Hoffer, geborene Hoffer. Ich bin mit Jurek zusammen in den Kindergarten gegangen.«

Das Gesicht der Frau erwärmte sich für Sekundenbruchteile unter einem Lächeln, bevor es einen ernsten, abwesenden Zug annahm. »Das ist lange her. Hoffer, sagen Sie?«

»Sie kennen wahrscheinlich meine Mutter, Regine …«

»Ja, richtig. Aber bist du nicht nach Hamburg gegangen?«, fiel Jureks Mutter sofort ins Du.

»Ich bin zurück – seit einiger Zeit schon.«

»Die Insel lässt einen nicht los, was?«

»Nein, tut sie nicht.«

Frau Stolte nickte und wies dann in Richtung des Hauses. »Magst du einen Tee trinken?«

»Ja, gerne.«

Wenig später saßen sie in Stoltes Küche an einem runden Bauerntisch zusammen. Silke hatte die Schuhe ausziehen müssen, weil frisch gewischt war, wie Frau Stolte in energischem Ton erörtert hatte. Während der Kessel sang, stellte sie Gebäck auf den Tisch und erzählte, dass der Alte zum Skatkloppen war und dann meistens einen über den Durst trank.

»Bist du zufällig hier?«, fragte sie schließlich und goss den Tee ein.

»Nein. Mir geht viel im Kopf herum.«

»Und dazu gehört auch Jurek?« Frau Stolte klang erstaunt. »Du warst selbst noch ein Kind und so verstört damals. Wie wir alle.«

»Wohl wahr.«

Jureks Mutter rührte mit bedächtigen Bewegungen Kandis in ihren Tee. Sie hat die Augen ihres Sohnes, bemerkte Silke erst jetzt. »Meine Mutter hat mir erzählt, dass Sie eine Grabstätte für ihn errichtet hätten, besser gesagt einen Gedenkplatz.«

»So was erzählt dir Regine?«

Sie erzählt viel, wenn der Tag lang ist, dachte Silke, und der Gedanke warf seinen Schatten wohl über ihr Gesicht, denn Frau Stolte lächelte plötzlich spitzbübisch. »Ja, hier im

Garten«, fuhr sie nach kurzem Zögern fort. »Man braucht einen Platz, an dem man zu ihm sprechen kann. Ich jedenfalls.«

Sie machte eine unbestimmte Handbewegung. »Wenn du später gehst, kannst du einen Blick darauf werfen. Ganz hinten, unterm Apfelbaum, da hat er oft gesessen und gespielt. Ich finde den Platz schön. Er wird nicht verändert.«

Silke schluckte.

»Nimm noch einen Keks«, sagte Frau Stolte und schob die Schale über den Tisch. »Kannst es vertragen. Eigentlich hätten wir den Platz am Herzogsgrab im Mönchguter Forst einrichten müssen«, erzählte sie weiter.

Silke stellte ihre Teetasse wieder ab.

»Das alte Hünengrab hat ihn gefesselt, seitdem sie das Thema in der Schule hatten. Er hat sogar zusätzliche Hausaufgaben gemacht, Zeichnungen angefertigt, gebastelt ...« Sie schüttelte den Kopf. »Ich dachte damals, der Junge wird mal ein Gelehrter für den ganz alten Kram, verstehst du? Von wem er das bloß hatte? Von mir bestimmt nicht, und der Alte, na ja ...« Sie winkte ab und lächelte.

Silke hatte plötzlich Jureks Stimme im Ohr und sah ihn vor sich, wie er die geschichtlichen und geographischen Daten in epischer Breite referierte – auch in der Kita hatte er sich mit dem Thema beschäftigt und jeden an seinem Wissen teilhaben lassen, ob der nun daran interessiert gewesen war oder nicht.

Über viertausend Jahre war die Grabanlage alt. Entstanden war sie in der Jungsteinzeit, um vierzig Personen mit Grabbeilagen in einer Kammer zu bestatten. Anfang der 1960er Jahre fanden archäologische Untersuchungen statt ... Silke schüttelte verblüfft den Kopf. Was das Gehirn alles abspeicherte, war schon erstaunlich.

»Sie haben damals sogar dort gesucht, noch am gleichen Tag, als ich der Polizei davon erzählte«, erzählte Jureks Mutter. »Ist ja nicht weit von Göhren, gut drei Kilometer westlich. Aber sie haben nichts gefunden. Ich war so sicher gewesen – es hätte doch gut sein können, dass er sich auf den Weg gemacht hat, um sich die Anlage anzusehen. Der Wanderweg ist gut ausgeschildert gewesen, auch damals schon, und Jurek kannte sich da aus.«

»Ja, das hätte sein können«, stimmte Silke zu. Der Gedanke war ihr auch sofort gekommen.

»Aber sie haben nichts gefunden. Sie meinten, er sei ertrunken und rausgetrieben worden aufs offene Meer. Die Ostsee hat ihn nicht wieder hergegeben. Doch genau weiß es keiner. Niemals wird man es genau wissen. Das ist das Schlimmste.« Sie wandte den Blick ab. »Aber hier im Garten an ihn zu denken ist auch schön. Und näher, verstehst du?«

»Ja, das verstehe ich sehr gut.«

Silke brach eine Viertelstunde später auf. Die kleine Gedenktafel hing am Apfelbaum, darunter stand ein Glaskasten mit einem Foto von Jurek, getrockneten Blumen und einer kindlichen Zeichnung vom Hünengrab.

# 13

Max hatte sich Romys Anordnung klammheimlich widersetzt und war an seinen Schreibtisch zurückgekehrt, als der Rest des Teams nach einer abschließenden abendlichen Besprechung Feierabend gemacht hatte. Endlich hatten sie eine Spur, ein Indiz, eine Überschneidung entdeckt, zumindest sprach einiges dafür, dass sie auf einem vielversprechenden Weg waren, und er sollte sich ausruhen? Unmöglich.

»Ich bin hundemüde, und die neuen Infos, so interessant sie auch sein mögen, laufen uns bis morgen früh nicht davon«, hatte Kasper sofort zugestimmt, und Romy wollte mal wieder eine Runde boxen, um abschalten und anschließend gut schlafen zu können.

Fine hatte sich jeglichen Kommentar gespart und war sofort nach Hause gefahren. Wenn Max es richtig mitbekommen hatte, so hatte ihr Mann bereits mehrfach angerufen, um zu fragen, ob sie vorhabe, in ihrer Dienststelle zu übernachten. Fines Antwort war rustikal deftig ausgefallen, und Max konnte sich gut vorstellen, dass bei ihrer Heimkehr eine ähnlich deftige Diskussion folgen würde.

Gleich für den nächsten Morgen war in aller Frühe ein Gespräch mit dem Einsatzleiter des Suchtrupps geplant, der seinerzeit nach dem Kita-Jungen gefahndet hatte. Es war ein Tag im Juli gewesen, die Kita hatte ihr jährliches Sommerfest am Südstrand von Göhren gefeiert – »Sie wissen wo!«, war es Max sofort durch den Kopf geschossen, und nicht nur ihm. Jurek Stolte war neun Jahre alt gewesen, und in der Akte stand, dass keine einzige Spur von ihm gefunden worden war.

Das kann nicht sein, überlegte Max erneut, als er das Büro

für sich allein hatte und die Akte ein weiteres Mal durchging. Es bleibt immer eine Spur, auch in Zeiten ohne DNA-Analysen. Die Polizei hatte angenommen, dass der Junge ertrunken war. Dennoch hatte man weiträumig nach ihm gesucht, auch im Mönchguter Forst.

Aus den Unterlagen der Clement-Kita wurde ersichtlich, dass die Einrichtung seinerzeit knapp einhundert Kinder betreut hatte; beim Sommerfest am Südstrand hatten nur die älteren zwischen sieben und zwölf Jahren teilgenommen, die bereits schwimmen konnten. Daraus ergab sich eine Gruppe von zweiundsechzig Kindern, die Max in seiner Datenbank erfasst hatte. Bei der Reduzierung auf die Mädchen blieben dreißig übrig – immer noch neunundzwanzig zuviel, dachte Max und ließ die Namen durchs Melderegister laufen, um festzustellen, wer noch auf Rügen oder in der Stralsunder bzw. Greifswalder Gegend lebte und wer nach der Heirat welchen Namen angenommen hatte.

Selbstverständlich war nicht auszuschließen, dass die regionale Beschränkung ebenso in die Irre oder ins Nichts führte wie die Hypothese, dass im Sommer 1989 etwas Entscheidendes geschehen war, in dessen Umfeld Monikas einstiges Opfer auftauchte, das später zu ihrer Mörderin wurde; und auch der hergestellte Zusammenhang zwischen dem Fall des verschwundenen Kindes und des missbrauchten Mädchens, das sich dreiundzwanzig Jahre später bitter rächte, erfüllte keineswegs den Anspruch einer objektiven Wahrheit, eher den einer spekulativen These, aber einen Versuch war es wert, in dieser Richtung weiterzuforschen und den Computer nach Schnittpunkten suchen zu lassen. Davon war Max jedenfalls überzeugt. Und wenn der Rechner an der Stelle nichts fand, dann musste man eben woanders suchen. So einfach war das.

Der regionale Filter reduzierte die Gruppe immerhin auf zwanzig Namen. Max seufzte. Noch neunzehn zuviel. In einem weiteren Suchvorgang forschte er nach Fotos und Informationen im Netz. Einige fand er in sozialen Netzwerken, andere auf eigenen Websites, auf denen von Arbeitgebern oder schlicht in der Zeitung, in der Regel unter regional Vermischtes: Sportmeldungen, Kleingartenfeste, Ehrungen, Hochzeiten und so weiter und so fort.

Es war halb vier in der Frühe, als er schließlich auf der Grundlage der neuen Informationen begann, die Datenbank mit Stichworten zu füttern, die eine Überschneidung mit Monika Sänger herstellen könnten, sowie Fotomaterial aus unterschiedlichen Quellen miteinander zu vergleichen. Um halb fünf hatte er einen Namen, mit dem man etwas anfangen konnte, sowie einige Persönlichkeitsdaten, die auch passten oder passen könnten.

Max war zufrieden, stellte eine Handakte für den raschen Überblick zusammen und fuhr anschließend den Rechner herunter, bevor er das Gästebett ausklappte. »Morgen früh brauche ich unbedingt eine Dusche«, murmelte er, bevor er innerhalb von wenigen Augenblicken in Tiefschlaf gefallen war.

Robert Albrecht fand sich pünktlich um halb acht im Kommissariat ein, als Kasper gerade seinen ersten Dienstkaffee trank und Max hinterher griente. Der Junge hatte die halbe Nacht am Computer verbracht, und Kasper hatte ihm angeboten, zu ihm nach Hause zu fahren, eine Dusche zu nehmen und auf dem Sofa ein wenig Schlaf nachzuholen. Max war von der Idee hellauf begeistert gewesen, sofern das in seinem Zustand überhaupt möglich war, er hatte Kasper einen Hefter in die Hand gedrückt und sich müde schlurfend aus dem Staub gemacht, bevor er Romy über den Weg laufen konnte.

Kollege Albrecht war ein paar Jahre älter als Kasper und bereits im Ruhestand. »Meine Güte, über den alten Fall wollt ihr was wissen?«, wunderte er sich, während er dankend eine Tasse Kaffee entgegennahm, noch schnell eine Bemerkung zum Rügener Winterwetter machte und sich zu Kasper setzte. »Habt ihr sonst nichts zu tun?«

»Mehr als genug, Robert. Also, was war da los?«

Albrecht schlug ein Bein über das andere. »Die Erzieher haben beim Abzählen gemerkt, dass der Junge fehlt, und sich zunächst selbst auf die Socken gemacht, gemeinsam mit den Kindern. Nach einer Stunde haben sie die Polizei benachrichtigt, und wir sind die Sache recht zügig angegangen, um das Tageslicht auszunutzen – Strand auf, Strand ab, Wasserpolizei, in Göhren waren wir unterwegs und im Forst am Hünengrab. Die Mutter berichtete, dass der Junge ein Faible für die Gegend hatte.«

Kasper nickte und schlug die Akte auf, die Fine aus dem Archiv gefischt hatte. »Kollege, ist dir irgendwas aufgefallen bei der ganzen Aktion? Ist dir etwas seltsam vorgekommen?«

Albrecht runzelte die Stirn. »Was meinst du mit seltsam? Es war fürchterlich. Alle waren sehr aufgeregt und verstört. Die Erzieherinnen waren völlig fertig, einige Kinder weinten ...« Er beugte sich vor und tippte auf den Ordner. »Wir haben damals Aufnahmen vom Strand und den Zelten gemacht. Hier, schau mal.«

Kasper richtete den Blick auf ein grobkörniges Bild, das eine Gruppe von Kindern zeigte, die zwischen mehreren Zelten dicht gedrängt zusammenstanden.

»Die Lütten sollten uns sagen, wo sie den Jungen zum letzten Mal gesehen hatten, und die Kleine hier ...« Er wies auf ein mageres Mädchen mit Zöpfen. »Die war völlig erstarrt vor Schreck. Die hat kaum ein Wort herausgekriegt.« Er schüttelte den Kopf. »Fürchterlich, die mochte den Jungen wohl besonders gern.«

»Weißt du den Namen noch?«, fragte Kasper und reichte

dem Kollegen eine maschinengeschriebene Liste, auf der alle Kinder und Erzieherinnen aufgeführt waren.

»Na, du stellst vielleicht Fragen … Aber gut, warte.« Albrecht fuhr die Liste mit dem Zeigefinger entlang. »Ja, ich glaube, das war die kleine Hoffer. Ja!« Er nickte eifrig. »Ich kenne ihren Vater noch, der war Elektriker, die Mutter hat damals in einem Hotel gearbeitet. Das Mädchen hieß Silke Hoffer. Die Kleine hat riesige Kulleraugen gemacht.«

Kasper atmete tief ein. »Kannst du dich auch an die Erzieherinnen erinnern? An Monika Barendsen zum Beispiel?« Er nahm ein anderes Foto zur Hand, auf dem die Frau abgebildet war und mit angespanntem Gesichtsausdruck und strengem Mund in die Kamera blickte. »Hier ist sie.«

»Ja, und?«

»Wie hat sie sich verhalten?«

»So wie die anderen auch. Sie war in großer Sorge und hat mitgesucht«, entgegnete Albrecht und sah Kasper irritiert an. »Kollege, worum geht es hier eigentlich?«

»Um eine riesengroße Sauerei – mehr kann ich dir im Augenblick nicht sagen.«

»Verstehe.«

»Wo ist denn der Junge zuletzt gesehen worden?«

»Mehrere Kinder sagten, er sei zwischen den Zelten herumgelaufen, andere hatten ihn am Strand gesehen und sogar oben bei den Autos, das Übliche …« Albrecht seufzte. »Und jeder schwört Stein und Bein, dass seine Erinnerung stimmt.«

»Und die Sachen, die er dabei hatte – Rucksack, Proviant, Handtuch. War das auch verschwunden?«

»Nö, das lag in einem der Zelte, wo die Kinder sich umzogen und ihre Sachen aufbewahrten.«

Kasper nickte. »Was glaubst du, was passiert ist?«

»Er ist ertrunken«, entgegnete Albrecht ohne Zögern.

»Und niemand hat etwas gemerkt oder gehört?«

»Die Kinder haben gespielt, getobt, sich ausgeruht, gegessen, in den Zelten zusammengehockt – da kann doch mal einer die Gruppe verlassen, ohne dass es sofort auffällt«, entgegnete Albrecht. »Und als es auffiel, war es zu spät. Der Kleine ist untergegangen und rausgetrieben. Ende.«

Ende. »Ja, möglich.«

»Die Kita hat jedenfalls da draußen nie wieder ein Strandfest veranstaltet.«

»Kann ich mir denken. Danke, Kollege. Du hast mir sehr weitergeholfen.«

Kasper verabschiedete Robert Albrecht, der sichtlich enttäuscht war, nicht mehr über die Hintergründe der Recherchen erfahren zu haben, und griff umgehend zum Telefon, um noch einmal mit Helga Lind zu sprechen. Sie war zum fraglichen Zeitpunkt zwar in Stralsund beschäftigt gewesen, aber der Fall des vermissten Jungen hatte sicher Kreise gezogen, und es war nicht auszuschließen, dass sie mit einer Clement-Kollegin darüber gesprochen hatte. Helga nahm das Gespräch nicht selbst an, kam aber nach wenigen Minuten an den Apparat.

»Mir ist noch was eingefallen«, kam Schneider sofort zur Sache und fasste die Ereignisse in wenigen Worten zusammen. »Ich weiß, dass du damals in Stralsund warst, aber …«

»Ja, ich erinnere mich trotzdem daran. Eine traurige Geschichte. Aber was hat sie mit Monika zu tun?«

»Wir sind auf der Suche nach Anhaltspunkten, Helga. Der Junge verschwand im Sommer 1989 am Strand von Göhren, und wenige Monate später ist Monika nach Kiel gegangen«, erläuterte er geduldig. »Vielleicht hat das überhaupt keine Rolle gespielt oder aber eine, die mit ihrem Tod nicht das Geringste zu tun hat. Aber möglicherweise …«

»Möglicherweise«, wiederholte Helga. »Ihre Leiche ist am Strand von Göhren gefunden worden, nicht wahr? Am Südstrand.«

»Ja.«

»Ist das der Grund für eure Nachforschungen?«

»Helga, bitte.«

»Schon gut. Nun, ich entsinne mich, dass ich mich eine ganze Weile danach mal mit einer Exkollegin unterhalten habe, die ich beim Segeln traf. Sie erzählte, dass Monika in den Westen wollte. Fand ich ziemlich albern und meine Kollegin auch, aber sie erwähnte dann noch, dass Monikas Beziehung gerade in die Brüche gegangen war und der Zeitpunkt demnach nicht schlecht, noch mal neu anzufangen.«

»Weißt du, wie ihr damaliger Typ hieß?«

»Ulli, glaube ich ... Nachnamen weiß ich nicht mehr. Der war Koch. Ist das wichtig?«

»Ja.«

»Gut, ich versuche die Exkollegin zu erreichen, die behält solche Sachen immer ganz gut und kennt auf der Insel Gott und die Welt«, ergriff Helga die Initiative. »Sie ist vor einigen Jahren nach Hiddensee gezogen. Ich hake da mal nach, dann musst du nicht lang und breit erklären.«

»Das ist eine große Hilfe für mich, danke dir. Hast was gut bei mir«, meinte Kasper.

»Kochst du immer noch so gut wie früher?«

Kasper spürte, dass er errötete, und war heilfroh, dass Helga ihn nicht sehen konnte. Er gab sich einen Ruck. »Fast noch besser«, behauptete er mutig.

»Werde ich mir merken.«

»Tu das. Wenn das alles vorbei ist, könnten wir ja mal ...«

»Könnten wir.«

Helga rief zehn Minuten später zurück. »Monikas Freund von damals heißt Ulrich Poschke«, sagte sie. »Er betreibt ein Fischlokal oben in Lohme, in der Nähe des kleinen Hafens, nachdem er nach der Wende auch einige Zeit unterwegs war. Soll ein echter Geheimtipp sein, selbst im Winter.«

Kasper notierte den Namen. »Noch mal – danke, Helga.« Nebenan hörte er Romys Stimme. Sie klang munter und tatendurstig.

Es kribbelte in ihren Fingerspitzen. Romy war sicher, dass sie auf der richtigen Spur waren oder sich wenigstens in eine Richtung bewegten, die entscheidend mit der Lösung ihres Falls zu tun hatte.

»Das ist es, oder?« Sie tippte auf die Jurek-Akte und warf Kasper einen triumphierenden Blick zu, den der gelassen zurückgab. »In dem Sommer verschwindet der Kleine im Laufe des Festes am Südstrand von Göhren. Unter den Kindern befindet sich auch Silke Hoffer, die dein Kollege als auffällig traumatisiert in Erinnerung hat.« Romy griff mit einer hektischen Bewegung nach Max' Ordner und zog ein Foto heraus. »Und hier taucht sie wieder auf. Silke heißt nun mit Nachnamen Kronwald. Sie ist Bauingenieurin, hat jahrelang in Hamburg gelebt, ist mittlerweile geschieden und kehrt vor zwei Jahren nach Rügen zurück, wie Max recherchiert hat. Bei der Feier anlässlich der Eröffnung der Jugendherberge wird sie zufälligerweise von einem Zeitungsfotografen abgelichtet …«

Kasper beugte sich vor, um die Aufnahme aus der Nähe zu mustern. »Was macht sie da eigentlich?«

»›Es gibt schon weitere Baupläne‹«, zitierte Romy die Bildunterschrift. »›Alle hoffen, dass die Gelder für die geplante Bildungsstätte im nächsten Jahr fließen werden‹. Ganz einfach, als Bauingenieurin interessiert sie sich für die weiteren Baumaßnahmen in der Prora und begegnet dort Monika Sänger wieder. So schließt sich der Kreis.«

»Nun gut, du gehst also davon aus, dass damals bei diesem Sommerfest etwas geschehen ist, abgesehen vom Verschwinden des Jungen …«

»Das nehme ich ganz stark an, denn danach gab es keine

Strandfeste mehr in Göhren. Außerdem verließ ja die Sänger die Kita.«

»Stimmt, aber in den Sommern davor wurde auch alljährlich am Südstrand ein Fest veranstaltet«, wandte Kasper ein. »Und Wassernixe geht in ihrer Mail – weder in der ersten noch in der zweiten – mit keinem Wort auf Jurek ein. Das könnte ein Indiz dafür sein, dass sie sich auf davorliegende Jahre bezieht.« Er atmete angestrengt aus, zog den Ordner zu sich heran und suchte die Seite mit dem ersten Mailtext heraus:

*Am Strand der bösen Erinnerungen, Projekt kleine Mädchen, so wie ich. Bella Wassernixe, sagt Ihnen das noch etwas? Mir schon. Spiegelland, Spiegelland, was spiegelt sich in deiner Hand? Die böse Gier in Ihren Augen vergesse ich nie. Ziehen Sie die Konsequenzen, stellen Sie sich und verlassen Sie sofort die Kita! Weg von Kindern, für immer. Sonst sorge ich dafür. Wassernixe, längst kein Mädchen mehr.*

»Projekt kleine Mädchen«, wiederholte Romy leise. »Die Ausdrucksweise passt zu einer Ingenieurin, findest du nicht? Am Strand der bösen Erinnerungen, das wiederum klingt anders.« Sie stand abrupt auf und stellte sich ans Fenster. »Jurek verschwindet spurlos. Dein Kollege beschreibt Silke als völlig traumatisiert – unter Umständen hat sie etwas beobachtet. Wäre doch möglich?« Sie drehte sich abrupt zu Kasper um. »Und wenn es zwischen Wassernixes Leid und dem Verschwinden des Kindes doch einen tieferen Zusammenhang gibt?«

Kasper starrte sie lange schweigend an. Er will ihn gar nicht wissen, dachte Romy, und ich kann ihn so gut verstehen. Sie schloss kurz die Augen. »Wir müssen zügig mit der Kronwald sprechen, soviel ist klar. Aber ich bin dafür, zunächst dem Ulrich Poschke auf den Zahn zu fühlen. Er kann uns hoffentlich genauer erzählen, in welcher Verfassung die Sänger damals war – ich bin davon überzeugt, dass sie Rügen nahezu fluchtartig verlassen hat. Komm, lass uns zunächst nach Lohme fahren. Ein kleines Fischlokal am Jasmund ist jetzt genau nach meinem Geschmack.«

Dagegen hatte Kasper nichts einzuwenden. Er entschied sich für die Route, die über Mukran und Sassnitz durch den Nationalpark nach Norden führte. Wintermärchenwald in berückender Stille. Zeitlos. Märchen. Spieglein, Spieglein an der Wand, Spiegelland, Spiegelland, was spiegelt sich in deiner Hand.

In einem alten Schuhkarton hatte sie einige seiner letzten Bilder aufbewahrt. Bunt- und Bleistiftzeichnungen von Beilen und Gefäßen, Äxten und Pfeilspitzen, Bernsteinperlen und Knochen, dazu Umrisse von den Überresten des Hünengrabs und von mächtigen Bäumen. Jurek hatte für einen Neunjährigen erstaunlich gut gezeichnet. Diese Grabkammer hat ihn nicht losgelassen, dachte Helga Stolte. Er wäre ganz sicher Archäologe geworden, Altertumsforscher. Das hätte sie sich gut für ihn vorstellen können.

Sie saß auf dem Fußboden in der kleinen Kammer im Obergeschoss, das sein Kinderzimmer gewesen war, und spürte kaum, dass ihr Gesicht tränennass war. Den Karton bewahrte sie seit jenem Tag in der alten Wäschekommode auf, um ihn von Zeit zu Zeit hervorzuholen und die Bilder ihres begabten Sohnes zu betrachten. Meist an seinem Geburtstag und an dem Tag, an dem er verschwunden war. Der nette Polizist hatte nicht nur daran gedacht, ihr Jureks Tasche und sein Handtuch nach Hause zu bringen, sondern auch den Zeichenblock, den er immer bei sich getragen hatte.

Die letzten Bilder, die er gemalt hatte, beschäftigten sich mit dem Strandfest: Zelte mit bunten Wimpeln, ein Lagerfeuer, um das einige Kinder singend tanzten, eine Möwe, die dicht über den Strand flog. Helga strich zärtlich über die Blätter und legte sie zurück in die Schutzhülle. Eine Zeichnung war anders. Helga hatte sie nie so richtig verstanden.

Offensichtlich sollte das Bild eine Szene in einem der Zelte abbilden. Ein Zelt, in dem sich zwei Spiegel, eine Krone, Zepter, Clownsschuhe und andere Utensilien und Kostüme befanden. Vielleicht handelte es sich um das Märchenzelt, von dem Jurek mal erzählt hatte. Die Kinder konnten dort etwas gewinnen, wenn es ihnen gelang, einige Zeilen aus einem Märchenbuch vorzulesen, das die Kindergärtnerin, um die Sache zu erschweren, vor einen Spiegel hielt, so dass die Schrift verkehrt herum erschien, und den Titel zu erraten.

In einem der Spiegel waren zwei Figuren abgebildet – eine große, eine kleine. Die kleine Figur erinnerte entfernt an eine Nixe und trug lange Zöpfe, wie Helga beim genaueren Hinsehen plötzlich erkannte, und sie sah alles andere als vergnügt aus, ihr Gesicht war seltsam verzerrt. Die andere Figur hatte rote Locken und auffallend große Augen und Hände. Ihr Antlitz wirkte verschwommen.

Merkwürdig, dass der Junge bei dieser Zeichnung so ungenau und flüchtig gearbeitet hat, dachte Helga. Normalerweise hatte er Gesichter so detailgetreu abgebildet, dass man auf Anhieb erkennen konnte, um wen es sich handelte. Sie schüttelte den Kopf und legte auch dieses Blatt schließlich zurück in seine Hülle. Dann schob sie den Karton in die Schublade und schloss die Kommode.

Sie blieb lange auf dem Fußboden sitzen, und die Sehnsucht nach ihrem Jungen durchdrang ihr Herz mit unerträglichem Schmerz.

# 14

Ulrich Poschke sah so aus, wie man sich einen Koch gemeinhin nicht vorstellte – er war hager, fast dürr und hatte ein wettergegerbtes Gesicht mit zahlreichen Lachfältchen. Sein Lokal hatte bescheidene Ausmaße, dafür verfügte es mit seinem Ausblick auf den kleinen Hafen über eine malerische Lage, und es duftete schon am Morgen nach köstlichen Gerichten. Die Betonung des Seefahrerambientes mit dem von der Decke herabhängenden Fischernetz sowie zahlreichen Schiffsbildern an den Wänden war nach Romys Geschmack ein bisschen arg dick aufgetragen, aber dem kauzigen Charme des engen Gastraums konnte auch sie sich nicht entziehen. Ganz in der Nähe war es vor einigen Jahren zu einem massiven Steilküstenabbruch gekommen, wie Kasper Romy mit besorgter Miene berichtet hatte, als sie ausgestiegen waren.

Poschke hatte seine Schürze abgenommen und ihnen einen Platz am Fenster angeboten. »Mein bester Tisch«, sagte er. Seine Verwunderung über den Polizeibesuch war unübersehbar. »Der ist schon für die ganze Woche ausgebucht«, fügte er mit einem gewissen Stolz in der Stimme hinzu.

»Freut mich«, erwiderte Romy. »Sind zurzeit viele Wintertouristen hier?«

»Es gibt einige Stammurlauber, die kommen immer wieder, und zwar gerade im Winter. Sie suchen die Stille.« Er schob ein Lächeln hinterher. »Und wonach suchen Sie, wenn ich mal ganz direkt fragen darf?«

»Wir suchen einen Mörder«, erklärte Romy unumwunden.

Poschke sank die Kinnlade herab. »Wie bitte? Hier, bei mir?«

»Na, mal sehen.«

Kasper schmunzelte. Endlich mal wieder, dachte Romy. Sie hatten vereinbart, die Befragung offensiv zu gestalten, wie sie es gerne ausdrückte: direkt und provokativ, wo es vielversprechend schien.

»Das ist nicht Ihr Ernst, oder?« Poschkes Blick flog mehrfach zwischen Kasper und Romy hin und her.

»Erinnern Sie sich an Monika Sänger, geborene Arnolt und spätere Barendsen?«, fuhr Romy fort.

Poschke wirkte noch erstaunter, sofern das möglich war. »Na klar, wir waren mal einige Zeit zusammen. Das ist aber schon ewig her«, antwortete er zögernd. »Und was hat sie mit …«

»Sie ist tot, genauer gesagt müssen wir davon ausgehen, dass sie ermordet wurde.«

»Ach du liebe Güte!« Poschke ließ sich gegen die Rückenlehne sinken. »Ihr Ernst?«

»Ich pflege mit solchen Informationen nicht zu scherzen.«

»Menschenskinder! Was für Scheißgeschichten das Leben doch manchmal schreibt.«

»Könnte man so ausdrücken«, stimmte Romy zu. »Wann haben Sie Monika eigentlich zum letzten Mal gesehen, Herr Poschke?«

Er schüttelte perplex den Kopf. »Das ist hundert Jahre her! Und überhaupt – was wollen Sie eigentlich von mir?«

»Bei den Mordermittlungen sind eine Menge Fragen aufgetaucht, denen wir nachgehen«, ergriff Kasper in seinem berühmten lakonischen Tonfall das Wort. »Nachgehen müssen, um korrekt zu bleiben. Versuchen Sie bitte, sich zu erinnern. Wann haben Sie Monika Sänger zum letzten Mal gesehen?«

»Wir haben uns in diesem aufregenden Sommer getrennt – 1989. Ich bin ausgezogen, und das war es dann auch schon.« Er zog die Achseln hoch. »Ich habe dann noch von weitem mitgekriegt, dass sie nach Kiel gegangen ist, und ich selbst war auch einige Zeit unterwegs, mehrere Jahre, um genau zu sein, in Skandinavien, Spanien, Portugal.«

»Klingt gut. Was haben Sie gemacht? Verlängerten Urlaub?«, fragte Romy.

Poschke lächelte. »Ich wollte endlich mal etwas von der Welt sehen und habe mir meine Reise mit Aushilfsjobs finanziert – meist als Koch. War 'ne schöne Zeit, richtig toll«, schwärmte er. »Vor zwölf Jahren bin ich schließlich zurückgekehrt und habe mir das kleine Lokal hier oben gekauft.«

»Und Monika haben Sie nicht wiedergesehen?«

»Nein, sage ich doch. Außerdem war die doch gar nicht mehr hier.« Er runzelte die Stirn. »Insofern versteh ich auch nicht …«

»Doch, sie ist 1995 nach Rügen zurückgekehrt und hat wenig später geheiratet.«

Poschke hielt kurz die Luft an. »Was? Das wundert mich jetzt aber.«

»Was genau wundert Sie daran – die Heirat oder die Rückkehr auf die Insel?«

Er zog die Schultern hoch. »Ach, wissen Sie – Monikas Abschied von Rügen klang zumindest in ihrer Planung damals ziemlich endgültig, und vom Heiraten hatte sie nach ihrer Ehe mit Barendsen auch die Nase voll.« Er winkte ab. »Na ja, seitdem ist ja viel Zeit vergangen, und man weiß nicht, was die Leute so antreibt.«

Richtig, aber das ist genau das, was wir herausfinden müssen, dachte Romy, in diesem Fall ganz besonders. »Könnten Sie konkreter werden? Warum wollte sie unbedingt weg von hier?«

Er pustete laut aus. »Na hören Sie – wir konnten endlich reisen und uns frei bewegen! Das war wundervoll.«

»War es garantiert, das will ich keinesfalls unterschätzen, aber bedeutet Reisen nicht auch, dass man aufbricht und wieder zurückkehrt? Sie sprachen eben aber noch ausdrücklich davon, dass Monikas Abschied endgültig klang und keineswegs nach verlängerten Ferien.«

»Ja, klar, so gesehen …« Er lächelte und sah sie abwartend an. »Vielleicht habe ich mich einfach nur ungeschickt ausgedrückt.«

Das glaube ich nicht, dachte Romy. »Noch einmal, Herr Poschke – was war in diesem Sommer los? Was genau hat Ihre Beziehung zerstört? Warum sind Sie gegangen? Und warum wollte Monika die Insel verlassen?« Schon wieder viel zu viele Fragen auf einmal, kritisierte Romy sich stumm. Das lerne ich wohl nie.

Der Koch schüttelte den Kopf. »Ich habe keine Ahnung, was Sie von mir wollen«, entgegnete er unwirsch.

»Das macht nichts – antworten Sie bitte trotzdem. Fangen wir mit der Beziehung an.«

»Meine Güte, wir haben uns gefetzt, immer wieder, die Beziehung war hin, Ende!«, berichtete er aufgebracht. »Kommt doch vor so was. Wir waren nicht verheiratet und haben uns getrennt. Das passiert täglich tausend Mal!«

»Zehntausend Mal«, meinte Romy in gelangweiltem Ton und winkte ab. »Nun gut, so kommen wir wohl nicht weiter.«

»Ganz meine Meinung.« Er verschränkte die Arme vor der Brust und warf einen unmissverständlichen Blick zur Tür.

Romy lächelte ironisch. »Einen Augenblick müssen Sie sich noch gedulden. Bitte vergegenwärtigen Sie sich mal den 6. Juli 1989, das war übrigens ein Donnerstag …«

»Wie bitte?«

Romy verstärkte ihr Lächeln, und sie bekam aus den Augenwinkeln mit, dass Kasper sich anschloss. »Zugegeben, aus dem Stand heraus ist das keine leichte Übung, und darum helfe ich Ihnen gerne ein bisschen auf die Sprünge. An dem Tag fand das alljährliche Sommerfest der Kita statt, in der Monika arbeitete. Ein Kind verschwand. Erinnern Sie sich jetzt an den Tag?«

Poschke wechselte abrupt die Gesichtsfarbe. Interessant, dachte Romy und beugte sich vor. Mehr als das.

»Das ist fast dreiundzwanzig Jahre her«, entgegnete er schließlich leise.

»Exakt. Ein Tag, den manche Menschen niemals in ihrem Leben vergessen werden.«

»Der kleine Jurek«, flüsterte Poschke und verbarg seine zitternden Hände.

Einen Augenblick lang hörte Romy nur den Wind, der an den Fensterläden riss. Was für Scheißgeschichten das Leben doch manchmal schreibt, dachte sie und sah Kasper an.

»Wir müssen Sie bitten, uns nach Bergen zu begleiten«, sagte der zu Poschke.


»Die Erzieherinnen haben bis in den Abend hinein mitgesucht«, begann Poschke ohne Zögern zu berichten, als sie eine gute Stunde später im Vernehmungsraum zusammensaßen. Der Mann war immer noch aschfahl, hatte aber seine abwehrende Haltung vollends aufgegeben. Nur weil Monika tot ist, fuhr es Romy durch den Kopf, sonst würde er blocken oder es zumindest versuchen, dessen war sie sich sicher.

»Wie haben Sie von der Suchaktion erfahren?«, fragte sie.

»Monika war zwischendurch zu Hause und hat sich umgezogen«, antwortete er. »Sie war völlig fertig ...« Er knetete seine Hände. »Ich habe sie gefragt, ob ich mitkommen soll, aber das wollte sie nicht. Ich habe lange auf sie gewartet, und später bin ich vor dem Fernseher eingeschlafen.«

Romy spürte plötzlich eine unangenehme Enge im Hals. Poschke sah sie an. »Mitten in der Nacht bin ich hochgeschreckt. Ich hörte, dass sie im Bad war, bin aber liegen geblieben«, berichtete er weiter. »Ich weiß nicht, warum, wirklich nicht ... Es herrschte irgendwie eine merkwürdige Atmosphäre, anders kann ich es nicht ausdrücken. Ich habe mich jedenfalls schlafend gestellt. Sie ist dann auf Zehenspitzen an mir vorbei ins Schlafzimmer geschlichen.«

Romy lehnte sich zurück, während Kasper die Ellenbogen auf den Tisch stützte und das Kinn auf die ineinander verschränkten Hände legte. »Und dann?«, fragte er leise. »Wie ging es weiter?«

»Ich konnte nicht wieder einschlafen.« Poschke schluckte. »Irgendwann bin ich aufgestanden. Ich dachte, ein kleiner Spaziergang täte mir gut, verstehen Sie? Es war ja mittlerweile schon früher Morgen, halb vier, vier oder so …« Er brach ab. »Kann ich bitte etwas zu trinken haben?«

»Wasser? Kaffee?«

»Beides.«

Poschke leerte sein Wasserglas in einem Zug und trank zwei Schluck Kaffee, bevor wieder hochsah. »Ich habe noch gedacht: Tu es nicht«, fuhr er fort, als hätte es die Unterbrechung gar nicht gegeben. »Ein merkwürdiger Gedanke, der direkt aus dem Bauch kam. Manchmal sollte man auf seinen Bauch hören … Habe ich aber nicht.« Er winkte ab. »Monika hatte den Wagen in den Schuppen hinterm Haus gefahren und das Tor verschlossen. Das tat sie sonst nicht, wenn einer von uns gleich morgens wieder los musste. Dann schoben wir einfach nur den Riegel vor und ließen das Schloss unversperrt. Man hat so seine Gewohnheiten und wird stutzig, wenn die nicht eingehalten werden. Also, mir geht es so.«

»Sie war am Tag zuvor mit dem Wagen unterwegs gewesen«, vergewisserte Romy sich.

»Ja, sie brauchte ihn, um Utensilien für das Fest zum Strand zu bringen und später bei der Suche nach dem Jungen.«

»Sie sind in den Schuppen gegangen und haben nach dem Wagen gesehen«, nahm Kasper den Faden auf.

»So ist es.«

»Und?«

Er verzog das Gesicht, als hätte er plötzlich einen Magenkrampf. »Ich habe den Kofferraum geöffnet, aus einem Impuls heraus. Alles wie immer, dachte ich und wollte die Klappe gerade wieder schließen, als ich den Schuh entdeckte – einen einzelnen Schuh, eine Sandale, eine Kindersandale.« Seine Unterlippe zitterte.

Das konnte alles Mögliche bedeuten, dachte Romy sofort, aber Poschke sah sie an und schüttelte, als ahnte er ihren Einwand, langsam den Kopf. »Er war voller Flecken – Blutflecken …«

»Woher wollen Sie denn wissen, dass es sich um Blut handelte?«, unterbrach Romy ihn, und sie hörte selbst, dass ihre Stimme entsetzt klang.

»Es roch nach Blut, glauben Sie mir. Später habe ich im Müll eine alte Decke und einen Plastiksack entdeckt, auch mit Blutflecken …«

Romy wandte den Blick zur Seite.

»Ich weiß, was Sie jetzt denken«, sagte Poschke leise. »Ich hätte zur Aufklärung beitragen müssen, und Sie haben natürlich recht …«

»Was hat Sie davon abgehalten?«, ergriff Kasper schnell das Wort. Seine Stimme klang gepresst.

»Die Ungeheuerlichkeit des Geschehens«, sagte Poschke nach langem Überlegen. »Ich hatte Mühe zu begreifen, was passiert war, und kaute tagelang auf dem Gedanken herum, wieso ich eigentlich hundertprozentig davon überzeugt war, dass Monika … schuld am Tod eines kleinen Kindes sein könnte oder aber in der Lage gewesen war, einen Unfall zu vertuschen, um nicht zur Verantwortung gezogen zu werden. Ich hatte sie verurteilt, ohne auch nur einmal nachzufragen – warum?«

»Und?«

»Ich hielt sie tatsächlich für fähig, Derartiges zu tun. Sie war manchmal so unbeherrscht, unberechenbar und voller Wut …«

»Sie haben sich davongestohlen«, stellte Romy in eisigem Ton fest. »Einfach so. Das Entsetzen beim Anblick der Kindersandale haben Sie beiseitegeschoben, ebenso die verdächtig schnelle Bereitschaft, Ihre damalige Lebensgefährtin einer solchen Tat zu bezichtigen. Das Leid der Angehörigen interessierte sie ebensowenig wie die Tatsache, dass der Junge niemals gefunden wurde. Sie haben Rügen verlassen und sind durch die Weltgeschichte gereist! Super Idee! Jetzt interessiert mich nur noch, wie Sie sich dabei gefühlt haben? Konnten Sie Ihre Reise genießen?«

Poschke starrte sie mit großen Augen an, während Romy spürte, wie die Wut unaufhaltsam wie ein Ballon in ihr hochstieg. »Haben Sie manchmal von der Sandale geträumt? Oder von Monika?«

Er nickte langsam. »Oft sogar.«

»Die Träume werden Ihnen garantiert erhalten bleiben, zumindest hoffe ich das sehr.« Sie stützte die Hände auf dem Tisch ab. »Wissen Sie eigentlich, was Monika sonst noch so getrieben hat?«, brüllte sie ihn plötzlich an. »Ich sag's Ihnen: Nach unseren bisherigen Erkenntnissen hat sie sich des Kindesmissbrauchs schuldig gemacht. Wieviel haben Sie davon mitbekommen, ohne zu irgendeiner Reaktion fähig zu sein? Wissen Sie was – Typen wie Sie kotzen mich so was von an, dass mir die Worte fehlen, und das passiert ausgesprochen selten!« Romy sprang so heftig auf, dass ihr Stuhl beinahe umgekippt wäre.

»Romy«, sagte Kasper warnend. »Es reicht.«

»Da bin ich anderer Meinung, aber schon gut!« Sie setzte sich langsam wieder und starrte Poschke an. »Warum? Warum haben Sie so getan, als ginge Sie all das nichts an?«

»Ich hatte Angst vor ihr und Angst vor dem, was geschehen war. Ich wollte nichts davon wissen«, entgegnete er. »Ja, ich bin davongelaufen, so wie Monika auch. Als wir uns das letzte Mal sahen, sagte sie, dass sie ein völlig neues Leben anfangen wolle. Es gäbe vieles, was sie von Grund auf ändern müsste. Es ging ihr nicht gut, das können Sie mir glauben«, versicherte Poschke eindringlich. »Sie war ziemlich fertig, und ich dachte, dass sie auf ihre Art dafür büßen muss. Jeder muss auf seine ganz eigene Art büßen, für alles im Leben. Ich auch.«

»Mir kommen die Tränen«, kommentierte Romy zynisch. »Sie hat in einer anderen Kita angefangen, und wie es aussieht, galt sie auch dort nicht unbedingt als leuchtendes Beispiel ihrer Zunft. Und als es dort richtig eng wurde, kehrte sie wieder nach Rügen zurück …«

Sie heiratet ein zweites Mal, führt eine halbwegs harmonische Ehe, lässt ihre Stieftochter in Ruhe, so klingt es zumindest nach den ersten Aussagen der Sängers, macht ihren Job derart gut, dass sie zur Leiterin einer Kita aufsteigt und lebt ein normales Leben, fasste Romy im Stillen Monikas Werdegang zusammen.

Hat sie sich tatsächlich von Grund auf geändert oder allmählich wichtige Schritte vollzogen? Sie könnte »damit« aufgehört haben, hatte Max letztens als Erklärung vorgeschlagen. Ja, möglich. Oder wissen wir nur zu wenig? Was ging in dieser Frau vor sich? War die Aggression gegen Bäslers Tochter ein Ausrutscher nach vielen Jahren, in denen es ihr gelungen war, sich zu kontrollieren? Oder steckte mehr dahinter? Es steckte immer mehr dahinter. Sie war Täterin und wurde Opfer, und zwar ausgerechnet zu dem Zeitpunkt, als sie begonnen hatte, sich mit ihrer Familiengeschichte auseinanderzusetzen. Konrad Arnolt. Romy schüttelte den Kopf. Will ich wissen, was der Mann alles auf dem Kerbholz hat?

Sie atmete tief durch und fasste Poschke wieder ins Auge. »Sie haben erzählt, dass Monika an jenem Tag zwischenzeitlich nach Hause kam, um sich umzuziehen.«

»Ja, sie hat schnell geduscht, von dem Unglück erzählt und ist in aller Eile wieder aufgebrochen.«

Romy sah Kasper an und spürte, dass sie beide den gleichen Gedanken hatten. Monika hatte das Kind in ihrem Wagen versteckt und nach der Suchaktion verschwinden lassen. Vielleicht war Jurek Zeuge geworden, vielleicht hatte sie in einem ganz anderen Zusammenhang die Beherrschung verloren und das Kind wutentbrannt niedergeschlagen. Oder es war ein Unfall gewesen, für den sie nicht hatte geradestehen wollen.

Romys Magen schloss sich zu einer Faust zusammen. Sie stand auf und verließ das Vernehmungszimmer ohne ein weiteres Wort.


In der Nacht nach ihrem Besuch bei Jureks Mutter schlief sie nicht. Die Angst kroch aus allen Ecken des Hauses auf sie zu und ergriff, die Zeit in sich aufsaugend, Besitz von ihr. Warum? Warum gerade jetzt?, hatte sie die Kraft zu denken und begann schließlich mit ihren alten Ritualen: putzen, von null bis hundert zählen und zurück, die Räume durchschreiten und Schritte zählen, die Kacheln im Bad zählen. Zählen war gut, erzählen auch. Wirf dir selbst eine Geschichte zu, gib dem Hirn etwas zu denken und lass die Angst einfach stehen – bis sie kleiner und zaghafter wird und ihre Schärfe verliert. Irgendwann trat dann die fast schon lächerlich große Erleichterung ein, wenn der Puls sich normalisiert hatte und ein Gefühl für Alltäglichkeit die Oberhand gewann, für das Ich mit all seinen Ecken und Kanten, seiner Vertrautheit und Beständigkeit, seiner Emsigkeit und Unverrückbarkeit. Dann war es vorbei – wie eine mächtige Welle, die den Strand erobert hatte, aber schließlich leise zischend zurückfloss, um irgendwann mit neuer Kraft zurückzukehren. Wann auch immer.

Wie konnte ich Jurek vergessen, dachte Silke, als sie sich mit einer Kanne Tee vor den Kamin setzte und erschöpft in die Flammen blickte. Aber das war eine rhetorische Frage.

Sie hatte ganze Tage vergessen und im Dunklen ihr Spiel mit sich treiben lassen, und als sie wieder aufgetaucht waren, hatte sie sich ihnen schließlich gestellt, sie mit mutig erhobenem Kinn herausgefordert, sogar bekämpft und niedergerungen, um nun erkennen zu müssen, dass sich nichts geändert hatte, bis auf das Wissen um die Ereignisse.

Die Bilder und Geschichten waren zurückgekehrt an den Strand der Erinnerungen. Nun war die Frau mit den gierigen Augen tot. Ihr Flehen, so unerwartet und stark es gewesen war, hatte sich als wirkungslos erwiesen. Aber ihr Tod auch. Das war die schlimmste Erkenntnis.

Vielleicht endet es erst mit meinem Tod, dachte Silke. Aber sie traute diesem durchaus verführerischen Gedanken nicht. Wer sagte, dass es dann tatsächlich vorbei sein würde? Diese Gewissheit gab es auch nicht. Welche gab es dann?

In der Morgendämmerung schlief sie auf dem Sofa ein und träumte von Jurek. Von dem hübschen Jungen mit den Grübchen und dem Zeichenblock. »Eines Tages bin ich groß, und dann heirate ich dich«, hatte er irgendwann einmal gesagt, und er wiederholte dieses Versprechen mit strahlendem Lächeln. »Aber du darfst niemals deine Zöpfe abschneiden, hörst du?«

## 15

Sie war auf direktem Weg nach Sassnitz ins E-Werk gefahren, wo sie im Jugendzentrum Boxtraining anbot und sich selbst fit hielt oder zwischendurch einfach mal Dampf abließ. So wie an diesem Tag. Nach einer Dreiviertelstunde Seilspringen, Schattenboxen und Sandsacktraining lief der Schweiß in Strömen, und es gelang ihr endlich abzuschalten. Außer ihr trainierte noch ein großgewachsener junger Mann, mit dem sie schließlich in den Ring stieg, um drei Runden zu absolvieren. Der Typ schenkte ihr, wie ausdrücklich vereinbart, nichts. Seine rechte Gerade war knochentrocken, und er war trotz seiner Größe flink auf den Beinen. In der zweiten Runde servierte er Romy einen Haken, der sie in vollendeter Manier auf die Bretter schickte. In der dritten revanchierte sie sich mit einem kraftvollen Punch. Nach dem abschließenden Saunagang fühlte sie sich körperlich angenehm müde und geistig frisch.

Ihr Herz tat immer noch weh, sobald das Bild von der Sandale in ihr hochstieg, aber sie hatte sich wieder soweit im Griff, dass sie eine Vernehmung von Wassernixe würde leiten können. Das jedenfalls behauptete sie, als sie sich mit Kasper verabredete, und der widersprach ihr nicht. Ob er ihre Meinung tatsächlich hundertprozentig teilte, vermochte sie nicht zu sagen.

Silke Kronwald wohnte in Schabernack, nicht weit vom Arndt-Geburtshaus in Groß Schoritz entfernt. Romy fuhr über Binz und Putbus in Richtung Garz. Dunstige Schneeluft lag über der Insel, und sie brauchte fast fünfundsiebzig Minuten für die Strecke. Der Nachmittag war angebrochen und mit ihm die blaue Januar-Dämmerung Rügens. Vor dem abgelegenen, reetgedeckten Fachwerkhaus, das sich hinter einen Hügel schmiegte und in dem aus mehreren Fenstern Licht strömte, stand bereits Kaspers Wagen. Er öffnete die Wagentür, als sie hinter ihm anhielt und ausstieg, und seine Miene war sorgenvoll. »Wie gehen wir vor?«, fragte er und musterte sie länger als sonst.

»So behutsam wie möglich«, erwiderte Romy. »Es geht zunächst um eine Überprüfung. Sobald es eng wird, raten wir ihr, einen Anwalt hinzuziehen.«

Kasper nickte. »Es gibt Festnahmen, die möchte man nicht machen«, grummelte er. »Und ich hoffe, dass uns die erspart bleibt. Vielleicht war ja doch alles ganz anders.«

Romy wollte gerade die Hand zur Klingel ausstrecken, als die Haustür aufschwang. Silke Kronwald war eine große, hagere Frau mit dunkelgrünen Augen und schulterlangem Haar in verwaschenem Blond. Laut ihrer Personendaten war sie in Romys Alter, wirkte aber älter als Mitte dreißig. Obwohl sie einen dicken Rollkragenpullover trug und ein warmer Luftstrom aus dem Hausinnern zu spüren war, machte sie einen verfrorenen Eindruck.

»Frau Kronwald? Silke Kronwald?«

»Ja, die bin ich. Kann ich Ihnen irgendwie helfen?« Die Stimme war angenehm voll und dunkel.

»Ja, vielleicht.« Romy stellte Kasper und sich vor und beobachtete Kronwalds Miene. Sie zuckte zwar zusammen, aber das bedeutete natürlich noch gar nichts. »Wir ermitteln in einem Mordfall und haben auch an Sie einige Fragen. Hätten Sie ein paar Minuten Zeit für uns?«

Die Frau zögerte nur eine Sekunde, dann nickte sie. »Ja, kommen Sie doch bitte herein.«

Die Frau ging durch eine holzgetäfelte Diele voran in ein Wohnzimmer, von dem Romy schon immer geträumt hatte: Panoramafenster, die einen unverstellten Blick auf die Landschaft boten, ein knisterndes Kaminfeuer, freiliegende Dachbalken, wuchtige Bauernmöbel. »Sie haben es wunderschön hier«, bemerkte sie bewundernd.

Silke Kronwald lächelte, und ihr Gesicht wurde deutlich weicher. »Danke. Ich habe das Haus in eigener Regie umgebaut und sehr viel selbst gemacht. Setzen wir uns an den Esstisch?«

Kaspers Blick schweifte durchs Zimmer, während er Platz nahm. Romy wollte ihr Heft zücken, entschied sich dann aber dagegen. »Frau Kronwald, vielleicht haben Sie davon gehört, dass die Polizei Ende letzter Woche eine Frauenleiche am Strand von Göhren gefunden hat«, kam sie zügig zur Sache.

Silke Kronwald nickte. »Ja, ich habe davon gehört. Das hat sich herumgesprochen.«

»Die Frau ist ermordet worden, und wenn wir richtig informiert sind, außerdem eine alte Bekannte von Ihnen.«

»Monika Sänger«, bestätigte Kronwald sofort völlig unaufgeregt. »Sie war Kindergärtnerin in Bergen, in einer Kita, die ich in den achtziger Jahren auch besuchte. Ich kannte sie allerdings noch unter ihrem anderen Namen – Barendsen.«

»Nach den ersten Ermittlungen müssen wir davon ausgehen, dass sie von jemandem ermordet wurde, der allen Grund hatte, sie zu hassen«, fuhr Romy fort.

Kronwalds Miene blieb unbewegt, aber ihre Pupillen hatten sich für einen Augenblick abrupt geweitet.

»Es ist unseren Kriminaltechnikern gelungen, gelöschte SMS-Nachrichten und Mails wiederherzustellen, aus denen abgeleitet werden kann, dass Monika sich mit ihrem Mörder getroffen hat, wahrscheinlich sogar mehrfach – und dass es sich um eine Person handelt, die sehr viel über sie wusste, speziell über ihre Art, mit Kindern umzugehen«, erläuterte Romy in ruhigem Tonfall. »Diese Person nennt sich Bella Wassernixe.«

Kronwald hielt einen Moment die Luft an.

»Können Sie uns mehr dazu sagen?«

Silke Kronwald überlegte sehr lange. »Wie sind Sie auf mich gekommen?«, fragte sie schließlich und atmete tief aus. Erleichtert.

Romy tat es ihr gleich. Kasper legte seine Hände auf den Tisch.

»Wir haben sehr intensiv in den Kitas nachgeforscht, in denen Monika beschäftigt war, und sind einigen auffälligen Ereignissen nachgegangen«, fasste Romy die Recherchen der letzten Tage zusammen.

»Und dabei fiel mein Name?«

»Ja. Es fiel auch der Name von Jurek Stolte.«

Kronwald legte eine Hand auf den Mund.

»Möchten Sie einen Anwalt hinzuziehen?«, fragte Romy.

Sie schüttelte sofort den Kopf. »Nein, das ist nicht nötig.«

»Aber ...«

»Nein, wirklich nicht«, wehrte Kronwald ab. »Es musste wohl so kommen. Ich werde die Verantwortung übernehmen, vielleicht ist das der einzige Weg ... Ja, ich habe die Mails geschrieben, ich habe Monika dazu genötigt, sich mit mir zu treffen, und ich habe sie während eines Streits ... erschlagen.«

»Erschlagen? Das müssen wir genauer wissen. Was haben Sie getan am letzten Donnerstagabend?«

Kronwald sah Romy mit schreckgeweiteten Augen an. »Um Gottes willen, wollen Sie das wirklich im Einzelnen wissen? Genügt es Ihnen nicht, wenn ich die Tat gestehe?«

»Nein. So einfach ist das nicht. Rein theoretisch könnten Sie sich ja auch schützend vor jemanden stellen«, erläuterte Romy. »Also lassen Sie uns bitte etwas ausführlicher über das Geschehen sprechen.«

Kronwald hielt einen Moment inne, dann stand sie auf. »Mögen Sie einen Tee trinken? Oder einen Kaffee?«

Romy begleitete Silke Kronwald in die Küche, ein ebenso schöner und übersichtlich gestalteter Raum, in dem es nach

Zimt und Holunder duftete. Es fiel kein Wort, während die Gastgeberin den Tee zubereitete. Erst als sie Tassen und Kanne auf ein Tablett stellte, sah sie Romy von der Seite an.

»Ich hatte alles vergessen, wissen Sie? Aber ich spürte, dass etwas nicht mit mir stimmte, dass ich fremdbestimmt war, könnte man wohl sagen«, begann sie mit anrührender Selbstverständlichkeit zu erzählen. »Meine Ehe funktionierte nicht, und ich hatte sehr viel Angst – die habe ich immer noch. Mit der Rückkehr nach Rügen erhoffte ich mir so was wie … Ruhe, inneren Frieden. Aber der stellte sich nicht ein oder nur zeitweise. Ich bewegte mich ständig wie auf dünnem Eis.« Sie brach unvermittelt ab und nahm das Tablett, um ins Wohnzimmer zurückzukehren.

»Ich traf sie zufällig wieder, in der Prora«, setzte Silke Kronwald ihren Bericht fort, als sie die Tassen verteilt und Tee eingossen hatte. Ihre Stimme klang ruhig und sicher. »Und die Erinnerungen setzten mit einer unvorstellbaren Wucht ein, ersparen Sie mir bitte die Einzelheiten. Ich brauchte Wochen, um aus dem schwarzen Loch wieder herauszufinden.«

Sie nahm zwei Stückchen Kandis und rührte mit konzentrierten Bewegungen ihren Tee um. »Was dann blieb, war die tiefe Überzeugung, dass man all das nicht so einfach stehen lassen konnte, auch wenn es viele Jahre zurücklag.«

»Monikas Taten meinen Sie?«

»Ja.«

»Können Sie darüber …«

»Nein, kann ich nicht und werde ich nicht!«, erwiderte Silke Kronwald mit abrupter Heftigkeit. »Lassen Sie es mich bitte so ausdrücken – sie hat mir Gewalt angetan, mehrfach, und nicht nur mir. Mehr müssen Sie nicht wissen, nicht von mir jedenfalls.« Sie stellte ihre Tasse mit leisem Klirren ab. »Ich wollte, dass sie Verantwortung übernimmt, dass sie sich stellt und dass sie geht, damit nie wieder ein Kind in Gefahr gerät, mit dem sie zu tun hat. Das habe ich von ihr gefordert, nicht mehr, aber auch nicht weniger«, fuhr sie wieder ruhiger fort. »Es erschien mir völlig angemessen.«

Romy nickte. »Ein Treffen sollte bereits im Oktober stattfinden, nicht wahr?«

»Richtig. Es fand auch statt. Wir standen uns am Strand von Göhren gegenüber.« Kronwald blickte ins Leere. »Es war entsetzlich. Sie hat mich beschworen, die alten Geschichten ruhen zu lassen.«

»Und womit begründete sie das?«

Kronwald lachte unfroh auf. »Sie hätte sich geändert, schon vor langer Zeit, sie selbst habe als Kind gelitten … Ich sollte ihr eine Chance geben und so weiter und so fort. Ich habe mir irgendwann die Ohren zugehalten und bin weggerannt, und wissen Sie was? Ich habe mir ihre Einwände tatsächlich durch den Kopf gehen lassen, doch, doch, aber … Das ist nicht der Weg …« Sie hielt inne. »Das kann nicht der Weg sein, sich selbst reinzuwaschen und einfach weiterzumachen.«

»Einige Zeit später haben Sie ein zweites Treffen veranlasst«, ergriff Romy wieder das Wort. »Sie wollten hören, dass Monika Sänger bereit ist, selbst die Konsequenzen zu ziehen, um zu verhindern, dass Sie Ihre Drohung wahrmachen und aktiv werden, indem Sie ihre Taten kundtun.«

»Ja, genau. Wir haben uns gestritten und angeschrien. Sie meinte, ich müsste aufhören, ihr das nachzutragen und sie zu verfolgen, weil seit vielen Jahren alles anders sei und sie kein Kind mehr angerührt habe. Es hätte keinen Sinn, nun ihr Leben zu zerstören und das ihrer Familie. Ich habe geantwortet, dass mir das völlig egal sei, die Vergangenheit könne man nicht einfach auslöschen, indem man sie verschweige. Ich habe ihr Vorwürfe gemacht, gedroht, dass alle davon erfahren würden, wenn sie nicht selbst tätig werden würde und so weiter und so fort … Irgendwann hat sie nach mir gegriffen und mich geschüttelt. Sie hat mir wehgetan!«

Silke Kronwald zitterte und umfasste mit gekreuzten

Armen ihre Schultern. Ihre Fingerknöchel traten hervor, so fest packte sie zu. »Ich habe zugeschlagen, sie ist gestürzt, und ich habe auf sie eingetreten wie eine Furie, ihr Gesicht getroffen und ihre Hände, ja, die ganz besonders! Alles kam hoch, alles brach über mir herein … Irgendwann habe ich mich abgewandt und bin davongelaufen.«

Romy hatte das Gefühl, Kronwalds Aufruhr, ihren rasenden Puls bis in jede Nervenzelle nachspüren zu können. Dennoch fehlte bei der Darstellung, so ehrlich und aufwühlend sie auch sein mochte, eine alles entscheidende Kleinigkeit.

»Frau Kronwald, im Wesentlichen stimmen ihre Schilderungen mit unseren Untersuchungen überein. Das Opfer wies starke Verletzungen von Tritten auf – im Gesicht und an den Händen«, erklärte sie betont sachlich. »Aber gestorben ist sie daran aller Wahrscheinlichkeit nach nicht, wie in der Rechtsmedizin festgestellt wurde.«

»Nein? Aber … Sie hat mir noch hinterhergerufen, aber ich bin … ich konnte nicht zurückkehren, um ihr zu helfen. Es war mir in dem Augenblick egal …«

»Frau Kronwald, die Tritte allein haben Ihnen nicht genügt«, betonte die Kommissarin.

»Wie kommen Sie denn darauf?«, erwiderte sie verwirrt. »Was soll ich denn noch gemacht haben? Sie war verletzt, und ich habe sie dort liegengelassen. Sie hat das Bewusstsein verloren und ist in der Nacht gestorben, vielleicht erfroren.«

»Das hätte durchaus so passieren können, aber die tatsächlichen Geschehnisse verliefen ein bisschen anders«, entgegnete Romy. »Sie haben die schwerverletzte und schließlich bewusstlose Monika Sänger ans Wasser geschleift und sie dort so abgelegt, dass sie ertrunken ist.«

Silke Kronwald starrte sie entsetzt an, dann blickte sie kurz zu Kasper hinüber. »Das kann nicht sein – unmöglich.«

»Vielleicht können Sie sich nicht an alle Details an diesem Abend erinnern.«

»Das will ich keineswegs ausschließen – nur: Das hätte ich garantiert niemals getan.«

»Aha, und warum nicht?«

»Um sie ans Wasser zu schleifen, hätte ich sie anfassen müssen. Das hätte ich nicht ertragen – niemals hätte ich die Frau anfassen können, verstehen Sie? Weder verletzt, noch unverletzt. Ich bin nach Hause gefahren und kann mich kaum noch an den Heimweg erinnern! Als ich von der toten Frau hörte, ging ich davon aus, dass Monika an den Verletzungen gestorben war, die ich ihr zugefügt hatte. Ich hielt das für vorstellbar ...«

Das klang durchaus einleuchtend. Romy sah Kasper an, der eine nachdenkliche Miene aufsetzte. Wie gerne würden wir dir glauben, dachte sie, aber die überzeugend klingende Erklärung allein entkräftete den dringenden Tatverdacht keineswegs.

»Wissen Sie, der Staatsanwalt wird wahrscheinlich eher davon ausgehen, dass Sie sogar geplant haben, die Frau für ihre Taten büßen zu lassen, früher oder später, aber dann endgültig«, gab Romy zu bedenken, obwohl sie selbst nicht wirklich an eine vorbereitete Tat glaubte, sondern eher an die Eskalation einer emotional hochexplosiven Situation. »Warum haben Sie die Anonymität gewählt, um Monika Sänger unter Druck zu setzen?«

»Ganz einfach: Sie sollte rätseln, wer sich hinter den Vorwürfen verbarg«, erwiderte Silke Kronwald. »Ich wollte nicht, dass sie mich erkennt, dass sie weiß, wer ich bin und wer ich war ...«

»Warum nicht?«

»Die Ungewissheit sollte sie ... ja, verunsichern und ihr außerdem die Möglichkeit nehmen, von sich aus Kontakt zu mir aufzunehmen.«

Mit anderen Worten: Silke Kronwald hatte immer noch Angst vor ihrer ehemaligen Peinigerin gehabt. Romy trank

einen Schluck Tee. Sie war unschlüssig, wie sie vorgehen sollten.

»Werden Sie mich verhaften?«, fragte Silke Kronwald
plötzlich. »Und in eine Zelle sperren?«

»Nein«, mischte Kasper sich ein. »Das werden wir nicht
tun. Aber wir müssen Sie mit ins Kommissariat nach Bergen
nehmen, um ein Protokoll Ihrer Aussage anzufertigen und
Ihre Fingerabdrücke zu nehmen. Sie dürfen Rügen bis zur
endgültigen Klärung nicht verlassen.«

Obwohl sie Kaspers Entscheidung ein wenig vorschnell
fand, nickte Romy. »So machen wir es.«

Silke Kronwald wiederholte ihre Aussage wenig später in allen Punkten. Diesmal leitete Kasper die Vernehmung, während Romy die Frau nicht aus den Augen ließ. Sie betonte
ihren gewalttätigen Ausbruch, für den sie die volle Verantwortung zu übernehmen bereit war, und widersprach energisch der Behauptung, sie habe Monika ans Wasser geschleift.
Sie war überzeugend, sie klang authentisch, und Romy wollte
ihr glauben. Sie wusste selbst, dass dieser Wunsch alles andere als professionell war, aber sie konnte sich nicht von ihm
lösen, und sie war überzeugt davon, dass es Kasper ganz
ähnlich ging.

Und falls die Frau die Wahrheit sagte, war entweder noch
eine weitere Person am Tatort gewesen oder Stefan Heise
hatte gelogen und die Szene beobachtet, um dann die Gunst
der Stunde zu nutzen. Romy stöhnte innerlich auf.

Kasper hatte das Tonband bereits ausgeschaltet, und Silke
Kronwald war im Begriff aufzustehen, als Romy plötzlich die
Kindersandale wieder durch den Kopf schoss. »Am 6. Juli 89,
am Tag des Strandfestes verschwand der kleine Jurek spurlos«, ergriff sie übergangslos das Wort. »Können Sie sich an
die Einzelheiten erinnern?«

Kronwald sah sie nur einen Moment verdutzt an. »Ich

konnte mich bis vor kurzem an den gesamten Tag überhaupt nicht erinnern. Aber jetzt ist alles wieder aufgetaucht.« Sie blinzelte. »Fast alles, meine ich. Jurek war irgendwann einfach weg. Alle fingen an zu suchen und nach ihm zu rufen. Es war eine unglaubliche Hektik, ein Durcheinander, eine große Panik.«

»Wo war Monika?«

»Sie hat mitgesucht, und ich … war … abwesend, wie betäubt. Ich habe gar nicht richtig verstanden, was passiert war. Plötzlich war die Polizei da, Suchhunde, Boote.« Sie rieb sich mit beiden Händen die Schläfen. »Ich mochte den Jungen sehr und er mich. Letztens habe ich seine Mutter besucht. Sie hat ihm eine kleine Gedenkstätte im Garten an seinem Lieblingsspielplatz errichtet … aber eigentlich ist sie der Meinung, dass sie ans Hünengrab im Mönchguter Forst gehört.«

»Wieso das?«

»Jurek interessierte sich ganz außerordentlich für das Herzogsgrab. Es war seit Wochen sein Steckenpferd«, erläuterte Kronwald. »Er redete dauernd darüber, zeichnete, bastelte, spielte Archäologe und so weiter. Einige waren schon richtig genervt davon.« Ein zartes Lächeln flog über ihr Gesicht. »Jedenfalls ist es vom Südstrand nicht allzu weit bis dahin, und seine Mutter hielt es für möglich, dass er alleine dorthin gewandert sein könnte.«

»Der Suchtrupp hat auch das Gebiet weiträumig abgesucht«, fügte Kasper, an Romy gewandt, hinzu. »Das habe ich der Akte entnommen und im Gespräch mit dem Leiter des Einsatzes heute früh gleich überprüft.«

Sie haben nichts gefunden, wiederholte Romy stumm. Monika ist noch mal weggefahren, hatte sie plötzlich Poschkes Stimme im Ohr. Silke Kronwald erhob sich langsam, Romy nickte ihr abwesend zu, und Kasper brachte sie zur Tür, wo sie von einem Beamten zur erkennungsdienstlichen Behandlung abgeholt wurde.

»Was beschäftigt dich?«, fragte der Kollege, als sie allein waren. »Traust du ihr nicht? War ich zu voreilig?« Er kratzte sich im Nacken. »Ich werde mit den Kollegen in Putbus reden und darum bitten, dass regelmäßig ein Wagen in Schabernack vorbeifährt, obwohl ich nicht glaube, dass die Frau fliehen wird, ob sie es nun war oder nicht. Die Kraft hat sie gar nicht, und wir können sie regelmäßig anrufen oder … Romy?«

Sie drehte ihm das Gesicht zu. »Monika Sänger hat das Kind im Wagen versteckt, in ihrem Wagen. Spät in der Nacht ist sie zum Herzogsgrab rausgefahren, wo bereits alles abgesucht worden war. So konnte sie sicher sein, dass die Polizei dort nicht noch einmal suchen würde. Ich bin felsenfest davon überzeugt, dass sie den Kleinen dort vergraben hat.«

Kasper starrte sie entsetzt an. »O Gott, ja, so könnte es gewesen sein. Und nun? Die Böden sind steinhart gefroren. Eine weiträumige Suche …«

»Ich weiß. Sobald es taut, lassen wir dort suchen.«

»Falls wir die Aktion durchkriegen.«

Romy zog die Brauen zusammen. »Verlass dich drauf! Und wenn ich selbst zur Schaufel greifen muss!«

Dazu sagte Kasper nichts. Romy sortierte ihre Gedanken, es blieb ihr gar nichts anderes übrig: Das aktuelle Geschehen hatte Vorrang und entwickelte sich zu einem echten Sisyphus-Fall. Immer wenn ein Täter in greifbare Nähe gerückt war, tauchten überzeugende Gegenargumente auf, die einen neuen oder doch zusätzlichen Ermittlungsansatz erforderten.

»Kann es sein, dass wir erneut bei Null stehen?«, ergriff Kasper endlich mit müder Stimme das Wort.

»Das würde ich nicht sagen, aber wenn wir davon ausgehen, dass Silke Kronwald die Wahrheit sagt und Monika zwar niedergeschlagen, aber nicht in Tötungsabsicht ans Wasser geschleift hat …« Sie strich sich die Locken zurück. »Tja, dann kommt Heise doch noch mal ins Spiel, ob wir wollen oder nicht. Außerdem müssen wir erneut mit Möller und Buhl reden. Vielleicht ist es rein theoretisch doch möglich, dass sich Monika schwerverletzt ans Wasser geschleppt hat.«

Kasper verzog den Mund. »Die Spuren ließen diesen Schluss nicht zu. Buhl sprach sofort von Schleifspuren, und die sehen nun mal anders aus, als wenn jemand kriecht.«

»Ja, mag sein. Wir sollten da aber trotzdem noch mal nachhaken, der Vollständigkeit halber«, entschied Romy. »Ich will es ganz genau wissen. Außerdem möchte ich, dass wir dem Jungen aus der Reha-Klinik Fotos zeigen: von Kronwald und Sänger. Unter Umständen hat er noch einen Hinweis für uns.«

»Ja, das übernehme ich.« Kasper blickte auf seine Uhr. »Gleich morgen früh. Und was den Heise angeht …«

Romy hob die Hände. »Es bleibt uns nichts anderes übrig, als ihn erneut in Betracht zu ziehen. Wir können beim besten Willen nicht ausschließen, dass er den Streit und die Handgreiflichkeiten beobachtet hat – wenn wir das tun, macht uns der Staatsanwalt die Hölle heiß.«

Kasper zog die Brauen zusammen. »Hältst du ihn, nach dem was er uns erzählt, besser gesagt: anvertraut hat, für so eiskalt …«

»Nein, ganz und gar nicht, eher für verzweifelt«, beharrte Romy auf ihrem Standpunkt. »Er hatte den Eindruck, dass Monika ihm gewaltig im Nacken saß und über das Wissen verfügte, sein Leben zu zerstören. Dann hat sich ihm plötzlich die Chance geboten, nicht nur das Netbook verschwinden zu lassen, sondern der Frau den Rest zu geben. Eine Variante, die wir ja anfangs durchaus für möglich hielten, wenn ich dich erinnern darf. Zudem konnte er praktischerweise davon ausgehen, dass es noch jemanden gab, der Monika Böses wollte. Die heftigen Verletzungen passten nicht zu Heise, aber der Rest …«

Kasper stöhnte auf. »Scheiße«, murmelte er.

»Das sehe ich genauso.« Romy stand auf. »Lass uns rüber-gehen. Max und Fine brauchen die neuesten Infos. Und dann machen wir alle erstmal Feierabend. Ach, noch was: Der Kollege, der die Kronwald zurückfährt, soll sich bitte die Klamotten mitgeben lassen, die sie an dem Abend trug, einschließlich der Stiefel und Handschuhe. Sicher ist sicher.«

Olaf Leihm freute und wunderte sich gleichermaßen über Michaels Anruf. Erstens war der Dienstagabend bislang nicht für ihre Schachpartien reserviert gewesen, und zweitens hätte er jede Wette gehalten, dass der Freund im Moment anderes im Kopf hatte, als ausgerechnet eine Schach-Revanche vor-zuschlagen.

Am Morgen hatte Leihm ihn nach Greifswald begleitet, wo Michael die offizielle Identifizierung seiner Frau vorneh-men musste, die ihn arg mitgenommen hatte. Inzwischen klang er deutlich gefasster, nahezu ausgeglichen und freund-lich wie immer.

»Die Ablenkung wird mir guttun«, betonte er. »Gerade heute. Außerdem war ich vorhin nicht gerade nett zu dir. Ich würde mich gerne revanchieren, und es wäre schön, wenn du Zeit hättest.«

»Schon gut. Ist ja verständlich – du bist in einer schwieri-gen Situation. Wie immer, gegen achtzehn Uhr?«

»Gerne. Was hältst du davon, wenn ich uns eine Kleinig-keit koche? Ich habe noch Fisch im Gefrierschrank. Und dann könnten wir auch noch mal in Ruhe über alles sprechen.«

»Da sage ich nicht nein.«

»Prima, bis nachher also und vergiss dein Insulin nicht.«

»Natürlich nicht.« Leihm schüttelte den Kopf. Er war seit vierzig Jahren Diabetiker und vergaß niemals sein Insulin, wie Michael wusste, schon gar nicht, wenn er zum Essen ein-geladen war.

# 16

Während sie darauf wartete, dass Heises Mitarbeiter vom Hof fuhren, telefonierte sie mit Greifswald. Buhl hielt es aufgrund der Spurenlage nicht für hundertprozentig ausgeschlossen, aber doch mehr als unwahrscheinlich, dass Monika sich ans Wasser geschleppt hatte. »Und warum hätte sie das auch tun sollen? Um etwas zu trinken?«

Romy verdrehte die Augen. Buhls Humor war manchmal durchaus schräg, aber jeder hatte seine eigene Art, die besonderen Herausforderungen ihres Job zu verarbeiten. »Sie war möglicherweise verwirrt, orientierungslos, nicht Herrin ihrer Sinne«, schlug sie vor. »Ist das gar nicht denkbar?«

»Ich ahne, worauf Sie hinauswollen, aber … nee, nee. Das glaube ich nicht. Dann hätten wir noch weitere Blutspuren gefunden, denke ich, und eine andere Verteilung. Aber der Möller hat noch was für Sie. Ich verbinde Sie gleich mal weiter.«

»Okay, danke.« Es knackte mehrmals. Dann meldete sich Doktor Möller. »Guten Morgen, Kommissarin Beccare. Ich kann Ihnen etwas zu den Stiefeln von Stefan Heise erzählen, wenn Sie die Infos benötigen, bevor ich sie nach Bergen schicke.«

»Aber ja, unbedingt, schießen Sie los.«

»Das Profil der Abdrücke, die ich zumindest teilweise im Gesicht und an den Händen der Toten isolieren konnte, passen definitiv nicht zu den Stiefeln, die der Mann trug oder auch angeblich trug«, berichtete Möller.

»Verstehe. Was ist mit den Handschuhen?«

»Nichts, was darauf schließen ließe, dass er die Sänger angefasst hat.«

»Hm.«

»Falls er diese Handschuhe an jenem Abend trug.«

»Ja, die Einschränkung muss unbedingt gemacht werden, zumal der Mann nicht dumm ist«, grübelte Romy laut.

»Tja, ansonsten gibt es noch keine abschließenden Ergebnisse, mit denen ich Sie erfreuen könnte. Allerdings laufen noch ein paar Tests.«

»Welcher Art?«

»Freut mich, dass Sie nachfragen«, erwiderte Möller eifrig. »Ich habe mir die Verletzungen noch einmal sehr genau angesehen, nachdem der Auftauprozess abgeschlossen war. Die Verfärbungen an den Wundrändern interessierten mich besonders.«

Romy räusperte sich unterdrückt. Manche Rechtsmediziner liebten ausschweifende und detailgetreue Beschreibungen und bedienten sich ihrer anschaulicher, als es ihrer Meinung nach unbedingt nötig gewesen wäre.

»Wie dem auch sei, dabei entdeckte ich Partikelrückstände, die ich nun in einem etwas aufwendigeren Verfahren analysieren lasse«, fuhr Möller begeistert fort. »Möglicherweise erhalten wir Hinweise auf die Umgebung, in der sich der Täter bewegte.«

»Das klingt hochinteressant. Im Augenblick ermitteln wir übrigens in zwei verschiedene Richtungen«, berichtete Romy. »Ein Täter beziehungsweise eine Täterin hat sich der schweren Körperverletzung schuldig gemacht und die bereits gestanden, sie weist aber jede Schuld von sich, die mit dem Tod durch Ertrinken zusammenhängt.«

»Tja, versuchen kann man es ja«, witzelte Möller.

»Ihre Darstellung ist glaubwürdig.«

»Nun gut. Die Analysen liefern aber möglicherweise so oder so interessante Hinweise«, entgegnete der Rechtsmediziner. »Auch ein zweiter Täter wird Spuren hinterlassen haben und dürfte, gesetzt den Fall, dass wir ein verlässliches

Ergebnis erhalten, das Teilgeständnis dann sogar untermauern.«

»Stimmt«, gab Romy zu. »Haben Sie sich eigentlich schon die Sachen von Silke Kronwald angesehen?«

»Das wird meine nächste Aufgabe sein«, entgegnete Möller aufgeräumt. »Und bevor Sie darauf hinweisen – ja, ich melde mich so schnell wie möglich.«

»Danke.«

Romy steckte das Handy ein und öffnete die Wagentür. Kasper war es ganz und gar nicht recht gewesen, dass sie an diesem Morgen getrennte Wege gegangen waren, um die Ermittlungen zu beschleunigen. Er wäre am liebsten dabei gewesen, um ein Auge auf Heise zu haben, aber Romy war bei ihrer Entscheidung geblieben, schon aus rein logistischen Gründen. Schließlich brauchte sie bei Winterwetter von Binz etwa eine halbe Stunde bis hoch ins nördlicher gelegene Sassnitz, während Kasper von Bergen aus schneller im südlichen Göhren war.

Romy trat sich die Stiefel ab, bevor sie in das Gebäude der Sicherheitsfirma ging, und klopfte an Heises Bürotür. Sein Gesichtsausdruck sprach Bände, als sie eintrat. »Sind Sie allein?«, fragte sie sofort.

»Im Moment ja, aber später kommt meine Frau …«, erwiderte er mit unruhigem Blick.

»Darf ich mich setzen?« Romy nahm vor seinem Schreibtisch Platz, als er nickte.

»Neuigkeiten?«

Romy schlug ein Bein über das andere. »Ich will ganz offen sein, Herr Heise. Ihre Geschichte, ihr Lebensweg hat mich sehr berührt, tut es immer noch, und es wäre mir lieber, wenn wir die Ermittlungen bezüglich Ihrer Aktivitäten komplett einstellen könnten. Aber …«

Er lächelte mit schmalen Lippen. »Das hätte ich mir gleich denken können. Wie war das – Vertrauen gegen Vertrauen?

Sie haben das Gespräch entgegen unserer Abmachung doch aufgenommen, oder?« Seine Stimme klang bitter.

Romy schüttelte sofort den Kopf. »Nein. Wir haben uns an unsere Vereinbarung gehalten und werden das auch weiterhin tun, darauf können Sie sich verlassen. Nur ergibt sich inzwischen ein durchaus vorstellbarer Tathergang, bei dem Ihre Beteiligung über das Stehlen des Netbooks hinaus denkbar wäre, und so muss ich dieser Möglichkeit nachgehen. Es bleibt mir gar nichts anderes übrig.«

Heise starrte sie an. »Ich habe nicht mehr getan, als ich bereits zugegeben habe.«

»Gehen wir mal davon aus, dass jemand am Strand war und Monika Sänger nach einer Auseinandersetzung schwerverletzt zurückgelassen hat – jedoch ohne sie ins Wasser zu zerren«, führte Romy unbeirrt aus. »Sie könnten die Szene beobachtet haben, um die Frau dann …«

»Nein, ich habe nichts beobachtet, weil ich gar nicht am Strand war!«, unterbrach Heise sie energisch. »Warum auch bei dem beschissenen Winterwetter und in der Dunkelheit!«

»Vielleicht haben Sie etwas gehört und …«

Er schlug mit einer Hand auf den Tisch. »Wie oft denn noch – nein! Ich bin kein Mörder.«

Romy beugte sich vor. »Reißen Sie sich bitte zusammen!«, fuhr sie ihn an. »Nach tagelangen Ermittlungen ist es uns endlich gelungen, zwei Menschen ausfindig zu machen, die unabhängig voneinander ein starkes und nachvollziehbares Tatmotiv haben. Sie erklären uns in überzeugender Weise, dass Sie lediglich das Netbook gestohlen haben, der andere Verdächtige räumt zwar heftige Handgreiflichkeiten ein, verwehrt sich aber genauso vehement und einleuchtend wie Sie gegen den Mordverdacht. Es ist Ihnen schon klar, dass ich mir alle denkbaren Varianten vor Augen führen muss, oder?« Sie war mit jedem Satz ein wenig lauter geworden, was Heise durchaus beeindruckte. Er verschränkte die Arme vor der Brust.

»Am schlauesten wäre es also, Sie würden mit mir, mit uns gemeinsam überlegen, was passiert sein könnte«, fuhr Romy in ruhigerem Ton fort. »Und richtig klug fände ich es, wenn Sie uns das Netbook oder auch die Kopien, die Sie sich gemacht haben, zur Verfügung stellen würden.«

»Es gibt kein Netbook mehr und auch keine Kopien«, sagte Heise sofort. »Ich habe den ganzen Kram vernichtet – endgültig!«

»Aber Sie haben alles gelesen.«

»Ja, darüber sprachen wir schon – Mails und Dokumente zur Prora, ein bisschen Dienst- und Familienkram, den ich nur überflog«, meinte Heise. »Schließlich wollte ich nur wissen, was sie über mich zusammengetragen hatte, um mich wappnen zu können.«

»Ist Ihnen dabei irgendwas in Erinnerung geblieben, was in Anbetracht der Ereignisse eine wie auch immer geartete Bedeutung gewinnen könnte?«, ließ Romy nicht locker. »Ein merkwürdiger Absatz in einem Dokument vielleicht? Eine Anmerkung, die Ihnen jetzt zu denken gibt oder seltsam unpassend schien, vielleicht nur für einen winzigen Moment ...«

Er schüttelte den Kopf. »Nichts, soweit ich das beurteilen kann. Alltagskram.« Er stutzte kurz. »Sie führte einen Kalender. Ein Eintrag Ende Januar klang vielleicht etwas, na ja, ich weiß nicht ... Es ging dabei um eine gewisse Lotte.« Er blickte Romy fragend an, die ihm zunickte. »Rückkehr nach Neubrandenburg – endlich, stand da und war mit zwei Ausrufezeichen versehen. Sagt Ihnen das etwas?«

Ja und nein, dachte Romy. Lotte war einige Wochen zu Gast in ihrem Elternhaus gewesen, und Monika hatte sich darauf gefreut, sie wieder verabschieden zu können. Eine verständliche Reaktion, wenn erwachsene Kinder zu Besuch kamen und das Hotel Mama über Gebühr nutzten. Darüber hinaus war das Verhältnis der beiden, wie Lotte unumwunden erzählt hatte, nicht perfekt gewesen. Auch das war nachvollziehbar. Weitergehende Fragen zum Verhältnis der beiden würden sich hoffentlich demnächst in einem persönlichen Gespräch mit Lotte Sänger klären lassen.

Romy musterte Heise. Er sagt die Wahrheit, dachte sie, genau wie Silke. In dem Moment klingelte ihr Handy. »Kasper« stand auf dem Display. Sie nahm das Gespräch mit einer entschuldigenden Geste in Heises Richtung an. »Neue Erkenntnisse?«

»Tja, wie man es nimmt. Der Junge schien mir verunsichert, was nicht weiter wundert. Allerdings konnte er die Sänger auf Anhieb als das Opfer identifizieren – so wirkte es zumindest. Er reagierte sehr emotional …«

»Was heißt das?«

»Er erschrak und nickte heftig. Beim Foto von Kronwald zuckte er mit den Achseln. Das kann alles und nichts bedeuten. Und wie sieht es bei dir aus?«, schob Kasper hinterher.

»Nichts Neues.«

»Dachte ich mir. Lass uns gleich in Ruhe reden, wie es jetzt weitergeht.«

»Gut, bis später.« Romy unterbrach die Verbindung und stand auf. Die Klinke in der Hand drehte sie sich noch einmal zu Stefan Heise um. »Haben Sie mal darüber nachgedacht, mit Ihrer Frau zu reden und ihr alles zu erzählen?«

»Ungefähr tausend Mal.«


Romy und Kasper hatten sich gerade zusammengesetzt, um die letzten Vernehmungen und die weiteren anstehenden Maßnahmen zu besprechen, als Fine ungewöhnlich leise eintrat und ein bemerkenswert nachdenkliches Gesicht aufsetzte. »Olaf Leihm – klingelt da was bei euch?«

»Der Schachfreund von Michael Sänger«, sagte Kasper sofort. »Was ist mit dem?«

»Der Mann ist tot.«

»Wie bitte?« Romy stellte ihre Tasse ab. »Was ist passiert?«

»Seine Putzfrau hat ihn heute früh gefunden – er lag tot im Bett. Sie hat den Hausarzt benachrichtigt, und der hat gerade uns verständigt. Ein unnatürlicher Tod könne nicht ausgeschlossen werden. Ich habe schon mal die Technik informiert, und zwei uniformierte Kollegen sind auch schon unterwegs. Ist wohl keine schlechte Idee, wenn ihr auch sofort rausfahrt.«

Romy war bereits aufgestanden. »Gibt es schon irgendein Stichwort?«

Fine hob nur die Hände.

Olaf Leihm war alleinstehend und wohnte in einem Mehrfamilienhaus am Kiebitzmoorteich. Ein Polizeiwagen stand vor der Tür, und ein paar Schaulustige hatten sich bereits eingefunden, obwohl inzwischen dichtes Schneetreiben herrschte. Romy war immer wieder verblüfft, wie schnell sich Unglück und Tod herumsprachen und wie interessiert die Leute daran waren, Einzelheiten zu erfahren, um damit hausieren zu gehen.

Kasper eilte durch einen engen Hausflur im Erdgeschoss, an dessen Ende ein Beamter an der Wohnungstür stand und sie begrüßte. Die Techniker waren noch nicht eingetroffen, doch ein zweiter Polizist hatte bereits mit dem Arzt gesprochen, machte sich Notizen und fotografierte. Kasper ließ sich von dem Kollegen eine kurze Einweisung geben, während Romy sich an den Arzt wandte, einen großgewachsenen schlaksigen Blondschopf, der neben Leihms Bett saß und eine SMS abschickte, bevor er aufstand und die Kommissarin begrüßte.

»Doktor Martin Soldau«, stellte er sich vor. »Ich bin seit fast fünfzehn Jahren Olaf Leihms Hausarzt und Internist.«

»Und was veranlasst Sie zu der Annahme ...«

Der Arzt lächelte kurz. »Dazu wollte ich gerade kommen, Frau Kommissarin. Olaf Leihm war Diabetiker, seit Jahrzehnten. Er ist immer verantwortungsvoll und aufmerksam mit seiner Krankheit umgegangen, aber natürlich kann es passieren, dass man sich mit der Insulinmenge vertut – nicht auszuschließen jedenfalls …«

»Doktor, woran ist der Mann wann ungefähr gestorben?«, unterbrach Romy den Arzt. An einer umfassenden Krankengeschichte war sie nun weiß Gott nicht interessiert.

»Kreislaufzusammenbruch und Herzstillstand, soweit ich das bei oberflächlicher Untersuchung feststellen kann. Gestern Abend oder in der Nacht, doch das ist lediglich eine Schätzung.«

»Aber er hatte nichts am Herzen, wenn ich Sie gerade richtig verstanden habe«, drängte Romy und trat von einem Bein aufs andere.

»Nein ganz und gar nicht. Aber er könnte sich am Abend, bevor er ins Bett ging, eine Überdosis Insulin gespritzt haben, versehentlich«, erklärte Soldau geduldig. »Dadurch geriet er während des Schlafs in den Zustand einer Unterzuckerung, sein Kreislauf brach zusammen, er wurde bewusstlos, ohne noch einmal aufzuwachen, Koma, Herzstillstand. Das ist durchaus möglich.«

»Könnte?«

»Ja, eine theoretische Möglichkeit, doch Olaf Leihm war, wie gesagt, ein ausgesprochen aufmerksamer und zuverlässiger Patient. Ich kann mir nur schwer vorstellen, dass er sich derart vertan hat, und seine Werte waren bei der letzten Untersuchung vor einer Woche stabil«, erläuterte der Arzt. »Hinzu kommt, dass ich eine Verletzung am Kopf festgestellt habe, die sich ein Rechtsmediziner genauer ansehen sollte.«

Soldau trat ans Bett, wo Olaf Leihm wie ein friedlich Schlafender in den Kissen lag. Lediglich die bleiche Gesichtsfarbe deutete darauf hin, dass der Mann nicht schlummerte. Der Arzt wies auf eine Stelle hinter Leihms rechtem Ohr, wo sich ein etwa zehn Zentimeter langer dunkler Fleck samt Schwellung abzeichnete.

Romy beugte sich über den Toten. »Er könnte sich irgendwo gestoßen haben, an einer Türkante oder im Bad. Vielleicht ist er noch mal aufgestanden, weil ihm nicht wohl war.« Sie sah den Arzt fragend von der Seite an.

»Das wäre eine Erklärung. Eine von mehreren«, stimmte Dr. Soldau in ernstem Ton zu.

Sie nickte nachdenklich und sah auf, als Kasper zu ihnen trat. »Die Kriminaltechniker sollen sich sehr genau umschauen – der Mann hat sich vor seinem Tod irgendwo heftig gestoßen. Oder er wurde heftig gestoßen …«

Dr. Soldau nickte. »Und anschließend ins Bett gepackt.«

Als hätten wir gerade nicht genug zu tun, dachte Romy. Sie sah Kasper an. »Hast du schon überprüft, mit wem er zuletzt telefoniert hat?«

»Habe ich.«

»Und?«

»Mit einem guten Bekannten – Michael Sänger.« Kasper hob die Brauen. »Fahren wir da gleich hin?«

Romy überlegte nur kurz. »Ja. Was ist mit den Nachbarn? Sind die schon befragt worden?«

»Alles in die Wege geleitet. Außerdem treffen die Greifswalder gleich ein, und ein Kollege wirft schon mal einen Blick in Leihms persönlichen Kram und benachrichtigt die Angehörigen. Der Mann war schon seit Ewigkeiten geschieden, eine Tochter lebt in Stralsund. Die ist bereits unterwegs, der Sohn konnte noch nicht erreicht werden. Darum kümmert sich aber bereits Fine.«

Bevor sie das Schlafzimmer verließen, drehte Romy sich noch einmal zu Dr. Soldau um. »Danke, Doktor, sehr aufmerksam.«

»Keine Ursache.« Der Arzt lächelte liebenswürdig.

Schöne braune Augen hat er, dachte Romy. Und ein Faible für Rechtsmedizin.

Schneewolken und Wiek schienen sich zu berühren. Noch ein paar Tage strenger Frost, und sie würde Schlittschuhlaufen können. Das Singen der Kufen auf dem Bodden war ein Kindheitsgeräusch, das ihr Herz erwärmte. So wie der Geruch nach Schnee und Salz und der Schrei von Seevögeln. Gute Erinnerungen. Sie gab es auch. Das vergaß sie manchmal.

Das Handy vibrierte in ihrer Brusttasche. Sie widerstand dem Impuls, den Anruf zu ignorieren, zog es heraus und stellte die Verbindung her. Die Polizei überprüfte in regelmäßigen Abständen, wo sie sich aufhielt. Aber es war nicht das Kommissariat, sondern ihre Mutter – mit dem gleichen Motiv.

»Wo bist du denn?«, wollte sie wissen.

»Unterwegs, am Wasser.«

»Ach? Und was machst du da?«

»Ich beobachte, wie es zufriert.«

Pause. Silke lächelte.

»Du bist merkwürdig«, bemerkte ihre Mutter schließlich. »Das warst du schon immer.«

»Hast du nie darüber nachgedacht, warum?« Die Frage war ihr einfach herausgerutscht.

»Doch, natürlich! Ich habe dich sogar gefragt, immer wieder, und du hast dich nie geäußert.«

»Ich konnte nicht, weil ich selbst nicht wusste, was los war«, entgegnete Silke zu ihrer eigenen Verblüffung.

»Und jetzt weißt du es?«

Silke zog die eisige Luft in die Lungen. »Ja.« Dann unterbrach sie die Verbindung.

Und wenn der Abend am Strand doch mit einer anderen Schlussszene geendet hatte als mit derjenigen, an die sie sich im Moment entsann? Hatten die Erinnerungen ihr einen Streich gespielt, weil sie die Wahrheit nicht ertragen konnte? Diesmal die Wahrheit über sich selbst und ihr mörderisches

Tun? Die Frage kroch in ihr hoch wie aufsteigender Eisnebel. Jeder Mensch ist fähig, einen Mord zu begehen, hatte sie mal irgendwo gelesen, weil jeder Mensch seinen Preis hat, seine wunde Stelle, seine individuelle Angst.

Sie wandte sich um und wanderte zum Haus zurück. Der Postbote war schon da gewesen. Silke zögerte nur einen winzigen Moment, bevor sie den Brief von Jureks Mutter öffnete und die Zeichnung aus dem Umschlag nahm. *Das Mädchen mit den Zöpfen.*

## 17

Michael Sänger war kalkweiß. »Das kann nicht wahr sein«, flüsterte er, als Romy und Kasper vor der Tür standen und ihn über Leihms Tod informierten.

»Dürfen wir kurz hereinkommen?«, fragte Romy, als Sänger keine Anstalten machte, sie ins Haus zu bitten.

»Bitte? Ach so, ja, natürlich.« Er ging voraus ins Wohnzimmer und blieb vor einem Beistelltisch stehen, der neben der Couchgarnitur stand. Ein Schachbrett mit bereitgestellten Figuren thronte in der Mitte. »Hier haben wir gestern Abend noch zusammengesessen … Ich kann mir das gar nicht vorstellen. Was ist denn passiert?« Er drehte sich um und wies mit einer fahrigen Bewegung auf den Esstisch. »Nehmen Sie doch Platz.«

Romy ließ einen Moment den Blick schweifen, um anerkennend festzustellen, dass Sänger ein ordentlicher Hausmann zu sein schien oder aber eine engagierte Putzfrau hatte. Nirgendwo stand Geschirr herum, zumindest nicht in der guten Stube, es gab auch keine achtlos hingeworfenen Pullover oder Zeitungen, die sich auf Tisch oder Fußboden stapelten, und der Teppich wurde sicherlich regelmäßig gesaugt. Bei mir sieht es deutlich chaotischer aus, dachte Romy mit leisem Seufzen. Sie spürte Kaspers fragenden Seitenblick.

»Wir wissen noch nicht genau, was geschehen ist«, beantwortete sie Sängers Frage etwas verspätet. »Möglich, dass er sich irrtümlicherweise zuviel Insulin gespritzt hat und aufgrund der Unterzuckerung ins Koma fiel.«

»Was? Ist das Ihr Ernst?« Sänger schüttelte den Kopf.

»Wäre so etwas denkbar bei ihm – ich meine, dass er sich derart bei der Insulinmenge vertut?«

»Eigentlich nicht. Olaf war immer sehr sorgfältig, aber …«

»Ja?«

»So was kann natürlich trotzdem passieren. Er war sich dessen bewusst, denke ich.«

»Wie kommen Sie darauf?«

»Olaf war seit Jahrzehnten Diabetiker – er kannte alle Risiken und war immer gut informiert«, entgegnete Sänger.

Was auch ein Argument gegen die Annahme eines schlichten Flüchtigkeitsfehlers darstellte, grübelte Romy. Leihms Arzt hatte das ausdrücklich betont. »Wann genau war Olaf Leihm gestern hier?«

»Wie immer – er kam gegen sechs, brach aber erst um kurz nach zehn wieder auf«, antwortete Sänger. »Wir haben noch eine Kleinigkeit gegessen und uns unterhalten. Zu dem Zeitpunkt war er sehr munter und guter Dinge und hatte keinerlei Beschwerden.«

Munter, guter Dinge, eine nette Unterhaltung beim Abendessen. Romy runzelte die Stirn und quittierte Sängers Beschreibung mit einem leisen »Aha«, wobei sie sich keine Mühe gab, ihren skeptischen Tonfall zu unterdrücken.

Sänger stutzte. »Wie darf ich das verstehen?«

»Ach, wissen Sie, ehrlich gesagt, irritiert mich Ihre Wortwahl gerade ein wenig«, entgegnete Romy nachdenklich. »Immerhin ist Ihre Frau noch keine Woche tot, und die Umstände Ihres Todes können durchaus als erschütternd bezeichnet werden. Sie ist ermordet worden, die Ermittlungen dauern an, und auch angesichts der aufgedeckten Hintergründe habe ich so ganz spontan ein Problem mit der Vorstellung von einer munteren Schachpartie, die Sie sich mit Ihrem Freund wenige Tage nach dem Geschehen gegönnt haben.«

Das war ausgesprochen provokant, verletzend, möglicherweise sogar dreist und völlig unangemessen, aber Romy ließ die Einschätzung trotzdem stehen.

Sängers Augen verengten sich sofort. »Ich habe lediglich beschrieben, dass mein Freund bei seinem Aufbruch gestern Abend noch munter und beschwerdefrei war. Eine Schachpartie selbst würde ich nicht so bezeichnen, weder die gestrige noch sonst eine. Soweit zu den sprachlichen Feinheiten«, erklärte er in scharfem Tonfall. »Ansonsten hat es mir gutgetan, den Abend mit Olaf zu verbringen und etwas völlig Normales zu tun nach all den schwierigen Tagen – wie sagten Sie gerade: erschütternd, ja. So ist es. So war es, und so wird es wohl auch noch eine Weile bleiben. Ich wollte mich ablenken, insbesondere, nachdem ich gestern in Greifswald war, um meine Frau zu identifizieren, in Begleitung von Olaf übrigens. Jetzt ist er auch tot. Was glauben Sie wohl, wie es im mir aussieht? Ich bin fassungslos.«

Und verdammt wütend, dachte Romy. Warum eigentlich? Sie erwiderte seinen Blick, ohne mit der Wimper zu zucken. »Tut mit leid, falls ich Ihnen auf die Füße getreten sein sollte. Ich muss manchmal die absurdesten Fragen stellen«, entgegnete sie höflich. »Olaf Leihm ist also um zehn aufgebrochen. Mit seinem eigenen Wagen?«

Sänger atmete tief durch und nickte dann.

»Hat er sich danach noch mal gemeldet? Um zum Beispiel Bescheid zu sagen, dass er gut zu Hause angekommen sei – das wäre bei dem Wetter ja durchaus nichts Ungewöhnliches.«

»Nein, das war aber auch nicht vereinbart. So weit hatte Olaf es nicht zu sich nach Hause, und er war ein sicherer Fahrer.«

»Was haben Sie gemacht, als Herr Leihm gegangen war?«, fuhr Romy fort.

»Ich habe die Küche aufgeräumt und noch mal Schnee geschaufelt«, antwortete Sänger prompt. »Dann habe ich mir die Spätnachrichten angesehen und bin ins Bett gegangen.«

»Das heißt, Sie waren der Letzte, der ihn lebend gesehen und gesprochen hat«, stellte die Kommissarin fest.

»Gut möglich, falls er nicht unterwegs noch jemanden getroffen hat, einen Nachbarn möglicherweise.« Michael Sänger hob beide Hände. »Aber sagen Sie mal, Ihre Aufgabe, jede Menge Fragen stellen zu müssen, in allen Ehren, doch was soll das eigentlich alles? Mein Freund hat sich tragischerweise zuviel Insulin gespritzt – das ist ganz schrecklich, und ich kann im Moment gar nicht intensiver darüber nachdenken, aber wonach suchen Sie, noch dazu hier bei mir?«

Romy musterte ihn. »Der Insulin-Unfall ist lediglich *eine* zum jetzigen Zeitpunkt angenommene Variante, auf die uns der Hausarzt aufmerksam gemacht hat«, betonte sie. »Noch dazu eine bislang völlig unbewiesene, da die rechtsmedizinischen Untersuchungen noch nicht mal begonnen haben.«

»Ach?« Sänger wandte den Kopf und sah Kasper an. Der nickte betont freundlich. »So ist es.«

»Und weiter? Gibt es denn Hinweise auf …«

»Fremdverschulden«, vervollständigte Romy den Satz. »Nun, zumindest liegen einige Indizien vor, die uns stutzig gemacht haben und denen wir nachgehen müssen. Über Einzelheiten dürfen wir allerdings keine Auskunft geben, wie Sie sicherlich nachvollziehen können. Sie kannten Leihm sehr gut. Hatte er Feinde, größere Probleme? Erzählen Sie doch einfach mal ein bisschen von ihm – bitte«, schob sie nach.

Sänger überlegte nur kurz. »Olaf hatte keine Feinde. Er ist vor kurzem pensioniert worden und wollte seinen Ruhestand genießen. Er war Lehrer wie ich, für Geschichte und Deutsch, allerdings an einer anderen Schule. Er lebte relativ zurückgezogen, war kein Freund von Hektik und Trubel.«

Passt auch nicht zu einem Schachspieler, dachte Romy. »Wie stand er eigentlich zu Ihrer Frau?«

»Das ist ja eine merkwürdige Frage«, stellte Sänger konsterniert fest.

Der Meinung war Romy auch, aber sie zuckte nur mit den Achseln. »Wie schon mal gesagt – ich muss manchmal die absurdesten Fragen stellen. Die schießen mir einfach so durch den Kopf.« Sie lächelte.

Sänger wirkte nicht überzeugt. »Na schön. Er mochte Monika ganz gern und sie ihn.«

»Haben Sie ihm eigentlich erzählt …«

»Nein!«, herrschte der Witwer sie plötzlich mit vorgerecktem Kinn an. »Warum sollte ich mir das antun?«

Kasper warf ihm einen warnenden Blick zu, während Romy äußerlich völlig gelassen blieb.

»Schon gut«, wiegelte Sänger ab. »Tut mir leid, wenn ich etwas emotional reagiere. Sie können sich aber doch wohl vorstellen, dass ich nicht daran interessiert bin, von Monikas Fehltritten zu erzählen! Es ist für mich kaum nachvollziehbar, was sie damals gemacht hat, wessen sie schuldig ist. Darüber rede ich doch nicht, erst recht nicht mit einem Freund.«

Damals, dachte Romy. Wir wissen nicht, in welchem Zeitraum Monika sich an Kindern vergangen hat und ob 1995 tatsächlich Schluss damit war; wir sind lediglich einigen Anhaltspunkten nachgegangen, die sich aufdrängten … Ein unangenehmes Gefühl beschlich sie plötzlich. »Sie haben mit Ihrer Tochter über das Thema gesprochen, nicht wahr?«

Sänger starrte sie sekundenlang stumm an. »Ja, soweit ich es für nötig hielt«, flüsterte er dann. »Und jetzt hören Sie bitte mit Ihren Fragen auf.«

Romy beugte sich langsam vor. »Das werde ich nicht tun, Herr Sänger. Im Verlauf unserer Ermittlungen hat sich herausgestellt, dass sich Ihre Frau schwerster Vergehen schuldig gemacht hat. Ist Ihnen nach unserem letzten Gespräch vor zwei Tagen nicht einmal der Gedanke gekommen, dass Ihre Tochter, auch wenn sie etwas anderes behauptet, möglicherweise doch …«

»Um Himmels willen – nein!«

»Warum nicht?«

»Das hätte ich erstens sofort gemerkt, und Lotte wäre

zweitens umgehend zu mir gekommen«, entgegnete Sänger aufgebracht.

»Das behaupten viele Eltern.«

»Es ist mir egal, was andere oder viele behaupten! Lotte und ich hatten schon immer ein vertrauensvolles und inniges Verhältnis. Es gab und gibt keine Heimlichkeiten oder schlimmen Geheimnisse. Und niemals wäre es denkbar, dass Monika meine Tochter ... nein! Was für eine widerliche Vorstellung! Außerdem war unsere Ehe – ja: gut. In jeder Hinsicht übrigens. Was immer sie früher getan hat ...«

»Herr Sänger, Sie verwechseln da gerade etwas ganz Entscheidendes: Sexueller Missbrauch von Kindern hat weniger mit sexuellen Bedürfnissen als mit Macht und Gewalt zu tun«, warf Romy ein.

Sänger verzog das Gesicht. »Möglicherweise tue ich das. Und ich bleibe trotzdem dabei – Monika hat meine Tochter nicht angerührt. Das hätte sie nicht gewagt, verstehen Sie? Niemals hätte sie gewagt, meinem Kind etwas anzutun!«

Romy lehnte sich zurück. »Ja, ich verstehe.« Ihr Puls hatte sich deutlich beschleunigt.

»Außerdem möchte ich, dass Sie jetzt gehen.«

Kasper erhob sich sofort, er legte Romy eine Hand auf die Schulter, und sie stand langsam auf. »Wir finden alleine den Weg hinaus, danke.«

Auf dem Rückweg sprachen sie minutenlang kein einziges Wort. Man hörte nur das Geräusch des emsig arbeitenden Scheibenwischers und das Knirschen des Schnees unter den Reifen. Erst als sie fast im Kommissariat angekommen waren, ergriff Kasper das Wort. »Du hast den Mann ganz schön unter Druck gesetzt. Was treibt dich eigentlich? Denkst du wirklich, dass es einen Zusammenhang zwischen den Fällen gibt?«

»Lass es mich so ausdrücken – ich befürchte es. Ich befürchte es immer stärker. Irgendwas stimmt da nicht.«

»Seine Aufgebrachtheit ist völlig normal, Romy, und auch

sein Verhalten nach all dem, was geschehen ist«, wandte Kasper ein. »Und ein schlechtes Gefühl haben wir bei der Geschichte wohl alle.«

»Mag sein. Trotzdem.«

Kasper seufzte. »Trotzdem ist kein gutes Argument. Und wenn sich ein Fremdverschulden bei Leihm nicht nachweisen lässt?«

»Dann handelt es sich in der Tat um einen tragischen Unfall, aber mit Lotte Sänger werde ich trotzdem noch einmal reden«, betonte Romy. »Sie hat mich vorgestern am Telefon relativ zackig abgewimmelt, aber immerhin versprochen, bei ihrem nächsten Besuch in Bergen ins Kommissariat zu kommen … Ich frage mich schon die ganze Zeit, warum wir nicht eher ausführlich mit ihr gesprochen haben.«

»Ganz einfach, weil die Ermittlungen uns in eine völlig andere Richtung geführt haben«, entgegnete Kasper. »Wir hatten bisher keine Veranlassung, uns intensiver mit der jungen Frau zu beschäftigen, und ich sehe auch jetzt nicht …«

»Ich schon, und zwar spätestens seitdem der Missbrauchsverdacht im Raum steht«, unterbrach Romy ihn ungeduldig. »Und mit Michael Sänger ebenfalls …«

»Wir haben erst seit zwei Tagen Kenntnis von den Mails, wenn ich dich erinnern darf.« Kasper fuhr auf den Parkplatz, stellte den Motor ab und drehte sich zu Romy um. »Wir können uns nicht überschlagen, berücksichtige das bitte.«

Sie atmete tief durch und strich sich die Locken zurück. »Na schön, aber überleg doch mal, Kollege – Olaf Leihm hat Sängers Alibi für den Mordabend bestätigt, als Einziger. Lotte lag währenddessen mit einer Migräneattacke im Bett und war über viele Stunden außer Gefecht gesetzt.« Sie zog eine Braue hoch. »Nun ist Leihm tot und Lotte wieder nach Neubrandenburg zurückgekehrt, bevor wir noch einmal Zeit und Gelegenheit fanden, sie im Detail und alleine zu befragen. Stutzig werden darf man aber an der Stelle, oder?«

»Na schön. Der Verdacht gegen den Ehemann bedeutet aber, dass Sänger etwas von den Taten seiner Frau mitbekommen haben muss.«

»Das halte ich für möglich, wenn auch zurzeit nicht zu beweisen. Er könnte sich das Netbook genauer angesehen haben und ist dabei auf die Mails von Silke Kronwald gestoßen. Und ein heimlicher Blick in Monikas Handy ist nun wirklich kein kriminalistisches Kunststück«, setzte Romy ihre Überlegungen fort. »Er kannte ja sogar die PIN. Möglicherweise hatte er, entgegen seiner ausdrücklichen, ja, fast schon wütend vorgetragenen Behauptung, doch den fürchterlichen Verdacht oder sogar die Gewissheit, dass seine Tochter ebenfalls ein Opfer war. Und das ist ein sehr starkes Motiv, wie du zugeben musst.«

Kasper verzog das Gesicht und stöhnte leise auf. »Klingt fürchterlich, deine Theorie. Und weiter?«

»Leihm war an dem Abend gar nicht zum Schachspielen bei den Sängers, hat aber seinem Freund mit einem Alibi ausgeholfen, als der ihn darum bat. Michael folgte seiner Frau oder wartete am Südstrand auf sie, um das Treffen zu beobachten, über das er durch die SMS informiert war. Als Silke Kronwald nach der Auseinandersetzung den Strand verließ, schritt er kurzentschlossen zur Tat ...«

Kasper kratzte sich am Hinterkopf. »Leihm bekam ein schlechtes Gewissen, als ihm klarwurde, worum es ging«, setzte er den denkbaren Ablauf fort.

»Richtig, und Sänger befürchtete, dass der Mann nicht dichthalten würde ...« Romy schnallte sich ab und öffnete die Beifahrertür. »Wir müssen so schnell wie möglich mit Möller reden und mit den Nachbarn von Leihm. Und noch was: Leihms Spritzen und Insulinvorräte müssen auf Fingerabdrücke untersucht werden. Darüber hinaus möchte ich, dass du David Fotos von Michael Sänger zeigst.«

Kasper stieg ebenfalls aus. »Wir kriegen mit der dünnen

Indizienkette für den neuen Ermittlungsansatz keinen Durch-suchungsbeschluss, das ist dir klar, oder?«

»Noch nicht, Kollege, aber in dem Moment, in dem es auch um Mord an Leihm geht, dürften wir etwas in der Hand haben, was auch den Staatsanwalt überzeugt, sich für einen richterlichen Beschluss starkzumachen.«

»Hm. Und was ist mit Lotte Sänger?«

»Sobald wir die ersten Ergebnisse haben, fahre ich nach Neubrandenburg. Ihr Vater wird sie garantiert warnen, aber das soll mich nicht davon abhalten, mit ihr zu reden. Falls ihre Stiefmutter ihr zu nahegekommen ist, werde ich es her-ausfinden.« Romy hob das Kinn. »Außerdem möchte ich grundsätzlich mehr über das Verhältnis der beiden wissen – Max soll mal seine Datenbank befragen. Aber jetzt lass uns erst mal hochgehen.« Sie rieb sich die Hände. »Ich brauche dringend einen Kaffee.«

Polizeihauptmeister Sebastian Hogner, ein fülliger Mittdrei-ßiger mit Schnauzbart, der am Tatort die Einsatzleitung über-nommen hatte, erstattete eine gute Stunde später persönlich Bericht über die ersten Auswertungen, nachdem er sich bei Fine mit Kaffee und Kuchen versorgt und im Besprechungs-raum Platz genommen hatte. Zwei Nachbarn hatten unab-hängig voneinander bestätigt, dass Olaf Leihm am späten Abend heimgekehrt war, und zwar allein.

»Und denen ist nichts Besonderes aufgefallen?«, fragte Kasper nach, als Hogner zunächst ein großes Stück von sei-nem Kuchen abbiss und eine Weile versonnen kaute.

»Nein. Einer meinte, dass der Leihm sonst meist früher nach Hause kam, aber was heißt das schon«, antwortete er dann, zuckte mit den Achseln und trank einen Schluck Kaf-fee, bevor er sein Notizheft aus der Brusttasche zog. »Er hat der Nachbarin, die über ihm wohnt und gerade aus dem Fenster guckte, kurz zugewinkt und ist dann ins Haus geeilt.

Ein paar Minuten später hat die Frau dann leise Geräusche unterm Fenster gehört – das Klappen von Türen und Schritte, meint sie. Sie schätzt, dass Leihm noch mal am Auto war. Vielleicht hatte er was vergessen. So drückte sie sich aus.«

Romy, die am Fenster stand, drehte sich abrupt um. »Hat sie sich vergewissert, dass es tatsächlich Leihm war, der sich am Auto zu schaffen machte?«

»Nö. Sie hat es aber angenommen.«

»Aha. Warum?«

Hogner hielt mit dem Kauen inne und sah sie verdattert an. »Wie meinen Sie das?«

»Die Geräusche hätten doch auch von jemand anderem stammen können, der ebenfalls gerade nach Hause gekommen war«, erläuterte Romy mit einer Prise Ungeduld in der Stimme, die Kasper, wie sie wusste, sehr genau registrierte.

»Die Mieter haben zugewiesene Parkplätze«, erwiderte Hogner nach einem Blick in sein Heft. »Wahrscheinlich hat sie die Geräuschquelle mit Leihms Auto in Verbindung gebracht, weil sie den Eindruck …«

»Würden Sie sich bitte vergewissern, welchen Hintergrund ihre Annahme hatte und uns informieren, falls sich an ihrer Aussage etwas ändert?«, unterbrach Romy ihn.

»Klar, mache ich gleich«, versicherte der Polizist eifrig und blätterte eine Seite weiter. »Aber vorher noch etwas anderes. Die Techniker haben sich natürlich auch den Wagen des Opfers angesehen.« Er sah wieder hoch und lächelte. »Marko Buhl meinte, dass es Sie garantiert brennend interessieren würde, dass sie Blutspuren entdeckt haben.«

Romy pfiff durch die Zähne. »Ach? Und wo?«

Hogner nestelte sein Handy hervor. »Ich habe gleich ein paar Fotos gemacht, das ist anschaulicher, als wenn ich lange erkläre.«

Darauf halte ich jede Wette, dachte Romy, während sie näher trat und gespannt aufs Display blickte. Die Aufnahme zeigte eine farbige Kennzeichnung, die die Kriminaltechniker am inneren Türrahmen des Wagens in Höhe des Seitenfensters hinter dem Beifahrersitz angebracht hatten und die auf einen Blutfleck verwies, der allerdings mit bloßem Auge nicht zu erkennen war. Romy sah auf. »Hinten? Wieso hinten?«

»Er war noch mal am Auto und könnte sich gestoßen haben«, mutmaßte Kasper.

»Und wie soll das passiert sein? Er öffnet die hintere Beifahrertür, beugt sich nach unten, weil da vielleicht noch eine Tasche liegt oder was auch immer, zieht sie heran und stößt sich dann in Höhe des Fensters?«, fragte Romy sofort. »Das ist merkwürdig. Man stößt sich doch häufig im oberen Bereich des Türrahmens, weil man sich verfrüht aufrichtet ... Dann hätte sich der Mann allerdings auch eine Beule am Hinterkopf zugezogen und nicht seitlich am Kopf«, grübelte sie weiter.

»Vielleicht hat er sich unglücklich gedreht«, schlug Kasper vor. »Oder er hat sich stark nach unten gebeugt, etwas hinterm Sitz hervorzogen und ist im Aufrichten seitlich an den unteren Rahmen geschlagen.«

Hogner lauschte der Unterhaltung eine Weile mit unschlüssigem Gesichtsausdruck. »Übrigens, der Rechtsmediziner, ein Assistent von Doktor Möller, war persönlich vor Ort und bereit, sofort eine kurze und vorläufige Einschätzung abzugeben«, meinte er schließlich höflich.

Romys Kopf fuhr herum. Sie starrte ihn an. »Und das sagen Sie erst jetzt?«

»Ja, ähm ...«

»Wie lautet die Einschätzung?«

»Er hält es für denkbar, dass das Opfer nach seinem Tod noch mal bewegt wurde. Die Verteilung der Leichenflecken lässt diese Annahme zu. Ich soll aber unbedingt betonen, dass die Untersuchungen gerade erst beginnen und ...«

»Ja, ja, schon klar«, unterbrach Romy ihn. Sie sah Kasper
mit leisem Triumph an. »Was ich dir sage – sollte sich die
Insulinüberdosierung bestätigen, dann war das alles, nur
kein Versehen!«

Sie wandte sich wieder an Hogner, der sie mit großen
Augen ansah. »Bitte sprechen Sie noch einmal mit der Nachbarin, vielleicht erinnert sie sich doch noch an das eine oder
andere Detail. Außerdem möchte ich, dass neben Leihms
Medikamenten auch der Fahrersitz sorgfältig auf Fingerabdrücke und DNA-Spuren untersucht wird. Ich will nach
Möglichkeit wissen, wer gestern Abend am Steuer von
Leihms Karre gesessen hat. Ebenso sollen die Kollegen sich
die Klamotten von Leihm vornehmen, einschließlich Win-
termantel und Mütze.«

Hogner stand eilig auf. »Alles klar.« Er stellte sein Geschirr
ab und eilte aus dem Raum.

Romy folgte ihm und bog in Max Breders kleines Büro ab,
um ihn auf den neuesten Stand zu bringen. »Okay, so weit
dazu – als Nächstes möchte ich mit einer Bekannten, Freundin, Kollegin der Sänger sprechen«, fuhr sie dann konzentriert fort. »Es sollte jemand sein, der die Familie auch privat
näher kannte. Ich will wissen, wie sie zu ihrer Stieftochter
stand.«

»Wird erledigt. Ich nehme an, die- oder derjenige soll so
schnell wie möglich herkommen.«

»Du nimmst richtig an.« Romy hörte, dass Fine in der Tür
stand, und drehte sich kurz zu ihr um. »Bitte nimm Kontakt
zu den Kollegen in Neubrandenburg auf. Lotte Sänger soll
unauffällig beobachtet werden. Falls sie plötzlich Reiselust
entwickelt, wüsste ich das ganz gerne.«

»Eine Observierung? Was sagt denn der Staatsanwalt
dazu?«, fragte Fine verblüfft.

»Frag ihn am besten selbst.« Romy grinste. »Und wenn du
ihn an der Strippe hast, versuch auch gleich, ihm klarzu-

machen, dass wir einen Durchsuchungsbeschluss für Sängers Haus brauchen. Den werden wir, befürchte ich, nicht sofort kriegen, aber vielleicht in Kürze.«

»Du hältst ihn also tatsächlich für den Mörder?«, fragte Kasper, der inzwischen hinter Fine Aufstellung genommen und Romys Anweisungen mit nachdenklichem Gesicht verfolgt hatte.

Romy nickte. »Ja, ich schätze, er hat Leihm bei sich zu Hause die tödliche Dosis Insulin verpasst und ihn dann in dessen Wagen nach Hause gefahren, um alles nach einem ganz normalen Schachabend aussehen zu lassen.«

»Aber die Nachbarin …«

»Er hat sich Leihms Mantel übergezogen – ich wette, dass entsprechende Spuren gefunden werden, auch im Auto. Beim Herauswuchten der Leiche könnte Leihms Kopf an die Tür geprallt sein. Oder aber die Verletzung entstand vorher, als Sänger ihn außer Gefecht setzte, um ihm das Insulin zu spritzen. Er hat ihn gestoßen, der Mann ist gestolpert …« Romy sah kurz in die Runde, aber niemand erhob Einwände. Eine Weile herrschte Schweigen.

»So kann es gewesen sein«, fuhr sie dann fort. »Aber natürlich brauchen wir ein bisschen mehr als einige verdächtige Hinweise, mögen sie auch noch so schön zusammenpassen, und meine Vorstellungen und Schlussfolgerungen, um ihn unter Mordverdacht verhören zu können. Kasper, bitte fahr raus und behalt ihn im Auge, sobald du aus Göhren zurück bist – möglicherweise reicht es auch, wenn du der Corhardt ein, zwei Fotos faxt oder mailst, das spart ein bisschen Zeit … Ich will zunächst noch mal mit Möller reden und mit jemandem, der mir etwas über die Beziehung zwischen Lotte und Monika erzählen kann, womit wir Sänger dann konfrontieren können.« Sie warf Max einen Blick zu und atmete kräftig aus. »Hab ich irgendwas vergessen?«

Max lächelte, Kasper kratzte sich im Nacken.

»Vielleicht solltest du ein paar Minuten Pause machen und eine Kleinigkeit essen«, wagte Fine vorzuschlagen, bevor sie sich auf dem Absatz umdrehte und nach nebenan verschwand, wo zwei Telefone um die Wette schrillten.

Dr. Möller bestätigte zwar Hogners Bericht und die Vermutung seines Assistenten, wonach Olaf Leihm nach seinem Tod bewegt worden sein könnte, betonte jedoch ausdrücklich, dass dieser erste Eindruck zum jetzigen Zeitpunkt keineswegs zitierfähig sei, weil noch keine einzige Untersuchung abgeschlossen sei.

»Wir könnten aber von einer Tendenz sprechen, die unsere Ermittlungen beeinflussen darf?«, fragte Romy nach.

»Ja, das könnten wir.«

»Was ist mit der Kopfwunde? Könnte auch sie, rein tendenziell, nach seinem Tod entstanden sein, zum Beispiel im Zusammenhang mit dem Transport der Leiche?«

Möller seufzte. »Nun, das kann man durchaus in Betracht ziehen, aber stellen Sie sich darauf ein, dass bei Verletzungen, die kurz nach oder kurz vor dem Tod verursacht wurden, eine genaue Unterscheidung äußerst schwierig zu treffen ist.«

»Ich verstehe. Buhls Jungs haben Blutspuren im Auto gefunden«, fügte Romy hinzu. »Und es spricht einiges dafür, dass sie vom Opfer stammen.«

»Wenn sich bei den Analysen herausstellt, dass es sich tatsächlich um das Blut des Opfers handelt, sind Sie einen großen Schritt weiter, nehme ich an.«

»Diese Schlussfolgerung unterschreibe ich sofort«, meinte Romy. »Noch was, Doktor. Waren Sie gestern dabei, als Michael Sänger seine Frau identifizierte?«

»Ja, allerdings.«

»Welchen Eindruck hatten Sie von ihm?«

»Er war verschlossen, ernst, blass, wirkte sehr mitgenommen, dem Anlass angemessen, würde ich sagen«, beschrieb Möller den Witwer. »Vor der Tür wartete ein Bekannter auf ihn, was ich grundsätzlich sehr begrüße. Es gibt Leute, die eine halbe Stunde nach so einem Termin plötzlich zusammenbrechen und Unterstützung benötigen. Allerdings ...«

»Das war Olaf Leihm, der Mann, den Sie gerade auf den Tisch bekommen haben«, warf Romy ein.

»Ach du liebe Güte!«

»Die beiden kannten sich seit vielen Jahren und spielten regelmäßig Schach zusammen, auch gestern Abend. Zumindest waren sie für eine Partie Schach verabredet«, erläuterte sie. »Ist Ihnen vielleicht irgendetwas an den beiden aufgefallen?«

»Interessante Frage.«

»Inwiefern?«

»Nun, wie langjährige Freunde, die sich gut verstehen und mögen, wirkten die beiden, ehrlich gesagt, nicht auf mich.«

»Ach?« Romy straffte die Schultern. »Können Sie das ein wenig deutlicher beschreiben?«

»Ich versuche es. Als der Witwer den Raum wieder verließ, blieb die Tür einen Spaltbreit auf, und ich habe ihnen einen Moment nachgesehen, als sie den Flur hintergingen«, schilderte Möller. »Sie diskutierten relativ engagiert, ungehalten – so sah es zumindest von weitem aus.«

»Einen Wortwechsel haben Sie nicht zufällig mitbekommen?«, schob Romy eilig nach.

»Frau Kommissarin, es ist nicht meine Art ...«

»Natürlich nicht«, wiegelte Romy rasch ab. »Aber wenn ich Ihnen sage, dass ich Sänger des Mordes an seinem Freund verdächtige und jeder Hinweis auf eine Auseinandersetzung dienlich sein könnte, würden Sie Ihre Hellhörigkeit, wenn ich mal so sagen darf, dann nicht ein wenig freundlicher bewerten?«

»Nette Formulierung«, meinte Möller, und ein Lächeln

schwang in seiner Stimme mit. »Dennoch: Einzelne Worte oder gar Sätze drangen nicht bis zu mir, aber Sänger gestikulierte recht … erbost, ja, das könnte ich unterschreiben, und Leihm beschleunigte daraufhin seine Schritte. Ich habe noch gedacht, dass nach einer so schwierigen Aufgabe, wie sie die Identifizierung eines Mordopfers nun mal darstellt, ein Streit eigentlich völlig fehl am Platze ist.«

Romy ließ Möllers Schilderung eine Weile nachklingen und verabschiedete sich kurz darauf, nicht ohne ein weiteres Mal darauf hinzuweisen, dass sie nicht nur dringend, sondern händeringend auf die Untersuchungsergebnisse wartete, um den Staatsanwalt von weitergehenden Maßnahmen überzeugen zu können.

»Kommissarin Beccare, ich werde den Tag, an dem Sie mir sagen, dass ich mir Zeit lassen könnte, nicht nur rot im Kalender anstreichen, sondern eine Flasche Sekt öffnen und auf Ihr besonderes Wohl anstoßen! Vielleicht sogar mit Ihnen zusammen?«

»Ich wusste, dass ich auf Sie zählen kann.« Romy legte lächelnd auf.

Möller war einer der besten und umgänglichsten Rechtsmediziner, mit denen sie je zu tun gehabt hatte. Und Charme hatte er obendrein. Wenn sie nicht alles täuschte, würde er eine zusätzliche Schicht einlegen. Und dieser Tag war noch lange nicht zu Ende, auch wenn die winterliche Nachmittagssonne bereits den Abend anzukündigen begann. Ein feuerrotes Band hatte sich um den Horizont gelegt.

Romy öffnete das Fenster und atmete in tiefen Zügen. Moritz, mein Geliebter, ich habe lange nicht mehr an dich gedacht. Ein paar Tage oder Stunden wenigstens, aber du bist doch da, irgendwo. Was sind das für Menschen, die ihre Freunde ermorden, die sich an Kindern vergreifen und der Gewalt die Regie überlassen? Menschen, würde Moritz antworten, Menschen, die in einer Ausnahmesituation abseits aller Regeln, Gebote und ethischen Vorgaben handeln. Das sogenannte Böse steckt in jedem von uns.

Sie lehnte den Kopf an den Fensterrahmen und schloss die Augen. Nie wieder hatte sie etwas mit Kindesmissbrauch zu tun haben wollen, dem schlimmsten aller schlimmen Verbrechen.

## 18

Zwischen dem Regal mit dem Zubehör und dem Schrank mit den Sauerstoffflaschen stand eine lebensgroße Schaufensterpuppe, die Heise am Tag der Eröffnung seiner Taucherschule in einen antiquierten Anzug samt Taucherglocke gesteckt und nach der Legende Hans Hass benannt hatte. Im Laufe der Jahre hatte sich im Geräteschuppen und in der Schule so manches geändert, Hans Hass war geblieben. In seinen südseeblauen Augen, mit denen er erwartungsvoll aus dem Bullauge der Glocke stierte, herrschte stoische Freundlichkeit. Hass hatte seine Arme affektiert ausgebreitet und machte den Eindruck, als sei er für fast jeden Scherz zu haben. So hatte ihm vor einiger Zeit mal jemand eine Salatgurke im Schritt befestigt – einer seiner Söhne, wie Heise vermutete. Er hatte einen Zettel daran befestigt: Träum weiter.

Heise schloss die Tür hinter sich ab und begrüßte Hass mit Handschlag. »Na, Kumpel, wie geht's?« Mit einem winzigen Schraubenschlüssel löste er zwei Muttern am Bullauge und zog es behutsam nach außen auf.

»Tut mir leid, ich muss noch mal an deine Beißleiste«, sagte Heise leise und drückte die obere Plastikzahnreihe nach innen. Der Stick war am Gaumen befestigt. Er löste ihn, verschloss Zähne und Glocke wieder und setzte sich an seinen Laptop.

Seit die Beccare am Morgen erneut vor der Tür gestanden hatte, kaute er auf dem Gedanken herum, die Dateien entweder noch einmal zu prüfen, um der Polizei vielleicht doch einen Hinweis liefern zu können, und den Stick anschließend unwiederbringlich zu zerstören oder aber das letzte Beweismittel sofort verschwinden zu lassen.

Die Frage, warum er das nicht längst getan hatte, war relativ leicht zu beantworten. Das Material war zu umfangreich gewesen, um es in wenigen Stunden eingehend prüfen zu können, zumal er dies heimlich tun musste. So hatte er die Dateien noch in der Nacht auf den Stick überspielt, dann das Netbook kurz und klein geschlagen, um es am nächsten Tag mit einer Fuhre Elektronikschrott persönlich im Altstoffhof in Sagard abzugeben. Für das Lesen der Dokumente und Mails hatte er einen abgelegten Laptop aus dem Büro benutzt, mit dem er sich zwischendurch in den Geräteschuppen zurückzog.

Als die Polizei am Samstag vor der Tür gestanden hatte und ihm eine Verbindung mit Monika Sänger nachweisen konnte, durch die er plötzlich sogar unter Mordverdacht geriet, war er ins Grübeln gekommen, ob es tatsächlich klug war, auch den Stick sofort zu vernichten. Möglicherweise fanden sich in irgendeiner Mail oder den Aufzeichnungen genau die Spuren, die zu Sängers Mörder führten und ihn selbst entlasteten, ohne dass Heise sie als solche beim Prüfen erkannt hatte, weil es keinen Zusammenhang mit ihm und der Prora-Geschichte gab. Außerdem war es keine schlechte Idee, ein Pfand zu haben, falls die Polizei sich nicht an ihr Abkommen »Vertrauen gegen Vertrauen« hielt.

Was für eine Vernichtung des Datensticks sprach, war die verführerische Aussicht, damit jegliche Verbindung zur Vergangenheit endgültig zu kappen und den Behörden keine weiteren Anhaltspunkte für seine persönliche Geschichte zu liefern, die dann wahrscheinlich in irgendeiner Akte landen würde. Aber möglicherweise war es eine Illusion, davon auszugehen, seiner Vergangenheit entfliehen zu können, indem man Daten vernichtete. Trügerisch wie eine Seifenblase und ebenso kurzlebig.

Sie sollen mich in Ruhe lassen, dachte Heise und spürte sofort seinen Magen. Er fuhr den Laptop hoch. Wenn ihn seine Erinnerung nicht trog, gab es einen Ordner mit persönlichen Anmerkungen, die er lediglich überflogen hatte. Er kopierte den Inhalt auf einen Allerweltsstick, wischte ihn sorgfältig ab und verschloss ihn in einem Briefumschlag, den er auch abwischte und dann nur noch mit Handschuhen berührte. Den anderen Stick zerstörte er, packte die Einzelteile in eine Tüte und steckte auch sie ein.

Zehn Minuten später machte er sich auf den Weg nach Bergen. Er fuhr über Mukran in Richtung Süden, neben sich das vereisende Meer. Als er den nördlichen Bereich der Prora erreicht hatte, hielt er an einem abgelegenen Weg und stapfte durch kniehohen Schnee, bis er vor einem verfallenen Gebäudeteil stand. Die Ruine wirkte mit ihren Eiszapfen und der pudrigen Schneedecke fast verspielt, sogar märchenhaft. Heise lächelte traurig.

Er schüttete die Einzelteile des zerstörten Sticks durch eine Öffnung ins Innere und ließ die Tüte im Wind flattern. Dann drehte er sich abrupt weg, ging zurück zum Wagen, fuhr nach Bergen und warf den Umschlag in den Briefkasten des Kommissariats. Immerhin – der Magendruck begann spürbar nachzulassen.


Maritta Dohl war ab Ende der neunziger Jahre für einige Zeit nicht nur Monikas Kollegin in der Kita, sondern auch eine Sportkollegin gewesen. Inzwischen teilte sich die Sechzigjährige mit einem jungen Erzieher eine Leitungsstelle in Putbus. Als Max Breder sie angerufen und dringend um einen Besprechungstermin in Bergen gebeten hatte, war sie sofort bereit gewesen, aufs Kommissariat zu kommen.

Nun saß sie Romy gegenüber und berichtete trotz des Entsetzens, das sie angesichts der Geschehnisse ergriffen hatte, erfrischend lebhaft von ihrer Bekanntschaft mit Monika. »Freundschaft wäre zuviel des Guten«, betonte sie sofort. »Aber wir kamen gut miteinander aus, und die Frau war eine talentierte Volleyballerin. Ihre Schmetterbälle an der Linie entlang waren verdammt hart gewesen. Unsere Seniorinnenmannschaft konnte aufgrund ihrer Spielstärke so manchen Sieg herausspielen – in vielen Sportarten gilt man ab dreißig als Seniorin!« Sie lächelte herzlich, bevor sie schlagartig wieder ernst wurde. »Frau Kommissarin, es will mir einfach nicht in den Kopf, dass Monika ermordet wurde.«

»Ich weiß, ein solches Verbrechen ist schwer zu begreifen«, stimmte Romy ihr zu. »Die Ermittlungen gestalten sich darüber hinaus in diesem Fall als besonders schwierig und … vielschichtig.«

»Ich helfe natürlich gerne, bin aber ein wenig verwundert«, bemerkte Maritta Dohl in freundlichem Ton. »Ich sehe Monika schon seit einigen Jahren nur noch selten, seit sich unsere beruflichen Wege getrennt haben und sie den Sport leider an den Nagel gehängt hat. Aus welchem Grund sollte ausgerechnet ich Ihnen helfen können?«

»Weil Sie mit Monika sowohl privat als auch beruflich zu tun hatten«, erläuterte Romy. »Als Sie sich kennenlernten, war sie erst einige Jahre verheiratet.«

»Stimmt.«

»Sie war nicht nur Ehefrau, sondern auch Stiefmutter.«

»Ja.« Das kam sehr zögernd. Die Frage, worauf die Kommissarin eigentlich hinaus wollte, stand Maritta Dohl deutlich ins Gesicht geschrieben.

»Wie kam sie mit dieser Rolle klar? Welchen Eindruck hatten sie von der Beziehung zwischen Monika und ihrer Stieftochter?«, präzisierte Romy ihre Frage.

Maritta Dohl lehnte sich in den Sitz zurück. »Sie hat sich große Mühe gegeben mit der Kleinen.«

»Können Sie das erläutern?«

Die Frau stockte. »Frau Kommissarin …«

»Frau Dohl, es hat ein zweites Gewaltverbrechen im Umkreis der Familie Sänger gegeben, und wir müssen mehr über die familiären Verhältnisse wissen«, erklärte Romy. »Mehr kann ich Ihnen dazu im Augenblick wirklich nicht sagen.«

Maritta Dohl schluckte. »Na schön. Nun, wie ich schon sagte – Monika hat sich große Mühe mit der Kleinen gegeben, Lotte ist ihr Name, wenn ich mich recht entsinne.«

Romy nickte.

»Ein bildhübsches Mädchen«, fuhr die Dohl fort. »Eine richtige kleine Puppe war das und ein Papakind. Monika sagte mal, dass sie keine Chance habe bei der Kleinen.«

»Das waren ihre Worte?«

»Ja, und sie klangen sehr traurig. Das Kind ließ sie nicht an sich heran, sie wollte nichts von einer neuen Mutter wissen. Moni war manchmal richtig verzweifelt. Sie hat alles Mögliche angestellt, um das Vertrauen und die Zuneigung des Kindes zu gewinnen, aber …« Maritta Dohl schüttelte den Kopf. »So lange wir uns regelmäßig sahen, hat sich nie etwas zum Positiven geändert. Lotte hat Moni nie akzeptiert und sie immer in aller Deutlichkeit spüren lassen, dass sie eine ungeliebte Stiefmutter ist.«

Interessant, dachte Romy. Die Familienfotos im Hause der Sängers fielen ihr plötzlich ein, Bilder, auf denen die Nähe zwischen Vater und Tochter stets betont wurde. »Hat Monika je erwähnt, wie Michael Sänger mit diesem Konflikt umgegangen ist?«

»Nun, das ist alles schon sehr lange her, aber wenn ich mich recht erinnere, fühlte Monika sich mit dem Problem von ihrem Mann allein gelassen. Lotte war nun mal Michaels großer Schatz – so drückte sie sich aus, und Fehler konnte in dieser Konstellation nur eine machen, nämlich sie, die böse Stiefmutter, wenn der Ausdruck erlaubt ist. Ich fand das Kind übrigens ausgesprochen verwöhnt und durchaus schlitzohrig und provozierend in seinem Bemühen, Monika gegen ihren Vater auszuspielen und an die Seite zu drängen.«

»Könnten Sie Beispiele dafür nennen?«

»Ehrlich gesagt – nein«, antwortete Maritta Dohl ohne Zögern. »Aus Monikas Schilderungen kann ich im Rückblick lediglich zusammenfassend wiedergeben, dass Lotte sie nicht respektierte und sich auch jeglichen Erziehungsbemühungen von ihrer Seite verweigerte. Was Moni anordnete, wurde schlicht ignoriert, und Michael hat das unterstützt, indem er seine Tochter gewähren ließ und so gut wie nie Monikas Partei ergriff.« Sie blickte einen Moment nachdenklich in die Ferne. »Wenn ich länger darüber nachdenke, war die Situation ziemlich anstrengend für Monika, stressig und nervenaufreibend. Aber sie hat immer wieder versucht, die Wogen zu glätten … Ich hätte das, ehrlich gesagt, nicht gekonnt, und das habe ich ihr auch so manches Mal gesagt.«

Monika als geduldige Stiefmutter, die sich von einem Kind nahezu vorführen ließ? Das war ein neuer Aspekt, konnte aber alles Mögliche bedeuten. Romy hatte dennoch Mühe, ihre Verblüffung zu verbergen. »Ist sie denn nie wütend geworden?«

»Sie klang manchmal verzweifelt, traurig.«

»Was ist mit unterdrückter Wut?«

»Das ist eine interessante Frage«, entgegnete Dohl. Sie stützte das Kinn auf eine Hand. »Sie haben recht«, meinte sie plötzlich verblüfft. »Es gab Situationen, auch im Zusammenhang mit Kindern in der Kita, da hatte ich das Gefühl, dass sie mühsam um Beherrschung rang. Allerdings«, sie lächelte erneut und winkte ab, »ringen die meisten Erzieher, Lehrer, Eltern zumindest hin und wieder um ihre Fassung. Das ist also wiederum nicht so ungewöhnlich.«

»Verlor Monika manchmal die Fassung und wurde wütend, jähzornig?«

Maritta Dohl atmete tief durch. »Worauf wollen Sie eigentlich hinaus, Frau Kommissarin?«

Romy musterte die Erzieherin einen Moment. Durfte sie es wagen, brisante Interna wiederzugeben, um die Ermittlungen an einem sensiblen Punkt zu beschleunigen? Sie gab sich einen Ruck. »Es besteht der dringende Tatverdacht, dass Monika sich in mehreren Fällen des Kindesmissbrauchs schuldig gemacht hat.«

»Das ist nicht Ihr Ernst«, flüsterte Maritta Dohl und schlug die Hände vor den Mund.

»Leider ja. Wir haben bislang ein Opfer aus den späten achtziger Jahren ausfindig machen können. An ihrer Aussage besteht nicht der geringste Zweifel«, betonte Romy. »Weitere Recherchen haben ergeben, dass Monika Sänger im Laufe ihrer Tätigkeit als Erzieherin und auch im privaten Umgang mit Kindern häufig mit Zorn und Aggressivität aufgefallen ist. Uns beschäftigt nun unter anderem die Frage, wie sie mit ihrer Tochter umgegangen ist.«

Maritta Dohl brachte sekundenlang kein Wort heraus. »Das kann ich nicht glauben«, meinte sie schließlich. »Niemals hätte ich …« Sie schüttelte den Kopf. »Solange wir zusammenarbeiteten, ist Derartiges nie vorgefallen«, betonte sie energisch. »Dafür lege ich beide Hände ins Feuer.«

Damit wäre ich sehr vorsichtig, dachte Romy.

»Und Lotte wäre schon schreiend zum Papa gerannt, wenn Monika sie auch nur schief von der Seite angeguckt hätte – das können Sie mir glauben!«, schob Maritta Dohl aufgebracht hinterher.

Wer weiß, warum das Kind so drauf war, überlegte Romy. Wir haben versäumt, uns gleich zu Beginn genauer mit der Familie zu beschäftigen. Ihr Unbehagen wuchs. Kurz darauf bedankte sie sich bei Maritta Dohl, nachdem sie sie eindringlich um Stillschweigen gebeten hatte, und verabschiedete sie wenig später. Die Frau wirkte völlig fassungslos. Ich habe ihr Bild von Monika komplett zerstört, dachte Romy.

Fine öffnete die Tür nach einmaligem Klopfen. »Das Institut hat angerufen. Ich soll dir ausrichten, dass sich der Anfangsverdacht bestätigt hat und Olaf Leihm in Folge eines hypoglykämischen Schocks gestorben ist. Abgesehen vom Opfer hat eine weitere Person DNA-Spuren auf dem Autositz und am Mantel sowie auf der Mütze hinterlassen«, erklärte sie mit leisem Triumph in der Stimme.

Romy pfiff leise und ballte kurz die Hände zu Fäusten. Ich wusste es, fuhr es ihr durch den Kopf.

»Außerdem stammen die Blutspuren im Auto eindeutig von Olaf Leihm«, fuhr Fine fort.

»Na bitte!«

»An seinen Medis sind allerdings keine eindeutigen weiteren Spuren nachweisbar.«

»Hm, okay. Was noch?«

Fine stemmte eine Hand in die Hüfte. »Reicht das nicht erst mal? Die Jungs legen Sonderschichten ein«, empörte sie sich. »Und falls du auf die Untersuchungen bezüglich der Verletzungen von der Sänger anspielst, so brauchen die Analysen noch ein wenig Zeit – ob du nun mit den Füßen scharrst oder nicht!«

Romy lächelte. »Ich scharre fast immer mit den Füßen, liebe Fine.«

»Gut, dass du es erwähnst, hätte ich sonst gar nicht mitgekriegt, liebe Ramona Beccare.« Fine griente. »Wie geht es weiter?«

»Kasper steht bei Sänger vor dem Haus, oder?«

»Ja. Der Witwer rührt sich nicht, wie er mir vor einer Viertelstunde durchgegeben hat, und im Auto wird es allmählich kalt. Aber das nur so nebenbei.«

»Er soll ihn herbringen – unter dringendem Mordverdacht –, und du kümmerst dich bitte sofort um einen Haftbefehl. Sobald wir seine DNA geprüft haben, steht er als Mörder von Leihm schon mal so gut wie fest, und den Mord an seiner Frau weisen wir ihm auch noch nach«, ergänzte Romy im Brustton der Überzeugung. Sie sah auf die Uhr. »Haben sich die Kollegen aus Neubrandenburg eigentlich mal gemeldet?«

»Bislang nicht. Soll ich nachhaken?«

»Ja. Sei mal ganz charmant ...«

»Eine meiner leichtesten Übungen«, unterbrach Fine enthusiastisch.

»So ist es – und bitte sie, uns Lotte herzubringen, dann sparen wir uns die Fahrerei. Wir brauchen ihre Aussage.«

»Gut. Und ich nehme an, dass das alles noch heute passieren soll.« Fine sah beiläufig zum Fenster hinaus, hinter dem sich die Dunkelheit mittlerweile herabgesenkt hatte.

»Na klar. Oder hast du heute Abend noch was anderes vor?«

»Nö. Außer Schneeschaufeln ist da nicht mehr viel. Und das kann auch mein Mann machen.«

»Na siehste.«


Kasper Schneider hatte das Handy nach dem Telefonat mit Fine gerade beiseitegelegt und wollte aussteigen, als es erneut klingelte und Anna Corhardt sich meldete.

»Sie haben mir mehrere Fotos gemailt, die ich meinem Sohn vorgelegt habe«, sagte sie nach der Begrüßung. Ihre Stimme klang müde, wie nach einem Tag mit zuviel Arbeit und Aufregung.

»Ja, wobei ich hinzufügen muss, dass unser Datenspezialist sich darum gekümmert hat«, erwiderte Kasper. Er hatte den Eindruck, dass er genauso abgekämpft klang wie sie.

»Wie auch immer. Die Frau auf einer der Aufnahmen haben Sie dem Jungen schon heute Morgen gezeigt.«

Monika Sänger, dachte Kasper.

»Und David hat ähnlich reagiert.«

»Sie meinen, er könnte sie erneut erkannt haben?«

»Ich bin sogar sicher«, bestätigte Anna Corhardt. »Er wies sogar darauf hin, dass Sie ihm bereits ein ähnliches Bild mit derselben Frau gezeigt haben. Wissen Sie, er ist nicht dumm.«

»Das weiß ich sehr wohl, Frau Corhardt, aber wir müssen

die Verlässlichkeit seiner Aussage überprüfen. Das würden wir bei jedem Kind genauso und nicht anders tun«, erklärte Kasper geduldig. »Und die anderen Bilder?«, fragte er weiter.

»Auf das Zeitungsfoto mit der Familie hat er sehr stark reagiert«, berichtete Corhardt.

Michael, Monika und Lotte Sänger – ein Schnappschuss von einer Veranstaltung im Segelverein, den Max aus dem Netz gefischt hatte.

»Und hat er sich dazu irgendwie geäußert?«

»Er war – ja: zutiefst verstört.«

Das bin ich auch, dachte Kasper, und eine Deutung dieser Reaktion wäre nichts als Spekulation. »Frau Corhardt, ich danke Ihnen erst mal für die prompte Rückmeldung«, sagte er kurz darauf. »Es ist gut möglich, dass wir uns in der Sache noch einmal an Sie und an David wenden müssen. Ich hoffe weiterhin auf Ihr Verständnis und Ihre Mitarbeit.«

Dazu sagte sie nichts, sondern verabschiedete sich und legte zügig auf. Kasper seufzte, steckte das Handy ein und stieg aus.

Michael Sänger öffnete die Haustür nach dem zweiten Klingeln. Wenn Kasper nicht alles täuschte, hatte er längst mitgekriegt, dass der Kommissar vor dem Haus wartete. »Was wollen Sie denn schon wieder hier?«

»Ihnen auch einen guten Abend«, erwiderte Kasper lakonisch. »Darf ich Sie bitten, mich aufs Kommissariat zu begleiten?«

»Dürfen Sie nicht! Lassen Sie mich doch endlich in Ruhe!«, fuhr er Kasper an.

Er wollte die Tür zuschlagen, doch Kasper war schneller und stellte seinen Fuß in den Spalt. »Das können wir nicht, Herr Sänger. Es gibt viele Fragen zu klären.«

»Ich habe bereits alles gesagt, was ich weiß, und nun …«

Kasper hob die Hände und stieß die Tür mit einem kraftvollen Ruck auf, so dass Sänger nach hinten stolperte. »Eine

Straße weiter steht ein Polizeiwagen mit vier jungen und tatendurstigen Kollegen«, blaffte er ihn an. »Wenn Sie nicht möchten, dass ich die Jungs zu einem abendlichen Einsatz rufe, den die gesamte Nachbarschaft mitkriegt, dann kommen Sie jetzt zur Vernunft und begleiten mich ohne weitere Einwände oder blöde Sprüche. Mann, Sie stehen unter Mordverdacht, der Haftbefehl ist beantragt, und wir werden in Kürze Ihr Haus auf den Kopf stellen! Also lassen Sie bitte dieses alberne Theater.«

Sänger starrte ihn sekundenlang stumm an, bevor er sich abrupt umwandte und ins Haus ging. »Einen Augenblick bitte. Ich muss mir etwas überziehen.«

Kasper folgte ihm in den Flur und wartete, dass Sänger in seinen Mantel schlüpfte und seine Papiere einsteckte. Die Nummer mit den angeblich kampflustig bereitstehenden Kollegen brachte er seit nahezu vierzig Dienstjahren immer mal wieder an. Meist funktionierte sie hervorragend. Einmal hatte die Ankündigung einen Verdächtigen nicht davon abhalten können, sein Heil in der Flucht zu suchen, in einer anderen Situation hatte er sich einen Kinnhaken eingefangen, der ihn eine halbe Stunde außer Gefecht gesetzt hatte ... Aber das war lange her. Sänger wirkte nicht wie jemand, der noch die Kraft hatte, Haken zu verteilen oder zu fliehen. Nach seiner Einschätzung war der Mann am Ende.

## 19

Sie ließen ihn nach der erkennungsdienstlichen Behandlung eine halbe Stunde schmoren und planten währenddessen beim gemeinsamen Abendessen die weitere Vorgehensweise. Lotte Sänger war unterwegs, aber bei den winterlichen Straßenverhältnissen würde sie mindestens noch anderthalb bis zwei Stunden bis Bergen benötigen, vielleicht sogar länger. Bis sie eintraf, würden Kasper und Romy Michael Sänger in üblicher Weise gemeinsam vernehmen. Darüber hinaus hatte Fine unter der Post eine anonyme Zusendung entdeckt – ein Umschlag mit einem USB-Stick, mit dem Max sich umgehend beschäftigen würde.

»Heise«, mutmaßte Romy sofort. »Sag Bescheid, sobald du etwas entdeckst.«

Sie goss sich frischen Kaffee ein und ging nach nebenan, dicht gefolgt von Kasper. Das Gefühl, unmittelbar vor dem entscheidenden Durchbruch zu stehen und den Fall in Kürze abschließen zu können, gab ihr neuen Schwung. Daran änderte auch Kaspers herzhaftes Gähnen nichts.

Michael Sänger sah ihnen mit missmutigem Gesicht entgegen. Von wegen rasches Geständnis, dachte Romy und warf dem Kollegen einen fragenden Blick zu.

Der Mann wirkte ohne Zweifel angeschlagen und erschöpft, aber dass er in Kürze zusammenbrechen und ein umfassendes Geständnis ablegen würde, wie Kasper beim Essen vollmundig angekündigt hatte, wagte sie sehr ernsthaft zu bezweifeln.

»Herr Sänger, möchten Sie einen Anwalt hinzuziehen?«, fragte Romy, nachdem der Kollege das Aufnahmegerät in Gang gesetzt hatte.

»Was werfen Sie mir denn vor? Ihr Kollege machte bereits einige Andeutungen, aber ...«

»Ich hab keine Andeutungen gemacht, ich sprach von Mord«, warf Kasper ein.

»Mord?«

»So ist es«, bestätigte Romy. »Und bevor Sie fragen, ob ich mir einen schlechten Scherz erlaube, lassen Sie uns die Abkürzung nehmen und mit Olaf Leihm anfangen.«

»Können Sie mir mal verraten, wieso ich meinen Freund umbringen sollte?«, hielt Sänger sofort heftig dagegen.

Romy stöhnte genervt auf und sah mit einem provokanten Seitenblick auf ihre Uhr. »Meine Güte, es ist schon ziemlich spät. Sind Sie wirklich scharf auf die lange Version? Na schön.« Sie legte die Hände auf den Tisch. »Also, Herr Sänger, aufgrund der bislang vorliegenden Ergebnisse der kriminaltechnischen Untersuchungen gehen wir inzwischen davon aus, dass Olaf Leihm keines natürlichen Todes oder aufgrund versehentlicher Insulinüberdosierung auf tragische Weise gestorben ist.«

»Und weiter?«

»Sie haben ihn zu einer Partie Schach eingeladen ...«

»Das wenigstens stimmt!«

»Aber nicht etwa, um sich abzulenken oder trösten zu lassen oder sich ein paar schöne Stunden mit Ihrem Freund zu machen.«

»Nein?«

»Nein. Sie haben den Mord geplant und sogar vergleichsweise geschickt eingefädelt, oder sagen wir so: Ich habe schon dümmere Versuche erlebt, uns hinters Licht zu führen.«

»Soll das ein Kompliment sein?«

Die Kommissarin zuckte mit den Achseln. »Ich erzähle Ihnen mal, wie es abgelaufen ist: Sie haben Olaf Leihm bei sich zu Hause eine kräftige Überdosis Insulin verpasst – Sie sind vertraut mit seiner Spritzerei, so dürfte es Ihnen keine Mühe bereitet haben, ihm die Substanz zu verabreichen ...«

»Was er natürlich stillschweigend über sich ergehen ließ«, unterbrach Sänger mit deutlich hörbarem Spott.

»Er war völlig überrascht von Ihrem Angriff, und bevor er auf die Idee kam, dass Sie Böses vorhatten, war es längst zu spät«, fuhr Romy fort, ohne sich aus der Ruhe bringen zu lassen. »Darüber hinaus hat der Rechtsmediziner eine Kopfverletzung festgestellt, die in diesem Zusammenhang entstanden sein könnte. Leihm war jedenfalls so oder so handlungsunfähig, verlor schnell das Bewusstsein und rutschte ins Koma. Bis zum Herzstillstand dauerte es nicht mehr lange. Haben Sie eigentlich zugesehen, wie Herz und Atmung aussetzten? Haben Sie gespürt, wie der Tod kam und blieb?«

Sänger verschränkte die Arme, ohne etwas zu erwidern.

»Sie sind in seine Wintersachen geschlüpft und haben ihn in seinem eigenen Wagen nach Hause gebracht«, setzte Romy ihre Schilderung fort. »Sie waren sogar so klug, einer Nachbarin zuzuwinken, die Sie, wie geplant, für Leihm hielt, bevor sie zunächst ins Haus eilten, um einige Minuten später wieder nach draußen zu schleichen und die Leiche zu holen. Das musste natürlich schnell, leise und möglichst unauffällig vonstatten gehen. Eine aufmerksame Nachbarin hat aber doch etwas gehört ...«

Romy beugte sich über den Tisch vor. »Hatte ich schon erwähnt, dass unsere Techniker an der hinteren Tür der Beifahrerseite Blutspuren sichern konnten? Sie hatten Leihm auf der Rückbank abgelegt. Wahrscheinlich war es mühsam, ihn aus dem Auto zu ziehen. Man hantiert ja auch nicht alle Tage mit einer Leiche, nicht wahr? Bei der Aktion hinterließ er Blut von der gerade erwähnten Kopfverletzung an der Tür, oder aber, zweite Möglichkeit, sein Kopf prallte an den Türrahmen und die Verletzung entstand auf diese Weise ... war es so?«

Michael Sängers Miene blieb starr, aber seine Pupillen zogen sich kurz zusammen.

»Der Täter hat außerdem freundlicherweise seine DNA-Spuren auf dem Fahrersitz und auf Leihms Klamotten hinterlassen, die wir gerade mit Ihrer DNA abgleichen«, fuhr Romy fort. »Herr Sänger, ich bin davon überzeugt, dass Sie ihren Freund getötet haben und dabei ausgesprochen planmäßig vorgegangen sind, um einen Insulinunfall zu inszenieren.«

»Meine DNA-Spuren in Olafs Auto und an seinen Sachen?« Sänger schüttelte den Kopf. »Damit kommen Sie nicht durch!«, wandte er ein, und seine Stimme klang plötzlich bemerkenswert kraftvoll. »Die können in jedem x-beliebigen Zusammenhang dorthin geraten sein. Wenn Sie nicht mehr haben ...« Er zuckte die Achseln und warf Kollege Schneider einen Blick zu. »Und was ist mit dem Motiv? Warum hätte ich Olaf umbringen sollen?«

»Weil er eine Gefahr darstellte«, antwortete Kasper bereitwillig.

»Tatsächlich?« Sänger lächelte zynisch.

»Ihr Freund hat Ihnen ein Gefälligkeitsalibi für den Abend, an dem Ihre Frau getötet wurde, gegeben – eines, das zu bröckeln drohte«, behauptete Romy. »Als ihrem Freund nämlich in seiner ganzen Tragweite klarwurde, dass Sie seine Aussage brauchten, um ein Verbrechen zu kaschieren, ist er arg ins Grübeln geraten. Sie hatten Streit deswegen. Vielleicht hat Leihm angekündigt, dass er zur Polizei gehen würde. Das konnten Sie natürlich nicht zulassen. Im Übrigen werden die Kriminaltechniker auch in Ihrem Haus Spuren sicherstellen, die den geschilderten Tathergang bestätigen. Ein Verbrechen hinterlässt immer Spuren, egal, wie sorgfältig man sie zu beseitigen versucht.«

Sänger sah sie kopfschüttelnd an. »Gefälligkeitsalibi? An dem Abend, als meine Frau getötet wurde, haben Olaf und ich Schach gespielt. Sicherlich lassen sich dafür noch andere Zeugen finden.«

»Tatsächlich? Ihre Tochter etwa? Die lag mit einer Migräneattacke im Bett und hat stundenlang geschlafen, weil sie starke Medikamente genommen hatte. Dennoch – wir werden selbstverständlich auch sie noch einmal genauer befragen, aus mehreren Gründen übrigens, wie ich schon letztens betonte, und zwar noch heute Abend.«

»Warum das denn?«, herrschte Sänger sie an. »Meine Tochter hat Ihnen bereits Rede und Antwort gestanden und …«

»Ich kann verstehen, dass Sie Lotte aus all dem so weit wie möglich heraushalten wollen, aber das geht bei Mord nur bis zu einem gewissen Grad«, erklärte Romy ruhig. »Und gerade in diesem Fall brauchen wir ihre detaillierte Aussage, durch die ja möglicherweise sogar mildernde Umstände für Sie möglich werden.«

»Bitte? Wovon reden Sie?« Er starrte sie mit offenem Mund an.

»Herr Sänger, haben Sie Ihre Frau getötet, weil Ihnen nach einem heimlichen Blick in Monikas Netbook, bei dem Sie die Mails des Missbrauchsopfers entdeckten, klarwurde, dass sie sich auch an Ihrer Tochter vergriffen hat?«

Sekundenlang blieb es still. Dann schüttelte Sänger den Kopf. »Ich brauche ein Glas Wasser und eine Pause.«

Kasper stoppte die Aufnahme. »Kriegen Sie beides.«

Zwei Minuten später betrat ein Polizist den Raum, so dass Romy und Kasper nach nebenan gehen konnten. Romy hatte keine Ruhe, sich hinzusetzen, sondern lief auf und ab und fuhr sich hektisch durchs Haar. »Irgendwie ist der Mann … merkwürdig, findest du nicht?«

»Was erwartest du? Er ist am Ende.«

»Ja, das auch. Aber findest du nicht, dass er, hm – ja, unentschlossen wirkt? Mal verwahrt er sich heftig gegen den Vorwurf, wird aggressiv, dann wieder reagiert er irgendwie

betroffen oder erhebt Einwände gegen unsere Schlussfolgerungen ...«

»Das ist eine Stressreaktion«, meinte Kasper. »Würde ich
nicht überbewerten. Nach der Pause verlangt er entweder
einen Anwalt, oder er legt ein Geständnis ab.«

»Wir werden sehen.«

Max Breder kam vergleichsweise eilig um die Ecke und wedelte mit einem Blatt Papier. »Ich habe was!«, meinte er. »Heise
hat offensichtlich einige Dateien von Monikas Netbook auf-
gehoben oder für uns zusammengestellt, von denen er annahm, sie könnten bei der Mordermittlung hilfreich sein. In
einem Ordner, der sich Persönliches nennt, finden sich allerlei
Eintragungen – Termine, Familienfeste, Geburtstage, aber
auch Ferienzeiten und so weiter und so fort. Hin und wieder
tauchen im Kalender sehr private Eintragungen auf ...«

»Zum Beispiel?«, fragte Romy.

Max räusperte sich. »Wann die Eheleute Sex hatten und
wie er war.«

Kasper kratzte sich im Nacken.

Die Ehe war diesbezüglich offenbar glücklich gewesen,
dachte Romy. Sie zeigte auf das Blatt in Breders Hand. »Und
was ist das?«

»Eine ihrer letzten Anmerkungen. Lest selbst.«

Romy nahm die Seite und las laut vor:

*»Lotte ist so etwas wie mein Koan. Rätsel und Aufgabe, Bürde und
Last. Buße und Schicksal. Strafe. Ich zahle meine Schuld ab, aber sie
wird nicht kleiner, so sehr ich meine Wut, meine berechtigte Empörung zu
beherrschen und mich in Nachgiebigkeit und Geduld zu üben suche –
seit nahezu siebzehn Jahren. Aber vielleicht ist das, was ich getan habe,
nicht abzuzahlen, denn würde sie kleiner werden, hätte sich längst etwas
geändert. Doch so wie mich das Kind mit allen Sinnen gehasst, ja: verabscheut hat, tut es in unverminderter Stärke auch die junge Frau. Wir
werden niemals auch nur ein friedliches Nebeneinander erreichen oder
gar freundschaftliche Akzeptanz. Jede Zuwendung von Michael, jedes*

*liebe, verständnisvolle, gar zärtliche Wort neidet sie mir. Und er? Ist ihr gegenüber blind auf beiden Augen, taub auf beiden Ohren, und die Hände sind ihm gebunden, einmal Partei für mich zu ergreifen und zu mir zu stehen. Sie hat das Herz ihres Vaters für immer und ewig erobert und musste nie etwas Besonderes dafür tun.*

*Ich suche nach meiner eigenen Geschichte, nach der meiner Familie und ihrer Verwurzelung auch hier auf der Insel. Je tiefer ich grabe, desto mehr Unheil bahnt sich von allen Seiten an. Unheil, das ich mich kaum traue, zu benennen, auch hier nicht. Die Steilküsten brechen ab in diesem Winter, und ein Kind ist verschwunden. Das ist wie ein dunkles, böses Zeichen. Vielleicht hätte ich niemals auf die Insel zurückkommen dürfen. Rügen will mich nicht. Das kann ich verstehen. Lotte ebensowenig. Auch das ist verständlich. Aber das macht es nicht leichter.«*

Sekundenlang fiel kein Wort. Romy war erschüttert. Sie sehnte sich danach, den Fall abzuschließen, und sie sah den anderen an, dass es ihnen ähnlich erging. Das Gespräch mit Maritta Dohl ging ihr durch den Kopf. »Das passt zur Aussage einer Kollegin, mit der Monika Ende der neunziger Jahre zusammenarbeitete und Volleyball spielte und mit der ich vorhin gesprochen habe«, hob Romy schließlich leise an. »Sie schildert Lotte als egozentrisches Püppchen, das Monika, die sich große Mühe mit ihr gab, nie eine Chance ließ und der sie immer ein Dorn im Auge war …« Romy warf plötzlich den Kopf herum und starrte Kasper an. Der hatte im selben Augenblick den gleichen entsetzlichen Gedanken.

Lotte Sänger war eine bildhübsche junge Frau, die durchaus Modelqualitäten mitbrachte, stellte Romy fest, als Kasper sie in den Vernehmungsraum führte. Das lange dunkle Haar floss ihr über den Rücken, ihre grazile Gestalt strahlte Selbstsicherheit aus. Der Unmut über den abendlichen Ausflug nach Bergen, noch dazu in Polizeibegleitung, war ihr deutlich anzumerken. Ihr Blick war abweisend und kühl.

»Nehmen Sie doch bitte Platz, Frau Sänger«, sagte Romy

betont freundlich und blickte Kasper kurz an. Der nickte kaum wahrnehmbar. Sie hatten den geplanten zweiten Teil des Verhörs mit Michael Sänger verschoben, um zunächst mit dessen Tochter zu sprechen, wobei es Romy wichtig gewesen war, dass Vater und Tochter sich im Kommissariat nicht über den Weg liefen, zumindest nicht in diesem Moment.

Lotte Sänger hatte den Stuhl mit einer unwirschen Bewegung zurückgezogen und sich gesetzt. »Ich hatte Ihnen doch versichert, dass ich demnächst nach Bergen komme und meine Aussage mache. Ist Ihnen keine bessere Uhrzeit für eine Besprechung eingefallen?« Sie gab sich nicht die geringste Mühe, ihren schnoddrigen Tonfall zu kaschieren.

»Durchaus.« Die Kommissarin lächelte. »Nur manchmal können wir uns die nicht aussuchen, und unsere Ermittlungen sind inzwischen an einem Punkt angelangt, der keinen weiteren Aufschub duldet.«

»Aha. Und was genau wollen Sie von mir?« Sie warf ihr Haar über die Schulter zurück, musterte Kasper und wandte sich dann wieder Romy zu.

»Lassen Sie uns über Ihre Mutter reden.«

»Meine Mutter ist schon lange tot.«

»So lange nun auch wieder nicht – knapp eine Woche.«

Lotte Sänger hob die Brauen. »Monika ist nicht meine Mutter – wie oft soll ich Ihnen das denn noch sagen?«

»Ach ja, ich vergaß …« Romy schüttelte den Kopf. »Entschuldigung. Sie war Ihre Stiefmutter.«

»Sagen Sie doch einfach Monika«, schlug Lotte vor. Sie klang genervt. »Das macht es für alle Beteiligten einfacher.«

»Monika also.« Romy nickte verständnisvoll. »An dem Abend des Überfalls auf Monika am Südstrand von Göhren lagen Sie mit einer Migräneattacke im Bett, wenn ich das von unserem Gespräch richtig in Erinnerung habe.«

»Haben Sie.«

»Ihr Vater hatte seinen Schachfreund zu Besuch«, fuhr Romy fort. »Haben Sie davon irgendetwas mitbekommen?«

»Nein – wie gesagt: Ich lag völlig fertig im Bett und hatte ein starkes Medikament genommen. Migräne ist nicht witzig.« Lotte schlug ein Bein über das andere. »Als ich am Abend zwischendurch mal aufstand, war es schon nach acht, halb neun, in etwa …«

»Olaf Leihm war schon gegangen?«

Lotte nickte. »Ja. Und mein Vater fing an, sich Sorgen zu machen, dass Monika noch nicht zurück war. Ich bin kurz danach wieder schlafen gegangen. Wissen Sie, diese Medikamente schlauchen gewaltig.«

Romy nickte verständnisvoll, Kasper schloss sich mit einem mitfühlenden Lächeln an.

»Als ich das zweite Mal aufstand, war der nächste Tag angebrochen, und Sie hatten meinem Vater gerade die Nachricht überbracht, dass Monika … tot war. Ermordet.« Lotte sah kurz auf ihre Hände.

»Wie haben Sie sich eigentlich mit Ihrer Mutter, Entschuldigung: mit Monika verstanden?«, fragte Romy.

»Darüber sprachen wir auch schon«, entgegnete Lotte ungeduldig.

»Ich weiß, aber«, Romy wies auf das Mikrofon, »wir brauchen auch diese Details für das Protokoll.«

»Na schön. Sie war die zweite Frau meines Vaters. Ich habe mich nicht darum gerissen, eine Stiefmutter zu bekommen. Über die Jahre haben wir uns aneinander gewöhnt. Was blieb uns auch anderes übrig?« Sie zuckte mit den Achseln. »Mehr kann ich dazu beim besten Willen nicht sagen.«

»Würden Sie noch einen Schritt weitergehen und schlicht zugeben, dass Sie Monika nicht mochten?«

»Selbst wenn. Was spielt das für eine Rolle?«

»Eine in diesem Zusammenhang sehr große, denn vielleicht gab es einen Grund für Ihre Antipathie«, schlug Romy vor. »Einen nachvollziehbaren Grund.«

Lotte winkte ab. »Ich habe Ihnen schon am Handy erklärt, dass …«

»Möglicherweise hat Monika Fehler in der Kindererziehung gemacht«, fiel Romy ihr ins Wort.

Ein winziges, unschönes Lächeln überschattete für einen kurzen Moment Lottes Gesicht. »Keine Ahnung, wie sie in ihrem Job war. Mich hat sie jedenfalls nicht erzogen, darauf können Sie sich verlassen.«

Oha, dachte Romy. Ihre betont gleichmütige Haltung geriet einen Moment ins Wanken, als sie die Frage zuließ, wie sie reagiert hätte, wenn Moritz Vater einer Tochter wie Lotte gewesen und die Kleine ihr derart pampig gekommen wäre. »Frau Sänger, um konkret zu werden – hat Monika je Gewalt auf Sie ausgeübt?«

»Wie oft denn noch: natürlich nicht! Sie hätte es nicht gewagt, mich auch nur anzurühren«, erwiderte Lotte sofort mit hoher Stimme.

»Manchmal erinnert man sich nicht mehr so genau«, wandte Romy ein. »Ihre Abneigung ist so deutlich spürbar, dass man vermuten könnte …«

»Was?«

Romy streifte ihr Lächeln und auch ihre Gelassenheit mit einem Ruck ab. »Ich rede von Gewalt und Kindesmissbrauch. Hat Monika Ihnen je Derartiges angetan oder angedroht?«

Lotte zuckte zusammen. »Nein!«

»Ihr Vater hat Ihnen aber erzählt, was wir im Zuge der Mordermittlungen zu Monika und ihrer Vergangenheit recherchiert haben?«

»Ja, doch wir sprachen nur kurz darüber – wer will denn solche Geschichten vertiefen? Er hat sich vergewissert, dass Monika sich mir nicht genähert hat.«

»Und damit war die Sache dann erledigt? Für Sie beide?«

Lotte zuckte mit den Achseln.

Romy entschied sich, noch ein bisschen Gas zu geben. »Lotte … darf ich Lotte sagen? Wenn Ihr Vater trotz Ihrer gegenteiligen Versicherung den Verdacht gehabt hätte, dass seine Frau sich an Ihnen vergriffen hätte – was wäre dann wohl passiert? Was meinen Sie?«

Lotte griff sich an die Stirn, als drohe die nächste Migräneattacke. »Mein Gott, warum sollte er einen solchen Verdacht überhaupt haben?«, entgegnete sie aufgebracht. »Das ist doch erst jetzt alles herausgekommen!«

»Monika hat Mails und SMS-Nachrichten erhalten – von einem Missbrauchsopfer, das sie gewaltig unter Druck setzte«, erläuterte Romy. »Er könnte sie gelesen haben.«

»Mein Vater schnüffelt nicht in den Mails anderer Leute herum …«

»Vielleicht doch oder er ist zufälligerweise darauf gestoßen, weil er sich das Netbook mal genauer ansehen wollte oder was auch immer«, schlug Romy vor. Die Sache mit den Nachrichten von dem Missbrauchsopfer schluckt sie aber verdammt schnell, fuhr es ihr durch den Kopf. »Er denkt sich seinen Teil, er behält seine Frau im Auge, während ihm klarwird, dass ihre Anspannung nichts mit beruflicher Überlastung zu tun. Er hat möglicherweise eine Erklärung für die Abwehr, die Feindseligkeit seiner Tochter gefunden, die er bislang nie richtig verstanden hatte. Klingt das nicht einigermaßen plausibel für einen besorgten und verantwortungsvollen Vater, der mit großer Liebe an seiner Tochter hängt und um ihr Wohlbefinden bemüht ist, das für ihn schon immer an allererster Stelle stand?«

Lotte musterte sie auf unangenehm direkte Weise und hob das Kinn. »Worauf wollen Sie hinaus?«

Romy öffnete den Mund, als Kasper im gleichen Augenblick die Initiative ergriff. »Wir befürchten, dass Ihr Vater am

Donnerstag seine Schachrunde abgesagt hat, um nach Göhren zu fahren«, sagte er leise und mit tiefer Stimme.

Lotte legte eine Hand über ihren Mund. »Sie meinen, er hat Monika getötet? Meinetwegen? Weil er glaubte, dass ...«

Sie atmete tief durch. »Aber Leihm war doch da ...«

»Tatsächlich?«

»Mein Vater soll Monika getötet haben ...«, murmelte sie perplex. »Was reden Sie da?«

»Wie standen Sie eigentlich zu Olaf Leihm?«, wechselte Romy abrupt das Thema. »Kannten Sie ihn näher?«

Lotte schüttelte verwirrt den Kopf. »Wie kommen Sie jetzt darauf? Und wieso sprechen Sie in der Vergangenheit, ich meine ...«

»Nur der Vollständigkeit halber«, wiegelte Romy ab. »Was wissen Sie von Leihm?«

»Er ist der Schachfreund meines Vaters, und ich glaube, er mag mich nicht besonders«, antwortete Lotte endlich.

»Warum nicht?«

»Keine Ahnung. Müssen Sie ihn fragen.« Sie lächelte plötzlich. »Er hält mich wahrscheinlich für ziemlich verwöhnt, und er ist immer ein Fan von Monika gewesen.«

Romy tauschte einen schnellen Blick mit Kasper. »Frau Sänger, Olaf Leihm ist ebenfalls tot, und zwar seit gestern Abend. Der Tote wurde heute Morgen entdeckt. Wir glauben, dass Ihr Vater ihn getötet hat, weil Leihm das Alibi, das er ihm für den Mordabend gab, widerrufen wollte, als er begriff, welcher Tat sich sein Freund schuldig gemacht hatte.«

Lotte zuckte heftig zusammen. »Sind Sie verrückt?«, schrie sie. »Mein Vater soll zwei Menschen getötet haben – seine Frau und seinen besten Freund?«

»Haben Sie eine bessere Erklärung?«

»Ja!«

»Vater, Mutter, Kind«, wiederholte David ein ums andere Mal und warf den Kopf von einer Seite auf die andere. Er hatte hochrote Wangen, und seine Augen glänzten fiebrig. Ein heftiger Infekt, dachte Anna, der sechste oder siebte in diesem Winter. Sie wechselte die Umschläge und flößte dem Jungen Tee ein.

»Vater, Mutter, Kind.«

Anna wusste, dass er von einem der Fotos sprach, die das Kommissariat geschickt hatte. Ein harmloses Foto von drei Menschen, die auf einem Segelboot saßen und in die Sonne lachten. Der Mann hatte einer jungen Frau den Arm um die Schulter gelegt – nach Alter und Ähnlichkeit könnte es sich durchaus um Vater und Tochter handeln. Die andere Frau war ungefähr so alt wie der Mann, sie hatte rote Locken, und ihr Lächeln wirkte bei genauerem Hinsehen abwesend.

David hatte das Foto sehr lange angesehen und sofort begriffen, dass es sich um eine Familienszene handelte. Doch irgendetwas hatte ihn irritiert und derart verstört, dass sich eine bis dahin harmlose Erkältung im Laufe weniger Stunden zu einem saftigen Fieberinfekt ausgeweitet hatte.

»Vater, Mutter, Kind.«

»Beruhige dich, David. Es ist alles in Ordnung«, beschwichtigte Anna den Jungen.

»Vater, Mutter, Kind. Mutter tot.«

Wenn der Kommissar das nächste Mal anruft, schicke ich ihn zum Teufel, dachte Anna. Die Aufregung schadet David, davon macht sich niemand eine Vorstellung. Warum auch? Sie strich ihm das verschwitzte Haar aus der Stirn.

»Vater, Mutter, Kind. Mutter tot. Kind.«

## 20

»Ich habe von den Mails und von den SMS-Mitteilungen gewusst, weil ich mir heimlich Monikas Netbook angesehen habe. Ich war vollkommen entsetzt, das können Sie mir glauben. Wie widerlich, allein die Vorstellung!« Lotte schüttelte den Kopf. »Plötzlich ist mir klar geworden, warum ich die Frau schon immer verabscheut habe.« Sie nickte eifrig.

Was für ein kleines Miststück, dachte Romy und hoffte, dass der Gedanke sich nicht auf ihrem Gesicht spiegelte.

»Ich bin nach Göhren rausgefahren, kurz nachdem Olaf Leihm eingetroffen war«, fuhr Lotte Sänger fort. »Ich wollte wissen, wer den Mumm hatte, Monika derart in die Ecke zu drängen.«

Romy holte tief Luft. »Und Ihre Migräneattacke?«

»Die war nicht so schlimm.«

»Ich verstehe. Und weiter?«

»Wegen der vereisten Straßen brauchte ich sehr lange bis Göhren. Und als ich am Südstrand ankam, musste ich erst mal eine Weile suchen, bis ich Monika schließlich entdeckte. Sie lag verletzt am Strand.«

»Und?«

»Ich habe sie liegen gelassen.«

Lotte zuckte mit keiner Wimper, als sie das behauptete, und Romy spürte, wie es in ihren Fingern zu kribbeln begann. Neben ihr atmete Kasper tief ein.

»Nach dem, was sich in den Mails andeutete, fand ich, dass sie …«

»Keine Hilfe verdient hatte?«, ergriff Romy das Wort.

»Sie hat Kinder … Mädchen! missbraucht, und ich habe sie von Anfang an, ja: gehasst, schon als kleines Kind!« Lotte hob das Kinn und funkelte Romy an. »Jemand hat sich bitter an ihr gerächt. Ich habe ihr nicht geholfen, ich konnte es einfach nicht – unterlassene Hilfeleistung können Sie mir meinetwegen anhängen, aber das war es dann auch schon. Ich konnte doch nicht ahnen, dass sie sterben würde.«

Kasper nickte. »Ich verstehe. Monika Sänger lag also schwer verletzt am Strand. Woher wussten Sie eigentlich, dass sie verletzt war und nicht bereits tot?«

Lotte stutzte kurz. »Na ja, mir war so, als hätte sie gerufen.«

Romy biss die Zähne zusammen. »Sie hat gerufen? Um Hilfe gerufen?«

»Ja, kann sein. Sie bewegte sich auch noch …«

Kasper nickte. »Und Sie sind wieder nach Hause gefahren – richtig?«

Lotte sah ihn mit großen dunklen Augen an. »Ja, genau.«

»Haben Sie noch jemanden am Strand oder in der Nähe gesehen oder etwas Ungewöhnliches bemerkt?«

»Nein.«

»Und dann?«

»Ich habe mich unbemerkt durch den Kellereingang ins Haus geschlichen«, berichtete Lotte prompt. »Olaf Leihm und mein Vater spielten Schach. Dabei vergessen sie grundsätzlich die Welt um sich herum, und mein Zimmer liegt am entgegengesetzten Ende des Hauses. Den Rest kennen Sie …«

Der Rest, dachte Romy. Dieser Fall ist eine einzige emotionale Achterbahn, und ich mache drei Kreuze, wenn die Fahrt zu Ende ist.

»Als meine Kollegin und ich am Morgen nach dem Überbringen der Todesnachricht Ihr Haus wieder verließen, haben Sie Ihrem Vater von ihrer abendlichen Tour nach Göhren berichtet«, fuhr Kasper seelenruhig fort. »Möglicherweise auch ein paar Stunden später oder erst am nächsten Tag. Aber auf jeden Fall haben Sie ihn eingeweiht.«

»Wie kommen Sie denn darauf?« Lotte verschränkte die Arme vor der Brust.

»Sie vertrauen Ihrem Vater, und er vertraut Ihnen. Und vielleicht hat er doch etwas von Ihrer kurzzeitigen Abwesenheit mitbekommen – möglicherweise ist auch Leihm etwas aufgefallen.« Kasper fügte ein mildes Lächeln hinzu. »Wissen Sie, es muss eine Erklärung für den zweiten Mord geben.«

»Mein Vater ist kein Mörder!«, widersprach Lotte heftig.

Romy stand mit einer heftigen Bewegung auf. »Gut, fragen wir ihn – er wartet nebenan.«

»Was?«

Romy ging zur Tür und bat einen Beamten, Michael Sänger in den Vernehmungsraum zu bringen. Fünf Minuten später trat Lottes Vater ein und erstarrte zur Salzsäule, als er seine Tochter erblickte. »Was um alles …?«

»Setzen Sie sich bitte, Herr Sänger«, sagte Kasper in bestimmtem Tonfall. »Ihre Tochter hat gerade zugegeben, dass sie am letzten Donnerstagabend in Göhren am Strand war.«

Michael Sänger sank auf seinen Stuhl und sah Lotte fassungslos an. »Warum …«

»Sie sind davon ausgegangen, dass du Monika etwas angetan hast, dass du ihr Mörder bist«, erklärte Lotte schnell. »Du bist kein Mörder, Papa. Ich habe ihnen gesagt, dass ich rausgefahren bin …«

»Das reicht!«, unterbrach Romy. »Herr Sänger, Ihre Tochter ist am Donnerstagabend ins Haus zurückgeschlichen, aber Sie haben doch etwas mitbekommen, nicht wahr?«

Er wandte ihr langsam das Gesicht zu. »Nein. Ich habe nichts davon mitbekommen. Lotte hat mir erst am nächsten Tag erzählt, dass sie in Göhren war, wo Monika verletzt am Strand lag. Sie war völlig aufgelöst, als ihr bewusst wurde, dass jemand meine Frau ermordet hatte.«

Scheiße, dachte Romy. Wenn das stimmt, haben wir mit Michael Sänger vier Tatverdächtige, von denen drei zugeben, am Strand oder in der Nähe gewesen zu sein und eine angibt, Monika im Streit niedergeschlagen, sie aber nicht in tödlicher Absicht ins Wasser gezogen zu haben. Das ist doch absurd ... Aber die Anwälte werden sich die Hände reiben.

Kasper legte seine Hände auf den Tisch. »Und was hat Olaf Leihm mitbekommen, Herr Sänger?«

Der Witwer schwieg eine ganze Weile. »Ich habe ihn nicht ermordet«, sagte er schließlich ruhig. »Es war ein Unfall. Wir haben uns gestritten, mehrfach in den letzten Tagen. Er hatte in der Tat etwas bemerkt, nämlich dass Lottes Wagen, den sie vor der Garage hinterm Haus neben seinem geparkt hatte, unerklärlicherweise frei von Schnee und die Motorhaube zudem noch warm war, als er am Abend aufbrach ... Ich bin da zunächst gar nicht drauf eingegangen, aber Olaf kam erneut darauf zu sprechen und behauptete, dass Lotte lügen würde und Monika schon immer unter ihr gelitten hätte, wie ich das nur hatte zulassen können ...« Er warf seiner Tochter einen entschuldigenden Blick zu. »Am Dienstagabend wollten wir noch mal in Ruhe darüber reden, aber plötzlich war der schönste Streit im Gange, ein Wort gab das andere. Ich habe ihm einen Stoß verpasst, und er ist gegen den Schrank geknallt und zusammengebrochen. Daher die Kopfwunde ...«

»Herr Sänger, wollen Sie uns auf den Arm nehmen?«, fragte Romy in rüdem Ton. »Ihr Freund ist nicht an einer Hirnblutung oder einer schweren Kopfverletzung gestorben, sondern an einer Überdosis Insulin. Die haben Sie ihm gespritzt, als Ihnen klarwurde, dass Olaf Leihm eins und eins zusammenzählte und Ihre Tochter verdächtigte.«

Sänger zuckte mit keiner Wimper. »Als Olaf wieder zu sich kam, war er für einige Minuten ziemlich verwirrt«, fuhr er fort. »Ich habe ihm ein Glas Wasser geholt. Währenddessen muss er sich ein zweites Mal gespritzt haben.«

Das glaube ich jetzt nicht, dachte Romy. Fast wäre sie aufgesprungen, aber Kasper gab ihr unter dem Tisch einen winzigen Stoß mit dem Fuß. »Warum haben Sie keine Hilfe geholt?«, fragte er. »Ein Arzt hätte das Schlimmste verhindern können.«

»Es ging alles sehr schnell. Plötzlich hörte er auf zu atmen, und ich konnte seinen Puls nicht mehr fühlen. Ich war nach der ganzen Aufregung mit Monika völlig überfordert mit der Situation und … Ja, ich habe nur noch eine Möglichkeit gesehen.«

»Alles zu vertuschen?«, schlug Romy vor.

»So, in etwa, ja.«

Romy gelang ein zynisches Lächeln. »Was soll in dieser Familie denn noch alles vertuscht werden? Meinen Sie wirklich, Sie kommen damit durch? Ihre Träume möchte ich jedenfalls nicht haben.« Sie fasste Lotte ins Auge. »Und Ihre schon mal gar nicht.«

In dem Moment klingelte ihr Handy. Sie stand nach einem Blick aufs Display auf und stapfte zur Tür hinaus. Ihr Puls galoppierte, als befände sie sich in der fünften Runde, und ihr Ringgegner läge zwei Knock-outs vorne.


»Bienenwachs?«, wiederholte Romy verblüfft.

»Ja und paar andere Substanzen, Rapsöl und Rizinusöl zum Beispiel«, ergänzte Möller. »Es gibt winzige Partikel direkt in der Wunde, aber auch im Nacken und an den Haaren am Hinterkopf.«

Romy stöhnte auf. »Und was soll das bedeuten?«

»Dass Sie kurz vor dem Durchbruch stehen«, meinte Möller plötzlich nahezu vergnügt.

»Wie darf ich das denn verstehen?« Romy nickte Fine dankbar zu, die ihr eine Tasse Kaffee reichte.

»Die genannten Bestandteile befinden sich in speziellem Lederfett, mit dem man Stiefel, aber auch Handschuhe und Motorradklamotten schützt. Nach meiner Einschätzung dürfte der Täter, der diese Spuren hinterlassen hat, das Opfer getreten und mit grober Gewalt ans Wasser gezerrt haben. Und es war nicht Silke Kronwald – an ihrer Kleidung sind derlei Substanzen nicht nachweisbar!«

Romy schwieg beeindruckt und schloss einen Moment die Augen. Es war nicht Silke Kronwald, eine wunderbare Nachricht.

»Die Lederstiefel des Opfers sind übrigens mit dem gleichen Lederfett behandelt worden.«

»Danke, Doktor«, sagte Romy leise. »Fantastische Arbeit.« Sie legte das Handy zur Seite und sah Fine an. »Wir brauchen noch einen Haftbefehl und einen Durchsuchungsbeschluss.«

»So was dachte ich mir schon.«

Romy trank in Ruhe ihren Kaffee aus, das Bild von der hübschen, grazilen Lotte vor Augen, wie sie zum Strand hinunterging und der bereits verletzten Monika weitere wutentbrannte Tritte verpasste, um sie dann ans Wasser zu zerren und sich ihrer Stiefmutter endgültig zu entledigen.

Fünf Minuten später ging sie zurück in den Vernehmungsraum und setzte sich mit entspannter Miene an den Tisch. Kaspers verwunderten Blick erwiderte sie mit einem Lächeln. Sie sah Michael Sänger an. »Ihre Frau war diejenige, die zu Hause die Lederklamotten mit entsprechendem Fett behandelte, nicht wahr?«

»Bitte?«

»Sie erwähnten am Freitagmorgen, als wir vor Ihrer Tür standen und Ihnen das Bild Ihrer Frau zeigten, in Ihrer Verwirrung und Aufregung, dass sie die Stiefel gerade erst eingewachst hätte, um sie vor Feuchtigkeit zu schützen.«

»Das ist richtig«, entgegnete Sänger irritiert. »Sie hat unsere Stiefel und Handschuhe immer mit einem Spezialzeug behandelt, das sie sogar eigens übers Internet bestellte, weil man es nirgendwo kaufen kann.«

»Auch die Sachen Ihrer Tochter?«

»Ja, natürlich. Was soll das eigentlich?«

Romy fixierte Lotte, die den Blick mit leicht erhobenem Kinn erwiderte. »Wie ich schon vorhin sagte – Ihre Träume möchte ich nicht haben, und Ihre Lügen decken wir gerade auf. Sie haben Monika Sänger schwerverletzt am Strand liegen sehen, soweit stimmt Ihre Geschichte. Sie sind allerdings nicht umgehend nach Bergen zurückgefahren, sondern zu ihr hinuntergegangen. Sie haben zugetreten, Sie haben Ihr den Rest gegeben und Monika anschließend ans Wasser gezerrt, um ganz sicherzugehen, dass sie den Abend nicht überlebt.«

Lottes Mund bildete eine schmale Linie. Hass sprühte aus ihren Augen.

»Substanzen des Lederfetts von ihren Stiefeln und Handschuhen ließen sich in den Wunden im Gesicht sowie an Monikas Haaren und im Nacken feststellen. Wir kümmern uns gerade um einen Haftbefehl für Sie.« Romy drehte den Kopf zu Michael Sänger. »Und Sie, Herr Sänger, sind auch festgenommen, denn die Geschichte mit dem Tod Ihres Freundes überzeugt mich nicht und den Richter wahrscheinlich auch nicht. Darüber hinaus sollten Sie sich mal fragen, wie und warum Ihr süßer kleiner Liebling Lotte zu einer grausamen Mörderin werden konnte.«

Romy wusste, dass ihr der letzte Satz nicht zustand, aus unterschiedlichen Gründen. Aber es war zu spät, ihn zurückzunehmen. Sie spürte plötzlich, dass sie am Ende ihrer Kräfte war. Kasper sprach einen abschließenden Text ins Aufnahmegerät und stand auf, um zwei Wagen zu bestellen. Im Vorbeigehen umfasste er ihre Schulter mit väterlichem Griff.

Der Wind hatte sich beruhigt. Eisige Luft umschloss ihr Gesicht, als sie über die Binzer Seebrücke wanderte und behutsam einen Schritt vor den anderen setzte, um nicht auszurutschen. Eisschollen schaukelten unter dem milchig blauen Winterhimmel.

# EPILOG

Silke Kronwald legte die Zeitung beiseite. Sie hatten ihn gefunden. Bei der Suche im Mönchguter Forst war ein Kinderskelett entdeckt worden. Die Polizei nahm an, dass es sich um Jurek handelte. Eine Kommissarin sprach von dem Kind mit der einen Sandale. Silke spürte, dass ihr Gesicht nass war.